你长大之前必读的66本书

66

· 你长大之前必读的66本书 ·

天方夜谭

王瑞琴 译

人民文学出版社

根据开罗知识出版社1940年版本译出

图书在版编目(CIP)数据

天方夜谭/王瑞琴译.—2版.—北京:人民文学出版社,2015(2023.7重印)
(你长大之前必读的66本书)
ISBN 978-7-02-010716-2

Ⅰ.①天… Ⅱ.①王… Ⅲ.①民间故事—作品集—阿拉伯半岛地区 Ⅳ.①I371.73

中国版本图书馆CIP数据核字(2014)第281624号

责任编辑　张海香
装帧设计　李思安　马诗音
责任印制　张　娜

出版发行　人民文学出版社
社　　址　北京市朝内大街166号
邮政编码　100705

印　　刷　三河市宏盛印务有限公司
经　　销　全国新华书店等

字　　数　220千字
开　　本　710毫米×1000毫米　1/16
印　　张　17.25　插页3
印　　数　78001—81000
版　　次　1998年5月北京第1版　2015年1月北京第2版
印　　次　2023年7月第20次印刷

书　　号　978-7-02-010716-2
定　　价　28.00元

如有印装质量问题,请与本社图书销售中心调换。电话:010-65233595

关于本书

在浩如烟海的世界民间故事中,《天方夜谭》(又名《一千零一夜》)享有特殊声誉。它以引人入胜的情节,生动活泼的语言,神奇美妙的幻想吸引着东西方各国读者。它包罗宏富,不拘一格,童话、神话、寓言、笑话、历史故事、冒险故事、恋爱故事、奇闻轶事,应有尽有;天南地北,陆地海洋,无所不至:忽而是荒无人烟的沙漠,忽而是水草丰美的绿洲,忽而是茫茫的大海,忽而是广袤的森林,忽而是繁华的城市,忽而是贫困的乡村;从各个不同时期,不同地域和不同角度反映了中近东国家人民的生活方式和思想感情,描绘了一幅色彩斑斓的社会生活画面。

《天方夜谭》不是某个作家的作品,而是一部民间艺人、文人学士在几百年间收集加工的集体杰作。因此,他的手抄本很多,无论就故事内容、故事数量或者编排次序来说,都没有两个手抄本是一致的。到了出版事业发达的今天,它的版本更是多种多样,不仅篇幅有长有短,内容有繁有简,即使同一个故事,也有几种讲法,不是某个情节不同,就是故事发生的地点不一。但无论如何,各篇都具有时代特色。

我们这里向小读者介绍的《天方夜谭》,是从一部专门为青少年改写的阿拉伯语原版的《一千零一夜》故事中选译出来的。改写本与成人本相比,从选材到风格,更多地注意到了孩子们的心理与情趣。成人本虽然内容丰富,涉及面广泛,但许多故事掺有糟粕,宗教色彩浓厚,不适合孩子们阅读或者对他们有害。改写本在成人本的基础上做了某些加工,对一些无益于孩子们的故事或片段进行了修改或增删,既保持了故事的原型,又照顾到了孩子们的心理特点。其次,在叙述故事的行文中,改写者运用了便于孩子们阅读的语言,优美而简练,生动的比喻句和惟妙惟肖的形容句将给小读者们留下深刻的印象。

当小读者们翻开这本书,一篇一篇地读下去的时候,定会觉得自己步入了一个奇幻的世界。这里有无所不能的神灯,会飞的乌木马,一叫即开的岩洞,有求必应的戒指,还有变幻莫测的大海,钻石闪烁的山谷,鬼怪出没的森林……这里的一切一切,都会引起你的遐想。也许你会想:我也有那么一盏神灯多好啊,我将用它为人们做好多好事情;我也有那么一匹飞马多好啊,我将驾驭着它在万里长空驰骋。你还想当阿里巴巴,到深山森林中去开发宝藏;更想成为辛伯达,扬帆于烟波浩渺的大海,去探险,去寻宝,去世界各地观光……此后,当你合上书,反复回味这些故事时,你就会赞叹古代阿拉伯人丰富的想象力和高度的智慧,钦佩他们编撰故事的才能。

是的,阿拉伯人自古以来就以勇敢和想象丰富著称于世,中古时期的太平盛世使他们这些特长得以发挥。他们从陆上和海上到世界各地去周游、去经商,生活充满新奇与危险,但也给他们带来经济上的富足和精神上的乐趣。在这些生活基础上,他们鼓起想象的风帆,在神奇的王国中遨游,加之他们天生的能说会道(阿拉伯人被认为是世界上最能说的民族,具有"铁舌头"之称),于是这些奇妙的、绚丽多彩的、趣味无穷的故事就油然而生了。

《天方夜谭》中的故事虽然都存在着生活中不可能有的神奇色彩,但每个故事都留有当时阿拉伯社会的烙印。青少年读者不仅可以从这些美妙的故事中领略旖旎绮丽的异国风光,还能了解中近东各国的文化与历史。

王瑞琴

2014年10月

目 录

你长大之前必读的66本书

引 子

传说古代萨珊国有一个国王名叫山鲁亚尔,他有一个弟弟名叫沙宰曼,是撒马尔罕的国王。两个国王公正地治理国家,对百姓仁慈宽厚,深受人民的拥戴。

兄弟俩很长时间没有见面了。山鲁亚尔国王想念弟弟,于是便把宰相找来,将自己的思亲之情告诉他,要他前去邀请沙宰曼。宰相来到撒马尔罕,见到国王沙宰曼,把山鲁亚尔的意图转达给他。他听了以后很高兴,因为前不久他就想去看望哥哥,现在这个邀请正合他的心意。

沙宰曼亲自为旅行做准备,他拿出了贵重的珠宝和稀有的古玩,挑选了多匹强壮的骆驼和骏马驮着这些礼物,然后便和哥哥的宰相出发了。与他同行的还有他的随从们。

走了不远,沙宰曼突然想起他准备送给哥哥的一颗大珍珠忘记带了,身边又没有一个人知道它放在什么地方,便决定亲自回王宫去取。

他刚走进王宫,就看见王后与乐师正在一起同席对饮。他曾经为王后立约,一是不许她与乐师在一起;二是按照当时的习俗,不许她无故离开后宫。可是现在这些约法她都违反了。

沙宰曼一见这种情景,顿时觉得天昏地暗,心口憋气,血液沸腾。他控制不住自己,疯狂地从剑鞘中拔出长剑,杀死了王后和乐师。

沙宰曼返回队伍中,一行人继续前进,不久便来到山鲁亚尔国王的城门前。他们到来的消息很快传进宫内,山鲁亚尔携同大臣们走出城外迎接客人。

兄弟俩见面,紧紧地拥抱在一起,然后两人在众人的簇拥下携手步入城内。这时全城已被装饰得焕然一新。

兄弟俩进宫后,坐下来叙说离情。山鲁亚尔用自己的全部感情款待弟弟,陪他谈心,但沙宰曼却神情忧郁,心绪不安,总是想着妻子的行为。

山鲁亚尔见弟弟每日忧心忡忡,神志恍惚,以为是他惦念自己国家的缘故。他想他住的时间长了,自然会好的,因此也没有理会。

谁知沙宰曼一直闷闷不乐,脸色变得憔悴,身体日益消瘦。山鲁亚尔不得不问起他身体变坏的原因。他隐瞒了真情,说自己得了胃病,是胃病把他折磨得筋疲力尽。山鲁亚尔便安排了一次长途旅游,沿路可以打猎和驯马。他邀弟弟陪他一起去,这样对他恢复健康或许有好处。但沙宰曼拒绝了。

山鲁亚尔出外打猎去了,沙宰曼留在宫里。宫中有一道通往御花园的拱门,从那里可以望见花园中的景致。沙宰曼看到,山鲁亚尔刚走,王后就和一群男女奴仆来到花园里,坐在喷水池前,说笑、弹唱、吃喝,一直闹到太阳落山。

沙宰曼见此情景,心想,这个女人跟自己的妻子是一路货色。不过他比起哥哥的境遇来,好像还要好一些,痛苦还要轻一点,于是他的郁闷心情开始好转,愤怒逐渐消失。他又吃又喝,脸色也日益红润起来。

山鲁亚尔游猎归来,见弟弟恢复了健康,很是高兴,便问起他好转的原因,他回答说:

"我得病的原因可以告诉你,但我痊愈的原因不便说,请哥哥原谅。"

于是他讲了回宫取珍珠的经过和他妻子的行为。

山鲁亚尔听完沙宰曼的讲述,又要求弟弟告诉他恢复健康的原因。沙宰曼不讲,求他原谅,哥哥不答应,再三要求,并赌咒发誓,非让他讲出来不可。

沙宰曼没有办法,只好向哥哥讲述了王后与奴仆们在喷水池前吃喝玩乐,直到天黑才回屋的情景。

山鲁亚尔决定亲眼看一看。于是他宣布次日继续出外打猎,并假装准备行囊。第二天,他率领亲自挑选的随从们走出王宫,来到城郊。他下令就地宿营，乘乱钻进了士兵们为他搭起的帐篷，并吩咐不许任何人进去，然后开始化装。一会儿，他悄悄地转回王宫，躲进沙宰曼的房间，与他一起观察动静。果然，他看见了弟弟所说的那种情景。

弟兄俩愤怒之下决定到伊斯兰教国家去旅行。他们从一个国家走到另一个国家，从一个地区走到另一个地区，最后来到一个濒临大海的绿色草原上。两人感到十分疲累，便坐下来休息。正当他们坐在岩边观望大海的时候，海水突然翻腾起来。一会儿，从汹涌的波涛中，冒出一根又长又粗的黑柱子，跳动着向岸边靠近。

两个国王被这一景象吓坏了，飞快地向附近一棵大树跑去。他们爬到树上，在树叶后面躲起来。两人借着缝隙往下一看，原来那根粗黑的柱子是一个魔鬼：高大的身躯，滚圆的脑袋，宽阔的胸膛，头上顶着一只大箱子。

魔鬼走出大海，把箱子轻轻地放在地面上，然后打开锁，掀起箱盖，从里面取出一个盒子。他又打开盒子，只见从里面走出一个面颊红润、身材苗条的妙龄女郎，她不仅相貌出众，而且仪态动人。

魔鬼对女郎说："美丽的姑娘，我在你新婚之夜把你抢来，锁在箱子里，是怕你发生什么意外。我把你顶在头上，过荒野，渡海洋，是为了把你带到一个幸福的地方。美丽的姑娘哟，长途跋涉把我累坏了，现在我想睡会儿觉，休息一下。"说完便枕着女郎的腿睡着了。

女郎环视四周，发现了附近大树上的两个国王，便招呼他俩下来。两人向她示意说，他们害怕魔鬼。女郎把魔鬼的头从自己的腿上移开，放在地上，然后走到树下，威胁他俩说，如果再不下来，她就叫醒魔鬼，把他俩杀死。两个国王只好爬下树，与她一起说笑。最后，女郎拿出很多戒指让他俩看，告诉他俩说，这些戒指都是在魔鬼不备的时候，她遇到的男人送给她的。现在她又碰上了他俩，她要求他俩也每人送给她一枚戒指。两个国王害怕她叫醒魔鬼，只好送给她两枚戒指。女郎得到戒指，即刻返回魔鬼身旁，搬起他的头，重又放在自己的腿上。

两个国王互相看了一眼，对女郎的所作所为深感惊异。他们心想：他们的妻子对于他们的态度，与这个女郎欺骗魔鬼相比起来，只不过是小巫见大巫，不足为怪。

两人返回山鲁亚尔的王宫。从此，山鲁亚尔对妇女怀有刻骨的仇恨和无比的憎恶。在他眼里，妇女成了世间最奸诈的东西。他没有想到，妇女也是人。在生活中，她们有与男人同等的权利。平时她们被歧视，被拘禁，甚至被关在箱子里，用锁锁起来。这一切终会导致她们对男人的憎恨，同时她们会寻求一切机会对男人进行报复。一旦找到机会，她们就会充分施展她们的智慧。

山鲁亚尔丝毫没有想到这些，他已变得冷酷残忍，心肠如同石头一般坚硬。他怀着复仇的心理走进王宫，拔出佩剑砍下王后和奴仆们的头颅，将头颅扔进他们曾经围绕着玩乐的喷水池里。

山鲁亚尔对女人越来越厌恶，到了不相信任何一个女人的地步。据传说，从那以后，他每日娶一个女子，翌晨便把她杀掉。

百姓受此威胁,惶恐不安,都害怕自己的女儿嫁给国王,第二天就被杀掉。于是,为了保全性命,他们有的带着女儿躲起来,有的则把女儿送往外省。

有一天,国王像往常一样要求宰相给他找女子,宰相跑遍了全城,也没有见到一个姑娘。他知道,没有完成国王交给的任务,国王定会发怒,他将会受到惩罚,说不定还会被杀头。他感到天地在他眼前变得越来越狭窄,使他几乎透不过气来,他忧心忡忡地转回官邸。

宰相有两个女儿,大女儿名叫山鲁佐德,小女儿名叫敦亚佐德。大女儿知书识礼,对事物颇有见地,读过很多古代帝王的传记和诗人、文学家的传奇轶事以及各种民间故事。

山鲁佐德了解了父亲心烦意乱、担惊受怕的原因以后,便对父亲说:"父亲,把我嫁给国王吧!我想我可以去做两件事情,不是把千千万万个像我一样的女子从残酷和暴虐中拯救出来,就是替你去死。"

宰相对她说:"我的女儿,你不能这样做,你还年轻,你的生命比我的更为珍贵,比我的什么都重要。"

山鲁佐德说:"不!父亲,我一定要去!"

她一再坚持,要求父亲把她送到国王那里去。宰相没有别的办法,只好带着女儿去觐见国王。

临走时,山鲁佐德嘱咐敦亚佐德:"妹妹,我进宫以后,立即派人来接你,当你见到我时,就要求我给你讲有趣的故事。我们将以此消遣度过一夜,或者多半夜。"

山鲁佐德跟着父亲去觐见国王,国王非常高兴。可是山鲁佐德却大哭不止,国王问她为何这样伤心,她说:"我有一个小妹妹,我想见到她,和她告别。因为父亲急于把我带来,临走时我都没能和她见上一面。"

国王派人去宰相家接敦亚佐德。山鲁佐德见到妹妹,紧紧拥抱她,热烈亲吻她。然后两个人坐下来谈天。敦亚佐德要求姐姐给她讲故事,说这样可以解闷。山鲁佐德得到国王的允许,便开始给妹妹讲了下面的故事。这些故事引起了国王的极大兴趣。山鲁佐德每讲一个故事,都要把结尾推迟到下一夜再讲,而国王为了让她讲完故事,便一再推迟杀死她的时间。据说,山鲁佐德的故事一共讲了一千零一夜。

就这样,山鲁佐德用许许多多动人的故事终于成功地使国王改变了杀戮妇女的恶习,拯救了广大妇女的性命。

商人与魔鬼

传说从前有个巨商,资本雄厚,货源广泛,经商范围涉及世界各地。一天,他骑马离开家乡到别的地方去做买卖。正午时分,他感到又热又累,便坐在路旁的一棵大树下休息,并随手从马背上的鞍袋里掏出一把椰枣充饥。吃后,他把枣核随便向前扔去。突然,地面上冒出一个高大的魔鬼,手持明晃晃的利剑,眼中喷射着愤怒的火焰。商人惊恐万状。魔鬼上下打量他一番,大声吼道:

"你应该立即被处死,因为你杀死了我的儿子!"

"我一生中从来没有杀过人,"商人连忙说,"而且我认为,杀人是最残酷的暴行。刚才我只是吃了一把枣,怎么能说我杀了你儿子呢?"

"你扔枣核时,正好我儿子从这里经过,枣核打在他的胸上,他就死了。人间流传着一句公道话,叫'以眼还眼,以牙还牙'。你既然把我的儿子打死了,我就该处置你。"

"可是我并没有看见他,更不是有意杀害他。"

"但是你该知道你周围有你看不见他们、而他们能看见你的生命,你完全可以将枣核放在你的身边,为什么要用力扔出去?"

商人沉思良久,说:"魔王,刚才你谈到了公道,我希望你对我也公道些。

"我是一个商人,家中有财产,还有妻子儿女,我希望你先放我回家,让我写个遗嘱,把各项事务处理妥当,交代清楚,待到明年这个时候,我再来此地任你处置。"

魔鬼果真相信了商人的话,放他走了。

商人回到家中,忧心如焚。他向亲人讲述了他的遭遇。一家人哭哭啼啼,幸福安宁的生活被这突如其来的灾难打破了。他们想到商人与魔鬼订的约言就悲痛欲绝,因为他们就要失去家庭的顶梁柱——他们最敬爱的人了。

到了约定的那天。一家人聚在一起哭作一团,他们把商人送了一程又一程,始终不肯离去。商人骑着骡子,背着殓衣,一步一回头地来到那棵大树下,悲哀地坐下来,静等魔鬼的出现。

过了一会儿,一个手牵羚羊的老人来到他面前,向他问候一声,然后说:"先生,你在乘凉吗?"

"谁有心思乘凉? 天底下哪个人没有一点事做?"商人没好气地说。

"那你坐在这里干什么?"

"在做人人都将要做的事。"

"你好像有些不高兴,可以告诉我吗? 或许我能对你有点帮助。"

商人向老人讲述了一切,老人听了非常惊奇,说道:"我不离开你,我要亲眼看一看事态的发展,并尽最大的力量帮助你!"

正当两人谈话的时候,一个手牵两条黑狗的老人向他们走来,问候一声,和他们并排坐下,然后说:"你们为什么坐在这里,这是鬼神经常出没的地方。"

两人把商人的遭遇向他讲述一番,老人深感奇怪,说:"我不走了,我要看看魔鬼把这个可怜的商人到底怎么样?"

过了片刻,又一个老人向他们走来,他手里牵着一匹壮实的骡子。他向他们打过招呼后,问他们为什么坐在这里,众人又把商人的遭遇讲述一遍,于是他也陪他们坐下,等候魔鬼的到来。

周围一片寂静,四人沉思不语。突然,旷野里卷起一阵狂风,裹着漫天的尘沙向他们袭来。瞬息间,尘沙散去,一个手持长刀、身躯高大的魔鬼出

现在他们面前。他一把抓住商人说：

"我是怎样地等待着这一天啊！起来！我要用这把刀把你的头砍掉，为我的儿子报仇！"

三个老人一齐站起来阻拦，其中手牵羚羊的老人走上前，吻了魔鬼的手说："伟大的魔王，倘若我给你讲个离奇古怪的故事，你能够将他的罪过免去三分之一吗？"

这位魔鬼生性酷爱打探奇闻轶事，这时他听说老人要给他讲一个离奇古怪的故事，即刻坐下来催促快讲，并答应，如果故事确实离奇，将免去商人罪过的三分之一。

"你见到的这只羚羊，"老人讲道，"本是我叔叔的女儿，也是我的妻子。我们曾真诚相爱。当她还是少女的时候，我便娶她做了妻子，婚后我们一起生活了三十年，但没有子女。后来我在外乡遇到一个美丽、善良、温柔的使女，便把她买回家，收为小妾。一年后，她生下一个漂亮的男孩，我们认真地教育、抚养他，希望他成长为一个聪明健壮的少年。我把孩子看成是未来的希望和我生命的延续，多年来我一直没有离开过他，一心想把他培养成有用的人。到了他十五岁时，我才决定到外地去经商。我带着货物依依不舍地离开了家。

"可是，我叔叔的女儿——她通晓占卜和魔法，却趁我不在，将我的儿子变成了一头小牛，将他的母亲变成了一头母牛，并把他们交给牧人去放牧。牧人一点也不知道其中的真情。当我过了一段时间返回家中时，迟迟不见儿子和小妾前来问候，便向妻子打听他们的下落。她说：'你的小妾死了，你的儿子经受不住与他母亲的诀别，在悲痛之中出走，就再也没有回来，我现在也不知道他的去向。'我没有怀疑这一消息，只是感到生活无比残酷。现在家庭对我来说已经失去温暖，留下的只是冷漠和孤寂。

"宰牲节到来，我命牧人去牧场给我挑选一头母牛，我要亲手把它杀掉，一是为了祭天，二是准备把它的肉分给贫苦无告的穷人。牧人给我拉来一头壮实的母牛，原来它就是我那中了魔法的小妾。当我走近它，举刀要杀时,它却发出我从未听过的悲切叫声。我不忍下手,便命牧人代我执刀。但是,剥开它的皮之后,我却发现,除了骨头,里面什么都没有。我很后悔,当即又命拉来一头肥壮的小牛,它就是我那中了魔法的儿子。它一见我,便泪如泉涌,趴在我面前,用乞求的目光望着我。我动了恻隐之心,命牧人把它放回牧场。可是我的妻子却在一旁说:'这是最好的一头牛了,你还是杀了它奉献给真主吧!'她的话没有引起我丝毫怀疑,但小牛哀怜的目光和凄切的哞叫声却使我彻夜未眠。

"次日早晨,我仍未忘掉昨日的情景,这时,牧人跑到我面前,说:'老爷,我给您带来个好消息!'

"'什么好消息?对我来说,只有能消除我内心痛苦的消息才是好消息!'

"牧人接着说:'我有一个女儿,幼年时跟她外婆学过法术。昨日我把那头小牛牵回牧场,她见了赶紧捂住脸,先是痛哭,后是大笑,还说:"爸爸,你太不尊重我的人格了,竟把一个陌生男人领到家里来!"我说:"哪有什么男人?""你手里牵的便是。""这怎么可能呢?"我大叫说。"你牵的这头牛犊,原是我们主人的儿子。他的大娘用魔法将他变成了小牛,将他的母亲变成了母牛,刚才我就是为了这个发笑。至于我伤心痛哭,那是因为他那可怜

的母亲已在宰牲节那天被你们杀掉了。"我听后又惊又喜，所以一大早便来向您报告少爷还活着的消息。'

"我再也不能忍耐，飞快地跟随牧人向他家跑去。为了证实这个消息，我再次询问牧人的女儿。她肯定说小牛就是我的儿子，还说她可以使他恢复人形。我异常高兴地说：'姑娘，如果你救了他，我就把你父亲管理下的整个牧场送给你。'她笑笑说：'我什么也不要，只恳求您把我许配给您儿子，并同意我将您叔叔的女儿变为羚羊，免得她再去害人。'

"'好吧，'我说，'我太感谢你了。'

"牧人的女儿端来一杯水，念了几句咒语，然后把水洒在小牛身上，边洒边说：'你若生来是小牛就不必变化，如你是中了魔法的人，那么凭着安拉的许可，你即刻恢复原形吧！'话音刚落，小牛就变成了人形，和当初一模一样。我把儿子搂在怀里，让他坐在我的身旁。他向我讲述了我走后家里发生的事情，以及他和母亲的不幸，禁不住又掉下了眼泪。事后，我把牧人的女儿娶为儿媳，她把我的妻子变成了羚羊——就是你现在见到的这只。我们用这样的方法制止了她的邪恶。但她毕竟是我的妻子，我对她不免有恻隐之心，所以出来进去都随身带着她，并准备这样直到她死去。这就是我和羚羊的故事。魔爷，我想你会觉得离奇吧？"

"的确离奇，"魔鬼说，"我免去商人罪过的三分之一。"

这时，第二个老人趋身上前，吻了魔鬼的手，请求魔鬼允许他讲一讲他和两条黑狗的故事，并要求，倘若他的故事在离奇古怪方面不亚于前者，魔鬼应当减掉商人罪过的三分之一。魔鬼说："如果你的故事真的稀奇而又有趣，我答应你的要求。"

于是老人讲道：

"这两条黑狗本是我的两个哥哥。父亲去世时曾给我们弟兄三人留下三千金币，我们各分一千。我们用这些钱在市里各自开起一家店铺，买了货物，经营生意。一千元给我们换来了丰富的利润和雄厚的资本。

"但是，我的两个哥哥不满足，他们还想赚更多的金钱，便带着货物到各地去经商。不久，他们回来了，但却两手空空。我可怜他们，便送给他们每人一笔钱，让他们继续做生意。一次，他们怂恿我和他们一起出去，我同意了。不过为了防备万一，我将几年积下的钱财分为两份，一份带在身边，一份藏在家里，以便破产或遇到意外时使用。

"我们将三千元的货物打成包，租了一条船，运往一座繁华的城市。在那里，我们的货物十分畅销，很快便赚得大笔利润。我们准备回家了。当我们在岸上等船时，一个衣衫褴褛、面相可怜的女人走到我面前：

"'先生，'她说，'您做点好事吧，我会报答您的。'

"'要我做什么，你说吧。我不需要报答和感谢。'

"'我希望您娶我为妻，把我带到您的家里，我将把我的一切贡献给您。'

"我同情她，答应了她的请求。我把她带到船上，给她换上漂亮的服饰，原来她是一个非常美丽的姑娘。

"两个哥哥对我的行为开始是耻笑，后来逐渐变为嫉妒。为了得到我的钱财和妻子，他们决计谋害我。

"一天夜里，我正和妻子酣睡，两个哥哥偷偷进入我的船舱，轻手轻脚地将我抬起，抛进大海。我妻子立刻从梦中惊醒，原来她是一个仙女。她把我从海中救起，带到一个岛上，给我换上一身干衣，对我说：

"'你曾不嫌弃我的贫困而娶我为妻，我应该报答你。我决定杀死你的两个哥哥，一方面为惩治他们忘恩负义的行为，另一方面为了替你报仇。'

"然而我说：'他们是我的哥哥，我不忍心看着他们死去，尽管他们对我很坏。虔诚的信徒都是以德报答善人，而对于那些为非作歹的坏人，则交给真主去处治。'

"'既然你反对，那就暂且饶了他们。'妻子说罢，带我飞回家。我找出埋在地下的钱，为店铺重新置办了货物，像以前一样经营生意。

"一天傍晚我回到家，发现院子里有两条被绳索拴在一起的狗。它们见了我，立即跑过来，眼里饱含着痛苦的泪水。妻子对我说：

"'这两条狗便是你那两个忘恩负义、谋害你的哥哥。今早我去看望我的妹妹，顺便向她讲起了这件事。她听后非常气愤，用魔法把他们两人变

成了两条狗,十年后魔力才能解除。'

"魔鬼先生,一晃十年过去了,我现在就是带着它们去见我妻子的妹妹,让她恢复它们的原形。没想到,中途碰见了这桩事情,我希望您欣赏我的故事,减轻商人的罪过。"

"你的故事确实有趣,我答应你的要求,去掉他罪过的三分之一。"

话音刚落,第三个老人也走向前,吻了魔鬼的手,说道:"魔鬼先生,我想借此机会也给您讲一个故事,它比前两个更有趣更离奇。讲后我希望您把商人剩余的罪过全部减去。"

"你讲吧,我听后再下断语。"

"年轻时,我娶了一个窈窕美丽的妻子,我非常爱她,体贴她,敬重她。我本以为她对我也很忠贞,所以从来没有怀疑过她的行为。

"可是有一天,我在一个她没有料到的时间回到家里,发现她正在与一个黑奴幽会。我感觉受了极大污辱,非常愤恨。她从我的目光中知道我要发作,便使出了她的一贯伎俩——魔法。她从小就掌握了魔法,经常运用它来摆脱窘境。她迅速地将一些早已准备在身边的水洒在我身上,口中念道:'让我这奸诈的丈夫变成一只小狗吧。'然后,她拿棍子把我痛打一顿,赶出了家门。

"从此我流落街头,到处寻食觅水。一次我俯伏在一家肉店前,屈辱地等待从里面扔出来的残肉碎骨,老板不时用同情的眼光望望我。我知道他可怜我,便在他面前趴了整整一天。他干完活,把我带回家,可是他女儿一见我便大嚷大叫,原来她也懂得魔法,看出了我的本来面目。过了一会儿,她平静下来,说:'父亲,您无意识地做了一件好事。'

"'你这话从哪儿说起,孩子?'

"'您领回来的这只狗是一个中了魔法的男人,他妻子行为不端,被他发现,妻子怕他报复,便用魔法把他变成了一只狗。我能够使他恢复原形,如果您不相信,请您问他好了。'

"'倘若真是这样,你快按照你的意愿做吧,你一定会得到好报的。'

"姑娘端来了一杯水,用手在里面搅了搅,然后边念咒语边往我身上洒水,我立即恢复了人形。我拉住肉店老板的手对他和他的女儿表示了衷心的感谢,并对他们讲起了我的身世。然后我向姑娘提出,希望她能帮助我将我的妻子变成一头骡子。她欣然答应,送给我一杯水,嘱咐我说:'待她睡熟时你将水洒在她身上,口中念道:请真主允许把你变成一头骡子吧。'

"我悄悄地返回家。午夜,当她酣睡时,我按照姑娘的指示将水洒在她身上,果然灵验。魔王,现在站在我身边的这头骡子便是我那不贞洁的妻子。"

魔鬼转向骡子问:"这个老头说的对吗?"

骡子点点头。魔鬼非常惊奇,免去了商人罪过的最后三分之一。

三位老人帮助商人摆脱了危险,非常高兴。他们互相道别,各奔前程。

商人出人意料地又返回家中,一家人欢喜异常。他给他们讲了事情的经过,全家老少感慨万端。

渔夫与魔鬼

　　从前有个上了年纪的渔夫，家里除了他和老婆外，还有三个儿女。一家五口，全靠他打鱼为生，勉强度日。

　　一天中午，渔夫到了海边。他的习惯是每日只打四网，无论得鱼多少，都收网回家。他撒下第一网，过了一会儿往上拉，网很重，拉不动，他便在岸上打了一根木桩，把网绳系在桩上，然后脱掉衣服，潜进水里，使足力气把渔网顶上来。原来网里躺着一头死驴！他感到很丧气，准备收网回家，但是想到一家老小都在等着他带回食物，只好打消念头。歇息片刻，他将死驴扔掉，撒下了第二网。

　　过了好一会儿，他才往上拉网，这一次比上一次还重。他只好再进入水里，把网拖上岸。网里照样没有鱼，只是横着一个满是淤泥的大瓮。他越发忧伤，嘴里念道："不幸的命运啊，到此为止吧！真主发发慈悲，给我或多或少弄点东西糊口吧。"

　　他噙着眼泪，又将那与他命运攸关的渔网第三次撒向大海，这次捞上来的却是石头和棍棒。他又惊愕又悲哀地摇摇头，向天喊道："我的真主啊，我每日只打四网鱼，这是您知道的，今天我已三次撒网，可还没有打上一点点我们能够糊口的东西。真主啊，您可怜可怜我，给我一条生路吧！"

　　他抱着渺茫的希望撒下第四网，但不敢轻易往上拉，害怕又拉上什么想象不到的东西。过了很长时间，他才把网拉上来，里面还是没有鱼，只有一个胆形的黄铜瓶。瓶口是密封的，上面盖着苏莱曼王的印章。渔夫很高兴，因为这个瓶子拿到市场上去能卖十枚金币。他拿起瓶子摇了摇，沉甸甸的,似乎装着什么东西。他想:说不定里面装着金子呢！于是,他抽出插在腰带上的小刀,撬去紧封瓶口的铅块,拔去盖子。突然,瓶中冒出一股青烟,慢悠悠地升到空中,飘散在左右,弥漫在眼前。

渔夫还没明白是怎么回事,青烟又逐渐凝聚,变成了一个魔鬼。他高大无比,顶天立地,眼似灯笼,嘴似山洞,腿似桅杆,手似铁叉,样子非常凶恶可怕。渔夫一见,吓得毛骨悚然,浑身打战,不知如何是好。停了一会儿,魔鬼弯下身来说:"安拉是唯一的主宰,苏莱曼是他的使徒。您别杀我呀,安拉的使者,以后我再也不敢违背您的命令了！"

渔夫听了这句没头没脑的话,鼓足勇气说:"你说什么呀,妖怪?苏莱曼已经逝世一千八百多年了,我们现在早已不是他的时代,信仰的也不再

是他的宗教。我们现在信仰的是继他之后出现的先知穆罕默德的宗教。你怎么了，为什么在这个瓶子里待了这么久？"

听了此话，魔鬼转悲为喜，一反刚才卑怯乞怜的语气，盛气凌人地说："渔夫，我给你报喜来了！"

"给我报什么喜？只愿你能够帮助我解决一家老小的生计问题。"渔夫听了魔鬼的话有些高兴。

"给你报我马上杀死你的喜。不过死法让你自己选择。"

"我把你从海里打捞出来，然后又把你从'囚牢'中解放出来。我给了你自由，你反而要杀我，你为什么要恩将仇报？"

"告诉我吧，你打算怎么死法，我马上就要执行了！"

"难道我不能问一问我到底犯了什么罪，以致我要为它丧命吗？"

"好吧，你听完我的故事就明白了！"

"你讲吧，简单点，我的心都快裂了。"

"我叫萨赫尔，本是一个天神，曾违背苏莱曼的教义，和他作对。他愤怒之下派他的宰相阿斯福把我抓去。他规劝我改邪归正，服从他的指教。我不肯，仍坚持己见，他便把我囚禁在这个瓶子里，封上瓶口，盖上他的印章，扔到海底。许多年过去了，我一直没有办法恢复自由。这时我想，谁要是救了我，我一定报答他，让他终生富贵。几百年过去了，没有人来救我。这时我又想，谁要是救了我，我给他开发地下宝藏，满足他的一切要求。我又等了四百年，还不见有人来救我。于是我大怒，暗自说道：'谁要是在这个时候启开我的牢狱之门，我便向他打开死亡之门，不过我让他自己选择死法。'渔夫，既然你今天打开了这个瓶子，那你就自己选择个死法吧！"

"人们都是用好处来报答别人的恩德，我救了你的性命，你却要杀害我，从道理上讲得过去吗？"

"那有什么办法？谁让你在我发誓报复以后救我，而没在我许愿报恩时救我呢？这是你命中注定的！"

"贫困可由富足解决，狭窄可由扩大改变，惩罚可由原谅了事。请你看在我救你的面上，饶恕我吧，几个孩子还需要我养活呢。"

"这不可能,现在我给你点时间让你考虑个死法。"

渔夫想:"古人说得好:'当心恩将仇报'。现在面对这个恩将仇报的魔鬼,我必须用计谋拯救自己。安拉既然赋予我思想,作为一个堂堂的人类,我就应该用计谋和智慧,去战胜魔鬼的凶恶和邪气!"

想到这里,他对魔鬼说:"凭着刻在苏莱曼戒指上的大名发誓,我要向你提出一个问题,你必须如实回答!"

魔鬼一听到苏莱曼的大名就惶恐不安,说:"你说吧,我如实回答。"

"我不能相信当初你是待在这个又细又小的瓶子里的。因为你的个子又高,块头又大,按理说它容不下你的一只手,更容不下你的一条腿,怎么能容下你整个身体呢? 你必须让我相信,我才让你杀我。"

"你怎么才能相信呢?"

"让我亲眼见到你是如何钻进去的。"

"好吧!"魔鬼答应一声,立即缩成一团,变成一股青烟,徐徐钻入瓶内。最后一丝烟云刚刚在空间消失,渔夫便迅速拾起带有铅封的盖子将瓶口紧紧塞住,然后大声喊道:

"忘恩负义的魔鬼,我要把你扔回大海,让你永生永世待在这个瓶子里,不见天日! 我还要告诫所有到这里来打鱼的人,这里有个魔鬼,谁要是救了他谁就会倒霉。"

魔鬼后悔不已,哀求渔夫说:"求你放我出去吧,我一定报答你。"

"该死的魔鬼啊,我不能相信你的话! 我曾给你带来自由,你却要置我死地。这不是跟都班医师碰到优南国王一样倒霉吗?"

"那是怎么一回事?"

于是,渔夫给魔鬼讲了下面的故事。

在遥远的古代,法尔斯城有个国王叫优南。他权势显赫,名震四方。但不幸他身染麻风病,多方聘请高明医师治疗,均不见效。国王痛苦难忍,茶不思,饭不想,每日唉声叹气,以为再也没有人能够医好他的病,只有等死。

这时法尔斯城来了一个名叫都班的外国医生,他医术高明,精通哲学和药物学,曾对植物进行过专门的研究,掌握了它们的各种特性,知道哪些对人类有益,哪些对人类有害。当他得知优南国王患了重病,一般医师都束手无策的时候,便换了一身华丽的服装去拜见国王。他向国王作了自我介绍,然后说:"陛下,您是全国人民的领袖,您身体的好坏直接关系到整个国家的命运。听说多日来您贵体欠安,经医师多次治疗仍不见效,今日在下不揣冒昧,自我推荐,前来给陛下治病,您如采用我的疗法,可不用吃药不用抹药,贵体便会痊愈。"

国王大为惊喜,说:"你若治好了我的病,我便满足你的一切要求,授予你高级的职位,并把你的事迹记录下来,让子孙万代永远传颂。"

"这是我应该做的,为了陛下早日康复,我即使牺牲性命也在所不辞!"

于是都班起身请求国王允许他去做准备。国王应允,赐给他大量金钱,并派一队侍卫前去他的住处担当守卫。

都班医师回到寓所,精心做了一根曲棍和一个球,然后把配好的药剂放入掏空了的曲棍柄里。准备完毕,他又去见国王。国王正坐在一间宽敞的大殿里与百官们议论政事。都班上前吻了地面,国王一见是他,立即把他拉到御座右侧坐下,并向在座的大臣们作了介绍。都班对国王说:

"这是一个球和一根曲棍,请陛下到一处宽敞的地方去打马球。您要不停地打,直到手心渗出汗来,这样药物就会从曲棍的柄里流出,通过手心渗入体内。然后您便回宫洗澡,睡觉休息,醒后您的身体就会痊愈了。"

第二天早晨,国王从睡梦中醒来,发现身体上果然没有了麻风病的痕迹。他异常惊喜,即刻将好消息公布于王宫,继而,全城市民张灯结彩,庆祝国王龙体康复。

国王设宴盛情款待都班,向大臣们热烈颂扬他的功绩,并给他加封官职,赏赐金钱,把他视为自己的一员亲信。

百官中有一位相貌丑陋,品质恶劣,性情乖戾,嫉贤妒能的大臣,见国王如此亲近都班,很是忌恨。一天,他走到御座前,悄悄对国王说:"陛下衡量一个人,不能光看其表面而不究其内心,光看其行为而不知其目的。不考虑后果者非俊杰也。我担心陛下如此亲近、信任都班,而他实际上却是

个披着忠诚外衣的敌人。"

"你胡说些什么?"国王很生气,"你这是嫉妒心在作怪,我只知道他是一个忠诚的人,一个杰出的医生。他的医术天下无比。他竟没让我吃药抹膏就将我的不治之疾医好,这简直是奇迹!"

"这正是危险所在!"大臣说,"难道陛下不曾想一想,他既然能拿一根曲棍让您握着就使您痊愈,难道他就不能拿什么东西让您闻一闻或者看一看就置您于死地吗? 我看他不是什么好人,而是一个为他本民族和自己王国来执行任务的奸细。我担心他会谋害您。如果您把他除掉,我们就可高枕无忧,万事大吉了。"

"他对我的恩德即使和我平分江山也难以报答,如果我轻信谗言,将他杀死,那么我会像辛巴德杀害猎鹰那样后悔呢。"

"那是怎样一件事?"

于是国王给在座的人讲了下面的故事:

相传古波斯有个叫辛巴德的国王,酷爱旅游和打猎。他有一只猎鹰,爱如珍宝,每次出猎都随身带着。猎鹰帮他捕捉飞禽走兽,给他带来莫大乐趣。他越加宠爱这只猎鹰,特意为它制造了一个金碗,挂在胸前,供它饮水吃食之用。

一天,辛巴德带领一队人马到野外打猎,刚刚划好狩猎范围,一只羚羊便从林中蹿出。国王大为欢喜,向士兵喊道:

"莫让羚羊逃出包围。放走羚羊者,格杀勿论!"

羚羊到处乱跑,东窜西逃,无奈防守太严。但是当它蹿到国王面前时,却狡猾地钻出了包围圈,逃向空旷的原野。

国王很是惭愧,因为他要求士兵的条件自己却没做到。他立即飞身上马,放松缰绳,向羚羊逃跑的方向追去。猎鹰在国王的上方飞翔,抢先在国王之前追上了羚羊,用双翅打瞎了它的眼睛。羚羊看不见路,不得不放慢速度。国王扑上去,一把将它抓住,用刀杀死,挂在鞍头。

当时天气酷热,人马皆渴,但四周荒无人烟,无法找到水喝。突然,国王发现近处有棵树,树上正滴滴答答往下滴水,连忙向那棵树奔去。国王取下套在猎鹰脖子上的金碗,接了满满的一碗水放在地上,然后坐下,准备一边歇息一边饮水。但猎鹰却突然飞到他面前,用翅膀把碗打翻。国王只好又接一碗,放在马前,猎鹰又一下子把碗打翻。国王以为猎鹰想喝,便又接了一碗摆在它面前,猎鹰又张翅掀翻。国王忍无可忍,愤怒地拔出长剑,把猎鹰斩成两段。猎鹰绝望地举头向树梢看了最后一眼,无力地垂下了头。国王顺着方向一看,这才发现树上原来攀缘着一条巨蛇,正在向外吐毒液。他这才明白,猎鹰的举动全都是为了保护他啊!国王又悲伤又后悔,但已无济于事。

"爱卿,"优南国王讲完故事,转向那个大臣说,"假若我杀死都班,那么就等于在百姓之中诋毁了他的才能、智慧以及他给我国带来的好处。就像辛巴德一样,亲手杀死了救他性命的猎鹰。"

"正是他的才能令人可畏,陛下! 您想,对于您的病,我国所有高明医

天方夜谭

师都束手无策,可是他来了,只让您抓住曲棍打了一场球就解决了问题。那么可以推测,他也会轻而易举地将您杀害。这种事情不是没有先例,历史上用阴谋篡夺王位者不乏其人。要知道背信弃义是亚当子孙的本性!您要吸取教训啊!"

"背信弃义者确实该定死罪,因为他造成的后果不堪设想!"

大臣见国王心有所动,又说:"您不能等他背叛了您再把他除掉,陛下!古人云:'防患于未然',不是没有道理。当然,我这是为了陛下的安全才来进忠言的,以后怎么办就由陛下决定了!"

国王对大臣的这番话进行了认真思索,当他想到都班一旦背叛他,自己生命就将难保时,非常害怕。他决定采纳大臣的意见,除掉都班,以绝后患。于是他派人去请都班。

都班来到王宫,国王问他:"你知道我为什么要召见你吗?"

"未来之事只有安拉知道,我想,或许是有好事吧!"

"我要处你死刑!"

都班大吃一惊,追问道:"陛下,我犯了什么罪?"

"难道像我这样的人杀死你还须用计谋吗?我完全可以公开地把你除掉!"

"可是,我不知道我有什么罪。"

"你的罪过你最清楚。你是抱着不可告人的目的来到我国的。有人报告说你要谋害我,我决定先发制人,把你除掉!"

"既然陛下已决定杀我,那么就请您将我的所作所为讲出来,以免我糊里糊涂地死去,陛下也不会因此而懊悔。"

"你曾给我治好所有名医都难以治愈的疾病,方法很简单,只是让我握着你做的曲棍打了一场球。以此类推,你就有可能让我闻一闻或摸一摸什么东西而要我的命。为避免发生不幸,我决定先处死你,这样我们就可放心,永保国泰民安。我已经做出决定,你是无可辩驳的。"

"陛下,我相信您会宽容我的。假若您听到的是事实,那么您应该杀我,可是现在您只是猜想和推测,怎么能杀我呢?"

"在这件事上，推测和事实是一回事，因为它们同样威胁着我的生命和王权。宽容是有一定范围的，对于像你这样诡计多端、野心勃勃的人，我们不能容忍，否则后患无穷。"

"陛下，饶我一命吧，宽恕别人是美德。这样的人真主将保他长生不死。"

"我不能饶恕你，不能坐等灾难发生。"

都班医师见自己必死无疑了，便说："陛下是否可以宽限我一天，允许我回去给家人留个遗言，处理一下我的医学书籍。我准备送给陛下一件礼物，留作死后的纪念。"

"写遗嘱可以，写什么内容我都不管。倒是那件纪念物，我想在你拿来之前就知道是样什么东西。"

"那是一本医书，"都班说，"当您砍下我的头颅之后，请您把它放在一张光滑的纸上。然后您打开书，翻到第三页，阅读左页上的前三行。读毕，您可向我的头颅提出各种问题，它都会一一作答。"

次日，都班按时来到，优南国王命刽子手砍下他的头，把头颅放在御座前的桌子上。桌子上早已铺好一张光滑的纸。国王开始翻阅都班送给他的医书。书页粘在一起，翻不开，他只好将手放进嘴里蘸点唾沫。三页过后，左页纸上不见字迹，他很奇怪，抬头望着都班的头颅问道："都班，为什么不见字迹？"

都班回答："继续翻下去，一会儿就会看到。"

优南一页接一页地翻着，每翻一页都要把手放在嘴上舔一下。突然，他感到头昏脑涨，浑身无力。他马上意识到自己中了都班的计。原来，此书已被都班浸过毒，优南翻书时，毒素通过他的唾沫渗入了身体。书从优南的手中脱落，他一头栽倒在地，与都班一起离开了人世。

渔夫讲完故事，说："魔鬼，假如当初优南国王让都班医师活着，他就不至于死去。同样，假如你知恩图报，不存心害我，你也不至于再一次被关进瓶子里，永不见天日。"

"灾难能使聪明者从迷茫中清醒，使他跨入正确的途径。现在我明白

了，我非但没有酬谢你的恩情，反而采取了恩将仇报的态度，那是因为过分的气恼冲昏了我的头脑。我向安拉发誓，从今以后我一定接受教训。我希望你相信我，把我放出去，我绝不伤害你。"

"不，我不能相信你！"

"我向你发誓，我一定要酬谢你。不仅让你有吃有穿，而且大富大贵。"

渔夫见魔鬼又发誓又赌咒，便有心释放他，但又怕他后悔。于是仰头向天道："主啊，假如魔鬼违背誓言，请您保护我。"

他一边念着安拉的大名一边打开瓶盖，一股青烟像旋风一样滚滚而出，逐渐聚成一个面目狰狞的魔鬼。

魔鬼刚在地面上立定，便一脚把瓶子踢入海里。渔夫见势不妙，心惊胆战。魔鬼望着吓成一团的渔夫说："不要害怕，我要报答你对我的帮助。现在你跟我走吧！"

魔鬼和渔夫一前一后地在广漠的荒野上走着，一直来到一座大山前。他们翻过山，下到山脚处。那里有一个四面环山的池塘，波光粼粼，清澈见底，白、红、黄、蓝四色鱼在水中游来游去。魔鬼命渔夫撒开网，渔夫照办。一会儿打上来四尾鱼，各色一尾。魔鬼说："去吧，把鱼送到王宫里，你会赚到很多钱，你的生活将富裕起来。现在我该告别了。"说罢，一跺脚，地面裂开，魔鬼消失在地里。

渔夫把鱼放进鱼篓提回家。到家后，他把鱼放进装满清水的瓦罐中。

次日早晨，渔夫把鱼送进王宫，侍卫见鱼色泽奇特，连忙报告国王。国王命令把渔夫和鱼带到御座前。他一见，不禁惊呼赞叹，命令司库官赐给渔夫四百金币。渔夫很高兴，欢天喜地地回家去了。

宰相奉命将鱼送进厨房，让三天前被罗马国王当作礼物送来的一个印度女厨师烹调。

女厨师往锅里倒了油，刚要把洗好的鱼下锅，厨房的墙壁突然裂开，里面走出一个十分艳丽的女郎，手中握着一根藤杖。她把藤杖放进鱼盆里，说道："鱼儿啊，你们守约吗？"

鱼儿抬起头回答："是的，是的！"

话音刚落，女郎把鱼盆翻倒，走回原地，厨房墙壁霎时合拢，恢复原状。女厨师再看那几条鱼，一条条都变成了像煤炭一样的黑石头。

正当女厨师被吓得魂不附体的时候，宰相闯进厨房，命她快把煎好的鱼端上席去。女厨师号啕大哭，边哭边讲。宰相半信半疑，命令快抓渔夫。渔夫被带到宰相面前，宰相命他再去捕捉四尾同样的鱼来，他要亲眼见见这奇怪的现象。

果真，当渔夫送来鱼，女厨师再一次要下锅油煎时，又发生了同样的情况。宰相惊愕不已。他想："这种怪事不能瞒着国王。"于是奏明国王。

国王要亲眼看看，限渔夫三天之内再交来四尾鱼。渔夫诚惶诚恐，立即奔到池塘，抓得四色鱼各一条，呈送给国王。国王又赐给渔夫四百金币，打发他回家，然后对宰相说："来，你亲自在我面前煎鱼吧！"

"遵命！"宰相回答着，即刻洗了鱼，刚要往锅里放，墙壁突然裂开，从里面走出一个黑奴，他壮得像一头牛，长得像阿德①人。他手里拿着一根绿色树枝，粗声粗气地说："鱼儿啊，鱼儿啊，你守约吗？"

鱼儿抬起头来回答："是的，是的！"

话音刚落，黑奴用树枝把盆翻倒，归回原处。国王再看那几条鱼，已经变成了黑石头。

国王对宰相说："这事很蹊跷，我们不可置之不理。"于是传渔夫进宫。

"这鱼你是从哪儿打来的？"国王问。

"从一个四面环山的池塘里。"

"从这儿到那里需要多长时间？"

"大约半个时辰。"

听了渔夫的回答，国王很惊奇，即刻下令卫队整装出发，随他去池塘看个究竟。大队人马跟在渔夫的后面，翻过一座山，到了山脚下。那里果然有一个宽阔的池塘，四周群山环抱，池中红、白、黄、蓝四色鱼游来游去。国王和士兵惊诧不已，因为以前他们从来没有在这个地方见过这般景象。

国王站在池塘边，问全体士兵和随从："你们中间有谁以前在这个地方见过这个池塘？"

"没有见过。"人们异口同声地回答。

"我决定不回城了，"国王说，"什么时候弄清楚了池塘和四色鱼的秘密，我什么时候再回去做国王。"

他吩咐部下，依山扎营，并对那位聪明能干、博学多才的宰相说："今夜

_____

① 阿德是古代阿拉伯一个部落的名字。

我打算独自躲在帐中，研究池塘和四色鱼的来历。我命你坐在帐外，凡是要求来见我的大臣、公侯或仆从，你就对他们说：'国王太忙，无暇见人。'"

宰相遵命，小心翼翼地侍候在帐外。

入夜，国王脱下朝服，换上便装，佩上宝剑，悄然离开营帐。他翻山越岭，从夜里一直走到早晨，又从早晨走到正午，直到感觉太热了，方才停下来歇一歇。又跋涉了一昼夜。第三天早晨，他终于发现远方有一个黑影，不禁喜出望外，心想："也许那里有人能告诉我池塘和四色鱼的来历。"

黑影越来越近，原来是一座用黑石建筑的宫殿，两扇大门一闭一开。国王很高兴，走过去轻轻叩门，没人答应。他又叩了第二次、第三次，仍然没人答应。他又猛烈地叩了一次，还是没有人答应。他自言自语道："毫无疑问，这准是一座空宅。"于是他鼓足勇气跨进大门，来到廊下，高声喊道："宫殿的主人，我是一个异乡人，路过这里，你们有什么吃的可以给我充饥吗？"

他喊了两遍、三遍，都没有人回答。

他又壮了壮胆子，穿过走廊，来到院子中央，还是不见一个人影。可是这里的一切却布置得井然有序：院中有一个喷水池，池中蹲着四只金狮子，口里喷着珍珠般的清泉。院中养着鸣禽，上空还罩着一张防止群鸟飞遁的网。国王又惊奇又遗憾，因为在偌大的一座宫殿里，竟找不到一个能够告诉他有关池塘、四色鱼、高山和宫殿的秘密的人。他坐在门边思索，突然听见一声哀怨的悲叹。他站起身，循着声音找去。在一座大厅的帷幕后面，他看见了一个眉清目秀、身材健美的英俊青年。他端坐在一张床上，身穿一件金线绣花绸袍，但眉宇间却挂着愁云。国王走过去向他问候，他彬彬有礼地回问一声，接着说："请原谅，我有病，不能站起来迎接您。"

"年轻人，"国王说，"我来这里是想问问你，那个池塘和那些有色鱼是怎么回事？还有，这座宫殿里为什么只有你一人？你又为什么如此闷闷不乐？"

听了国王的问话，年轻人不禁潸然泪下，接着放声痛哭。国王很纳闷，问道："年轻人，你为什么这样伤心？"

"您看我这样子,怎能不伤心?"说着他撩起衣服,露出了下身。

原来,这位青年从腰部到脚下已经化为石头,只有上半身还有知觉。

接着,年轻人对国王说:"国王陛下,我来告诉你有关我和四色鱼的故事,这中间有一段离奇的经历,如果把它记载下来,对于后人倒是一个很好的训诫。

"是这样,陛下,我父亲是这个国家的国王,名叫迈哈穆德。这座黑岛和周围的群山都归他管辖。他在位七十年,死后由我继承王位。我娶了叔叔的女儿为妻,她非常敬爱我,倘若我不在跟前,她就不思饮食。我们在相亲相爱中度过了五个年头。

"有一天,她到浴池洗澡去了,我吩咐厨师预备晚饭,等她回来一起进餐。随后,我走进卧室,躺在床上休息,并命令两个宫女在旁侍候。她们一个坐在我头前,一个坐在我脚边。由于妻子的离去,我心绪不宁,辗转不能入睡,只是闭目养神。这时,我听见头前的那个宫女说:'哎,麦斯欧德,你看我们主人多可怜啊,可惜他这样年轻有为,竟娶了一个邪恶女人做妻子。'

"'愿安拉惩罚天下所有邪恶的女人。'坐在我脚边的宫女说,'像我们主人这样的脾气秉性,可真不该娶一个每晚都到别处去过夜的女人。'

"'我们主人太疏忽了,竟从来不过问她的事情!'

"'你说这话真该死!如果我们主人知道了她的行为,还能不管吗?每天晚上她把麻醉剂放在主人睡觉前喝的酒里,让主人昏迷过去,然后自己梳妆打扮一番,溜出宫外,直到黎明才回来。回来后,她点香在主人鼻前一熏,主人才清醒过来。你说,主人怎么会知道她去干什么呢?'"

"宫女的谈话如同一声霹雳,我只感到眼前发黑。傍晚,妻子从浴池回来,我们一起用餐。饭后,像往常一样,我们在一起闲谈了约一个小时,又像往常一样准备睡觉。妻子给我端来一杯酒,我做出往日的样子,一饮而尽,其实我把酒都倒进了衣服里。然后,我倒头装作昏睡。只听妻子说:'但愿你永远睡着,不再醒来,我对你已经厌恶,讨厌你的这副长相,不愿和你生活在一起了。'说罢,她换上最华丽的服装,涂脂抹粉,香气扑鼻地打扮起来,然后背上一把宝剑,打开门悄悄地出去了。我立即一跃而起,紧紧地

跟在后面。只见她穿过街道,来到城门前,念了几句我听不懂的咒语,铁锁随即掉在地上,城门立时洞开。

"她溜出城去,我紧追不舍。一会儿,我跟随她进了一座城堡,里面有一幢用泥土堆砌的圆顶建筑。她走了进去,我爬上屋顶,从上面监视她的行动。原来她是来与一个上下嘴唇突出,躺在一张芦苇草席上的黑奴幽会。

"她走到他跟前吻了地面,可是他却呵斥她说:'该死的东西,为什么到这时才来?'

"'我的主人,我的心肝,难道你不知道吗,我是个结了婚的女人呀?不过,我已讨厌我的丈夫,不愿意和他一起生活了。要不是考虑你的安全,我早就把他的城市变成一堆废墟,只有猫头鹰和乌鸦在里面叫嚣,还要把城中的石头全都扔到哥夫山①后面去。'"

"'你在骗我,不要脸的东西!我发誓,如果以后你再像今天一样来得这么晚,那我就不跟你来往啦。'

"听了他们的话,看了他们的行为,我气得头昏脑涨,甚至连自己在什

---

① 传说是环绕地球的大山。

么地方都忘了。当时，妻子站在黑奴前哭泣，连声哀求说：'我的心上人哟，你是我唯一的亲人，要是你抛弃我，还有谁可怜我呢？啊，我的心上人，我的眼珠啊……'

"她悲哀哭泣，苦苦哀求，一直到黑人饶恕了她，她才高兴起来，说：'我的主人，有什么东西可以给你的女奴吃吗？'

"'你掀开那边的一个盆子，里面有煮好的老鼠骨头，你拿来啃了吧。那边的罐子里还有酒，你拿来喝了吧。'

"妻子吃完喝完，洗净手，倒在芦苇草席上，躺在黑奴的身边。

"看见妻子一系列卑鄙下流的行为，我气得浑身发抖。我悄悄从房顶上溜下来，闯进屋去，夺过妻子身上的宝剑，向黑奴砍去，妻子乘机逃跑了。

"我本想砍下他的头颅，结果他的性命，可是没想到宝剑只砍破了他的皮肉和喉管。他倒在地上喘着气，我就匆匆离去了。后来我才知道，我妻子待我走后，又把他救活了。

"我回到城里，进了王宫，倒在床上一直睡到天明。等我睁开眼睛，发现妻子已剪去头发，换上丧服。她对我说：'哥哥啊，我这样做，不要责怪我，因为有人告诉我说，我母亲病逝，父亲战死，我的两个兄弟，一个被蝎子蜇死，一个高烧不退，医治无效而死，遭了这样的不幸，我怎能不哀悼守孝呢？'

"听了这番鬼话，我并没有发脾气，而是心平气和地说：'你愿意怎么办就怎么办吧，我不管。'

"她终日伤心哭泣，这样过了整整一年。有一天她对我说：'我想在宫中建筑一座像陵墓似的圆顶屋，我独自在里面守孝，并把它取名为哀悼室。'

"'你愿意怎么办就怎么办吧！'

"于是，她在宫中建起一座圆顶的哀悼室，在室中间，还砌了坟墓，看上去就像一座陵寝。然后，她把那黑奴搬到哀悼室里养伤。自从中了我那一剑以后，那黑奴虽还活着，但已成为残废，只能喝些汤水维持生命。我妻子每天从早到晚去小屋多次，在他身边哭泣，给他喂汤喂水。我一直容忍着，这样又过了一年。

"一天,她又去哀悼室,趁她不备,我也跟了进去,只听她走到那坟墓前说:'你远走之后,我已不存在人间,因为除了你,我不再爱任何人。无论你到哪里请带走我的灵魂和躯体。无论你在哪里定居,请在你的身边埋下我的躯体。当你站在你的坟墓前呼唤我的时候,我的骨头就会发出呻吟,和你的唤声相呼应。'

"听了她的祈求,我闯到她面前,说:'这是忘恩负义的荡妇之言!'当时我手里拿着宝剑,走过去准备杀她。

"这时,她腾地站起身,说:'好啊,我现在才知道,原来是你砍伤了他!'说完,她连念咒语,我听不懂,只知道她最后说:'凭着我的法术,让你的下半身变成石头吧!'

"随着她的话音,我的下半身果真变成了石头。从此,我站不起,睡不下,既算不上是一个死人,也算不上是一个行动自由的活人。

"我的下半身变为石头之后,整个城市,包括街道和商店也中了她的魔法,变成一个湖泊。城中原来住着的信仰伊斯兰教、基督教、犹太教和拜火教的四种教徒,变成了四种颜色的鱼,穆斯林教徒变成白鱼,拜火教徒变成红鱼,基督教徒变成蓝鱼,犹太教徒变成黄鱼。城周围的四个岛屿变成四座山,围绕着湖泊。

"从此,她想尽办法折磨我,每日来抽我一百鞭,直抽得我鲜血淋淋,不省人事。然后再给我的身上披一块毛巾,外罩一件华丽衣衫。"

年轻人讲到这里,已经泣不成声。国王抬头望他一眼说:"年轻人,你的话给我的旧愁上又加了一层新愁啊!告诉我,那个女人在哪儿?"

"在她的房间里。每日黎明,她都到这儿来一次,先脱掉我的衣服,抽我一百鞭,打得我痛哭流涕,高声惨叫而无力反抗。完后,她便拿着汤和酒去侍候黑奴。"

"孩子,我一定要为你做一件令我终生难忘而又永垂青史的好事。"

国王陪着青年谈天,一直到深夜。等青年王子睡了,他便脱掉衣服,佩上宝剑,一直来到黑奴睡的哀悼室。只见里面点着蜡烛和香,桌子上放着药膏。他走进去,一剑杀死了黑奴,然后背出来扔进宫中的一眼井里。接着,他又返回室内,穿起黑奴的衣服,躺在他原来的地方,手中握着宝剑,静等妖婆的到来。

大约过了一个小时,天色渐明,那妖婆来了。她先到她丈夫的房间,剥掉他身上的衣服,用鞭子狠狠地抽打,痛得他苦苦哀求道:

"别打了,别打了,可怜可怜我吧!"

"你可怜过我吗?你有没有为我而原谅我的情人?"

她反问着,并继续毒打,直打得他皮破血流,才给他穿上衣服。然后,她端起一杯酒和一碗汤走向黑奴的小屋。

妖婆走进小屋,放声哭泣,边哭边说:"我的主人,你说话吧,看我一眼吧。"

国王压低嗓音,模仿着黑人的口吻说:"哎哟!哎哟!毫无办法,只盼安拉拯救了。"她听见声音,高兴得大叫一声昏了过去。过了一会儿,她苏醒过来,说:"主人哟!你真的能说话了吗?"

"你这个没良心的女人,我不愿意跟你讲话。"国王用压得更低的声音说。

"为什么?"

"因为你每天鞭打你的丈夫,他的哭叫声搅得我无法睡觉和休息,他的诅咒和祈祷声使我不得安宁。如果不是为了这个,我的健康早就恢复了,正是因为这个,我才不理你的。"

"那么说,你允许我饶恕他了?"

"你恢复他的原状吧,这样我还可以安静些。"

"遵命。"

她站起来,匆匆走进宫去,端来满满一碗水,念了一段咒语,碗中的水便像火上的开水一样咕嘟咕嘟沸腾起来。她将水洒在她丈夫身上,嘴中念道:"凭着我的法术,让你恢复原来的形状吧!"

话音刚落,青年王子便浑身颤抖起来,接着恢复了原状。他站起身,高兴得不得了。

"我证明安拉是唯一的主宰,穆罕默德是他的使徒!"他情不自禁地嚷道。

"滚出去!"妖婆喝道,"不许你再到这儿来,否则我就杀掉你!"

待青年王子离开宫殿,妖婆走到哀悼室中,说:"出来吧,我的主人,让我好好看看你吧!"

"你都干了些什么?!"国王用微弱的声音说,"你解脱了你丈夫,只是稍稍让我得点安静,可是并没有彻底解决问题。"

"我的心上人,怎样才能彻底解决问题?"

"城里和四个岛上的居民都叫你变成了鱼类,每到深更半夜,他们就从水中伸出头来大声祈祷和咒骂你,使我根本无法入睡。我的身体也就无法痊愈。去吧,你先去解救它们。然后,你再来牵着我的手,把我拉出去。我的身体就会康复啦!"

听了最后一句话,妖婆欣喜若狂,说:"以我的头颅和眼睛发誓,我这就去!"

她高兴地跑到湖滨,掬起一捧水,念了一段咒语,池中的鱼便把头伸出水面,摇动起来,一会儿就变成了人。人们摆脱了妖法,城市和岛屿也跟着恢复了旧颜,街道和市场顿时活跃起来。

那妖婆立即跑回哀悼室,对她以为是情人的国王说:"亲爱的,把你那双高贵的手伸出来吧,让我拉你出来。"

"靠我近点!"国王低声说。

妖婆刚把身子凑过去,国王便挥起宝剑,戳进了她的胸膛,接着将她斩为两段。

国王走出哀悼室,青年王子正在门外等他。他热烈地与王子拥抱,祝他摆脱魔法。青年王子亲热地吻国王的手,衷心感谢他的帮助。

"你愿意留在本国,还是愿意随我到敝国去?"国王问王子。

"陛下,您知道我们两国之间的距离吗?"

"两天半的路程。"

"陛下,您该明白了。从这儿到贵国去,即使不停步地行走,也得走整整一年的时间。您当初到这儿来只用了两天半,那是因为本国着了魔法的缘故。至于我,陛下,从今以后一刻也不愿离开您了。"

"我还没有孩子,今后你就是我的儿子了!"

两人进了王宫,青年王子对他的大臣们说,他要到麦加去朝觐。大臣们开始为他备办行装。十天之后,青年王子便和他的救命恩人出发了。跟随他的是五十名近卫军,每个人都带着贵重的礼品。

他们昼夜兼程,整整走了一年,终于到达老国王的都城。

王国的文武百官正在绝望时,老国王平安归来的消息传来,大家喜出望外,跑出城去迎接。他们在老国王面前吻了地面,祝贺他平安归来。老国王在宰相和众臣的簇拥下进入王宫,坐在御座上,然后向宰相和在座的人谈了青年王子的遭遇。

几天之后,一切安排妥当,国王大宴宾客。席间,他对宰相说:"把那个渔夫给我找来。"

宰相奉命找到那个因他而使一个国家和人民得救的渔夫,把他带进王宫,国王询问他的情况,并问他有几个孩子。他回答说,他有一儿两女。于是,国王选他的大女儿为王后,把他的小女儿许配给青年王子,派他的儿子掌管国库。

后来,国王派他的宰相到黑岛国去任国王,吩咐同来的五十名近卫军跟随回去,还派去了其他掌管诸事的官吏。宰相欣然从命,不久便带着队伍上任去了。

从此,国王和青年王子同本国人民安居乐业。那渔夫一跃而成为国戚,过着舒适而幸福的生活。

巴格达姑娘

|

从前，巴格达城里有一个孤苦伶仃的脚夫，生活十分贫困。有一个时期无人雇用他，处境越发窘迫，几乎无路可走。一天，他倚着背筐站在街头等候生意，一个腰系丝绣围裙，中等身材的女郎走过去，对他说：

"背起筐，跟我走吧！"

脚夫即刻答应一声，跟着女郎进了市场。

女郎买了橄榄、面包、水果、肉、糖和香水，放进脚夫的背筐里，命他给她背回家。

脚夫背起筐，跟在女郎后面，一直来到一座住宅前。这是一座像王宫一样高大的楼宇，巍峨壮观，独居胜地，周围空气十分清新。女郎轻敲一下门，从里面飞奔出一个姑娘，她面颊红润，额头闪亮，腰肢纤细，体态轻盈，微笑的嘴唇犹如一块美丽的珠玉，两眼闪烁着活泼的光芒，仿佛空中明灿灿的星星。

她把两人请进院里，随后把门关上。他们沿着铺有大理石的走廊，来到一间宽敞的大厅。里面陈设雅致考究，一切应有尽有。上方摆有一张镶金玉、挂绸帐的象牙床，一位年轻貌美的姑娘正在床上闭目假寐，乌黑的头发像瀑布一样散落在床头。她听到脚步声，立即一跃而起，跑到三个人面前说：

"让我们一起把背筐从脚夫的肩上卸下来吧。"

当背筐里的东西都拿出来后，姑娘们给脚夫两个金币。"你走吧，没事了。"她们说。

但是脚夫却呆若木鸡地站在原地，迟迟不动。姑娘们以为他嫌钱给少了，其中一个便问：

"你为什么还不走？是不是还想跟我们多要点钱？"

"不，不！"脚夫说，"我拿到的已经远远地超过了我应该得到的。我很奇怪，你们这里为什么只有女人没有男人？我想我孤身一人，而且又缺吃少穿，正好留下来侍候你们，混个肚饱身暖也心满意足了。"

一个姑娘说："我们这座宫殿里的一切都是保密的，我们不喜欢有人知道我们的秘密。"

"严守秘密是一个人的美德，"脚夫紧接着话茬儿说，"同时也是保护自身的法宝。我向诸位小姐发誓，我绝不泄露秘密，不该知道的我绝不打听，不关我的事我绝不过问。"

"如果事情真像你所说的，那么你就留下来吧，或许你还真的对我们有用呢。"

姑娘们起身开始准备晚饭。一会儿，一桌有菜饭、饮料和水果的丰盛筵席便在厅堂里摆设停当。大家围桌而坐，开始吃喝。

吃饭间，突然传来一阵轻微的叩门声，买货的姑娘跑出去，一会儿回来说：

"真有意思，门外来了三个外乡人，想在此借宿。他们的胡须、眉毛和头发都已被刮掉，而且都瞎了左眼，看来他们的家乡很远，像是背井离乡出外寻求生计的。如果我们收留他们，让他们歇歇脚，吃些东西，那么我们就施了善行，也许他们还会给我们带来快乐呢。"

"好吧，就让他们进来吧！"姐妹们说，"叫他们不要多嘴，来吃点喝点吧。"

三个独眼人走进屋，刚一入座，就说："我们随身带着铃鼓和琵琶，弹唱几首我们所熟悉的民间歌曲，给诸位小姐助助兴吧。"

姑娘们说："我们都很喜欢听，音乐不仅能赏心悦目，而且还能增长见

天方夜谭

识,开阔眼界,陶冶性情。你们弹吧。"

一时间,铃鼓欢快的节奏伴着琵琶弹出的悦耳旋律在大厅里回荡,乐声婉转悠扬,在座的人都被动人的音乐陶醉了。

这天晚上,正巧哈里发带着宰相和掌刑官到民间察访,他们来到市中心一条大街上,一座高大宅院映入眼帘:那里灯光闪烁,笑声阵阵,美妙的乐曲在夜空悠悠飘扬。

哈里发及其随从禁不住大为赞叹,同时也好生奇怪:这样晚了,谁还在作乐?他们想弄个明白,于是便走上前去敲门。

姑娘们正在欣赏独眼人弹拨的音乐,忽听一阵敲门声,买货的姑娘赶紧去查看。她一见是三个陌生人,便不客气地问:"有什么事吗?"

"我们是陀白勒来的生意人,到巴格达已经三天,下榻在一家旅馆里,今晚本市一个商人邀我们去赴宴,饭后我们坐了一会儿才出来,结果迷了路,找不到我们住的旅馆,无奈我们只好前来惊动主人,求你们允许我们借宿一晚。"

姑娘返身将他们的意图告诉屋里的姐妹们,她们欣然允许,将他们迎进屋里。但是她们提出："希望你们不要过问与你们不相干的事情。"

三人欣然接受条件，坐下来吃喝。哈里发环视在座的人，心里很是纳闷：这七个人怎么穿戴举止如此不同，三个秃子外乡人打扮，且均瞎左眼。他们旁边那个男人衣衫褴褛，蓬头垢面，一脸寒酸气。而那三位姑娘则容貌端庄，衣着华贵，气质不凡。使他百思不得其解的是，这些社会地位如此悬殊的人们，今夜竟凑在一起吃喝、弹唱、欢笑。他几次张口要问，都被宰相阻止。宰相叫他耐心等待，以免惹是生非。

这时，一位姑娘起身，对其他两个姑娘吩咐了几句。两人立即走进一间密室，从中牵出两条黑狗。第一位姑娘卷起袖口，拿起一条皮鞭，向狗身上抽去，她抽打完一只，又抽打另一只，狗嗷嗷大叫，鲜血流了满地。继而她又把遍体鳞伤的狗抱在怀里，痛吻不止，然后把它们交给她的姐妹，让她们牵回密室。

打狗的姑娘懒散地坐在象牙床上，另一个姑娘坐在她旁边，买货的姑娘拿出一只琵琶，轻轻弹了几下，调了调琴弦，高声唱起歌来。

她的歌声刚停，第二个姑娘便说："你唱得真好。"突然，她撕破衣衫，晕倒在地，不省人事。哈里发和在座的人骇然大惊，因为他们看见，她的身上布满道道鞭伤，令人不寒而栗！

一会儿，她慢慢苏醒过来，抓过琵琶，唱了同一首歌曲。歌罢，她又晕了过去。然后又这样继续了第三次。

哈里发迷惑地看了看身边的脚夫和独眼人，低声问："这是怎么回事？"

"你问我们，我们问谁？"他们说。

"难道你们不是这所房子的主人？"哈里发瞪大眼睛。

"但愿我们露宿野外，也别踏进这样的宅门。"

那个打狗的姑娘——这个宅子的主人，听见窃窃私语声，回过头去问："你们说什么呢？"

"我们对眼前的事都感到奇怪，你能告诉我们这其中的原因吗？"

"你们这是侵犯我们，违犯了我们双方订的协议！"说着，她用脚在地上狠跺三下，口中命令道："快出来！"

地面霎时裂开，从里面冒出七个手持明晃晃宝剑的奴隶，一齐喊道："请允许我们杀死这些多嘴饶舌的人吧！"

"慢着！"女主人说，"待我弄清他们的情况之后再杀不迟。"

"你千万不能杀我们！"脚夫哭丧着脸说，"都是那几个独眼龙闹的，他们走到哪里，哪里就有灾难。本来很有趣的事，一有了他们就扫了兴。"

姑娘听了，禁不住笑道："那就让他们把自己的经历给我们讲讲吧，不消多长时间，他们就一命呜呼了！"

然后她转向三个独眼人："你们是兄弟吗？"

"不是！"他们回答，"我们每个人都有一段离奇的故事。"

"你们讲出来给我听，也许我会饶恕你们的。"

脚夫赶紧上前："我先讲吧！我的故事很简单，一句话就行。我是给你们背货物来的，在这里与三个独眼人偶然相遇，结果后悔莫及。"

"摸摸你的头，去吧！"姑娘命令道。

"我不去，我要听了这些人的故事才走呢！"

于是，第一个独眼人开始讲述他的经历。

2

先父是个国王,拥有广阔的土地和庞大的军队。他有一个弟弟,也被分封在别处做了国王。哥俩友好往来,情谊甚笃。说来很巧,叔叔的儿子和我生在同一夜。我们在极优越的环境里,在双方父母无限的抚爱中一起长大。叔叔经常邀我到他家玩,我一去就是几个月,因此和叔叔的儿子很要好。我们互相关心,互相尊重,有事一同商量,有困难一块解决。

一次,堂兄弟要我陪他去做一件事,并让我尽力帮助他,同时还要替他保密。我不知是什么事,但还是满口应承了,和他订了同盟。

我跟着他来到一座雄伟的大厦前,他指着一扇窗子让我看。那里有一个姑娘正在向外俯视,似乎早已和他约好。我们站了一会儿,姑娘便来到我们跟前,她浓妆艳抹,满身珠光宝气。堂兄弟把我们领到郊外一个墓地,那里有一个极深的洞穴,是一座年久失修的宽大古墓。他带我们跳下去,用随身带的小铲在旁边挖了挖,一会儿露出一个木盖来。他掀开盖子,带着我们沿台阶下到一个宽敞的大厅。厅里有两间房子,一间放着生活必需品,如干粮和水,另一间放着一张象牙床,上面有华贵的被褥。附近还有两把高级座椅和一个精致的小桌。

姑娘听从堂兄弟的命令坐在床上,我也按照他的意思坐在椅子上。歇息片刻,他对我说:“你原路回去,盖上木盖,然后照原样把土和石头堆在上面,对任何人都不要说。”

我向他告辞,回到地面,并遵照他的意旨把洞口掩上。我失魂落魄地走回家,一夜辗转反侧,不曾合眼,心里一直惦记着堂兄弟。

第二天早晨,东方刚刚发白,我便跑到墓地,寻找我的堂兄弟和那姑娘隐居的墓穴。但是找了整整一天也没找到。后来我天天去找,一周一周地过去了,也未成功。我的叔叔还以为他的儿子到什么地方去旅游了,因为他曾答应过他,并限他二十天回来。我想回家,征得叔叔同意,便整装出发了。谁知我的脚刚刚踏入国土,就被一群士兵逮捕。他们将我押到父亲的

宰相面前,这时我才知道,在我离家的日子里,国内发生了政变,宰相杀了我的父亲,篡夺了王位。

我和宰相之间早有宿怨,原因是这样的。有一天我和他陪父亲出外打猎,我们用弓箭射击飞禽走兽,谁知我一箭没有射中,却误伤了宰相的眼睛。回宫后,我一直忧心忡忡,对这过失深感遗憾。宰相瞎了一只眼睛,心里当然很生气,但是他慑于父亲的权势,没有把愤恨流露出来,而是深埋心底。

宰相见了我,恶狠狠地说:"你可看见了吧,王位到了我手里。我的瞎眼之仇一定要报!"

"我不是有意的,是误伤了你!"

"可是我的眼睛在我的生活中是多么重要啊!"说着,他伸手挖了我的左眼。

然后,他命令他的士兵把我拉到荒野里杀死,将尸体喂野兽。这个士兵原是我父亲的一个侍从,跟我很熟悉,他不愿意杀死我,但也不敢违命。

于是便把我带到一个荒无人烟的旷野,放我逃跑了。

我离开故乡,投奔叔叔。叔叔正在为儿子的失踪而伤心。他见我一副狼狈相,赶忙问我其中原因,我将父亲遭难一事讲给他听,接着又说出了堂兄弟的去向。叔叔先是悲哀,后是惊喜,他为父亲的死和王位被篡夺而难过,又为儿子有了下落而欢欣,他让我把他带到墓地,一步一步地寻找那座古墓,最后终于找到了。

我们掀开洞盖,沿台阶下到里面。迎面扑来一股浓烟把我们呛得几乎喘不过气来。过了一会儿,洞里流进了新鲜空气,我们走到那张象牙床前,发现我的堂兄弟和那个姑娘躺在上面,他们盖的被子已经烧成灰烬,两人也被烧成焦炭。叔叔气愤地脱下靴子,冲着堂兄弟的脸狠狠地拍去,嘴里骂道:"不要脸的东西,是安拉咒你入了地狱。谁让你不听从我的劝告,你自作自受!"

原来,我的堂兄弟与这位姑娘偷偷恋爱,被家里发现,叔叔坚决反对,最后两人只好出走,躲进这座古墓中,过隐居生活,但不幸被火烧死。

我和叔叔又原样将古墓埋好,悲痛地离去。

一周以后,那个篡夺我父亲王位的宰相,又带领人马侵入了叔叔统治的城市。我担心再落入他手,便刮了胡子、头发和眉毛,化装逃到了巴格达。凑巧与这两位独眼人相遇,我们都是初来乍到,摸不清门路,只好先到这个宅子里借宿一夜。

姑娘听完他的讲述,说:"摸摸你的头,想到哪儿去就到哪儿去吧!"

"不,我要听听其他人的故事。"

于是,第二个独眼人开始讲述他的经历。

3

先父是乌木岛国的国王,我会背诵古兰经,熟悉它的各种读法和写法,同时精通文学和诗歌,还钻研过各种学问,因此我名传遐迩,很多国家都聘请我去传授知识。

印度国王听说我的名声，派人专程来我国，邀我前去讲学。父亲同意了，给我派了大队侍从，并让我随身带了大批贵重礼物，馈赠给印度国王。三艘大船载着我们起航，白色的帆船在碧波荡漾的海面上行驶，犹如鸽子滑翔在绿色的田野上。

我们到达印度海岸，换乘坐骑。马儿在原野上飞奔，带着我们向王宫驰去。正当我们加紧赶路时，一伙强盗挡住了我们的去路，他们拔出明晃晃的宝剑，杀死了我们之中的一部分人，其余的人都四处逃散。我躲进了一个山洞，在里面待了整整一夜。第二天太阳出来时，我离开山洞，漫无目的地乱闯，最后来到一座城市。

这座城市看来很繁华，街上喧声不止。我走到一家裁缝铺前，裁缝见我是外乡人，便让我坐在他的旁边，问长问短，我将我的身世和遭遇讲给他听。他听了以后惊慌地嘱咐我，千万不能暴露身份，因为这里的国王是我父亲的仇人，他抓住我一定会把我杀死。他还嘱咐我，要隐瞒自己的知识和学问，因为这里的人只重视钱财而不注重学识，弄不好会自找麻烦。我满口答应。他留我住在他那里，答应给我找一个工作维持生活。可是，我没有任何手艺和技能，他便给我找来一把斧子和一根绳子，让我进山去砍柴，靠卖柴为生。

一天，我进入一片荒林里砍柴，斧子刚落在一棵枯树根上，便碰到了一个金属环，我赶忙扒开它周围的泥土，发现这原来是一个木盖子的拉手。我好奇地掀开盖子，一条直通洞底的台阶展现在我面前。我想看个究竟，便沿着台阶走下去。台阶的尽头，出现一扇关得紧紧的门。我用力将它推开，进到里面。这是一个宽敞的大厅，分成几个房间，中间的房子里有一位姑娘，像柳枝一样苗条，像满月一样美丽。她疲惫地坐在椅子上，面色苍白，精神恍惚，一副病态。

她听到我的脚步声，惊慌地从椅子上站起来，问：

"你是人还是鬼？"

我说："你好，小姐！我是人类，我的身心是纯洁的。"

　　她放下心来,问我:"你是怎么来到这个地方的? 我在这里待了整整七年,还没见过一个人。"

　　"是命运把我送到这里来的。"

　　于是我对她讲了我的家世和目前的境遇。姑娘听了,叹口气说:"你吃的苦比起我来,要少多了,你听听我的遭遇吧。"

　　"我像你一样,父亲是个国王。我从小和堂兄要好,但不幸在新婚之夜,被魔鬼哲尔吉利斯抢走。他是白尔吉利斯的儿子,易卜利斯的孙子。他把我关在这个地狱里让我过着虽生犹死的生活。我孤零零地在这里忍受着熬煎,从没有人来看望我。魔鬼每十天来这里一次。现在已经过去六天,还有四天他又要来了。倘若你愿意,这几天我们就像兄妹一样地在一起生活吧。以后魔鬼不在的时候,你就经常来看我,然后我们找个机会一起逃出去。这对我来说就是大恩大德了。"

　　她的话激发了我那大丈夫的侠义气概,我说:"我不仅要分担你的寂寞,而且还要杀死那个魔鬼,使你彻底自由!"

　　无意间,我瞥见墙上挂着一块小牌,上面写满符箓。我问她这是什么意思,她说:"不管什么时候我需要魔鬼,摸一摸这个符箓,他即刻到来。"

我急于杀死魔鬼,便上前去摸,姑娘惶恐地拉住我,她说魔鬼看见我和她在一起,定会把我俩杀掉。我不听,坚持要先杀死魔鬼,再带她出洞。因为魔鬼不死,她就不会得到真正的自由。

我的手指刚刚触到符箓,脚下的大地就震动起来,我不禁有些害怕。姑娘命我快快逃跑,我顾不得拿斧头便匆匆登上了台阶。

待到我回头看时,魔鬼已经站在了她的面前。

"你现在要我来,有什么事?"他问。

"刚才我在小牌前走动,忽然感到一阵头晕,歪倒在墙上,不小心触到了符箓。"

她的话尚未说完,魔鬼便看见了地上的斧头:"我不相信!"他吼着,"这把斧头证明你在耍猾,在欺骗!"

"我说的都是实话,"姑娘很坚定,"不信你就搜嘛!"

"不把斧头的主人拉到你面前,我就不是哲尔吉利斯!"

我听到魔鬼大喊,战战兢兢地跑出地面,浑身出满了冷汗。

第二天早晨,裁缝走进我的房间说:"铺子外面有一个外乡人在打听你。他的手里拿着一把斧子,曾找遍所有的樵夫,问他们说:'清晨我到清真寺去祈祷,捡了这把斧头,你们知道是谁的吗?我好去送还给他。'樵夫们认出是你的。这不,他已经找到我的铺子里来了,你快去见见他吧,谢谢他的好意。"

听了裁缝的话,我心里一怔,脸色大变,只觉口干舌燥,一会儿便失去了知觉。

当我睁开眼时,发现那个可爱的姑娘正在我面前伤心地啜泣,她披头散发,遍体鳞伤。原来我已经被魔鬼带到地洞里。

我听见魔鬼说:"你看这不是那个跟你鬼混的樵夫吗?我把他抓来了!"

"我没见过他!"姑娘回答。

"如果你说的是真的,那么你就用这把剑杀死他!"

"我怎么能杀死无辜的人呢？"

魔鬼转向我："为了证明你和她之间没有什么瓜葛，你就用这把剑杀死她！"

我说："倘若一个女人都不愿意犯罪，何况我一个男人呢！"

魔鬼不耐烦了，抽出宝剑把姑娘砍成两截。然后他口念咒语，手在我头上绕了几圈，我即刻变成了一只猴子。

他把我扔出地面，从此我到处游逛。一天，我来到海边，看见一只船停泊在那里，就纵身跃了上去。一些人看见我，说："这是个不吉利的东西，带上它，我们航海就休想平安。这是个晦气的征兆，让我们将它扔进大海或者杀死它吧！"

我很害怕，紧紧拉住船长的衣角，抬头哀求他开恩。泪水从我的眼眶中滚滚流出，我的内心有说不出的悲哀。船长明白了我的意思，动了恻隐之心。我在他的保护下，得以活命。

船长待我很好，不仅保护了我的生命，而且给我的前程带来光明。我跟随着他，竭力理解他的每句话，每个手势，满足他的一切需求。他对我无比信任，常让我为他干这干那，我每做好一件小事，他都十分惊叹。

船在海上航行五十天后，在一座闹市靠了岸。只见车马喧阗，人声鼎沸，好不热闹。我们的船刚刚抛锚，当地国王的一队人马便来到我们面前，说："我们的国王祝你们一路平安。他现在需要一个书写大臣，因此要我们把这张纸送到船上，请你们每人在上面写一行字。"

我第一个走上前去抓过纸，差官们吓得直往后退，上下打量着我说："你要干什么？"

我拿起笔用漂亮的字体在纸上写下两行诗句：

历史记载着你的慷慨，岁月数不清你的美德，

安拉不会让人间受苦，总施以慈父般的恩泽。

我把纸递给差官，他们惊愕异常。然后船上每个人都按照自己的意愿写了一行字。

书法被送到国王那里，国王只赏识我的字。他命令差官们立即给我送来一套华贵衣服和一匹高大骏马，迎我进宫。差官们禁不住抿嘴窃笑，没有立即执行命令。国王生气地喊道："我吩咐你们办的事情，为什么迟迟不动？你们想干什么？"

"陛下，您所欣赏的书法和诗句，并非人类所写，乃出于一只猴子之手。"

国王大为惊叹，坚持让我穿戴齐整，骑马进宫。一小时后我来到御殿前，跪下去吻了地面。他命我坐下，我彬彬有礼地入座，风度就像我当年做王子时一样。在座的文武大臣都交头接耳，窃窃私语：

"这哪里是猴子做得来的？它分明像个人类。"

国王更是奇怪，他命大臣们退下，身边只留下我一人。一会儿，他命奴

仆开饭。奴仆们把丰盛的肴馔端上来，按照国王的旨意摆在我俩中间。我和他一起进餐，动作轻巧麻利，有分寸，有礼貌。

国王对我越发感兴趣了。他要试试我的才能，于是便搬来棋盘，示意我和他对弈。结果我连胜他两局，他惊叹不止，忙唤女儿前来观看奇迹。公主刚一踏进门槛，便掩住脸往后退，口中嚷道："父亲，您怎么让我来见一个外国男人呢？"

"你还没看清就走，我是让你来看看这只奇怪的猴子，它的动作和本领令人吃惊。"

"他哪里是猴子？"公主说。"他是一个王子，有渊博的学识，是魔鬼哲尔吉利斯把他变成了一只猴子。"

国王望望我，问："她说的可是真的？"

我点点头，眼泪簌簌流下。

"你是怎么知道的？"国王问女儿。

"小时候，我们这里有一个精通魔法的老太婆，她曾教过我七十套法术，其中有几套我很入门，我可以凭借它的威力将您的城市变成汪洋大海，将您的臣民变成海中的鱼鳖。"

"若是这样，你快把这个青年从魔法中拯救出来吧！他可以做我的宰相，他聪明的脑袋和丰富的学识对我治国很有用处。"

"好吧,我这就做。"

公主审视了一下方位,然后用手指在地上写了一些只有她自己才懂的咒语。刹那间,宫中变得一片黑暗,我们慌作一团,犹如坟墓中冤死的鬼魂对未来难以推测时一样茫然。正当我们不知如何是好时,黑暗逐渐消散,魔鬼哲尔吉利斯面目狰狞地立在我们面前,公主说:"不受欢迎的家伙,我要把你变成一堆灰烬,给那位可怜的公主报仇,你杀死了她,给她的丈夫和亲人带来巨大的悲痛。我还要给这位王子报仇,是你滥施魔法把他变成了一只猴子。"

魔鬼摇身一变,变成了一头狮子,向公主扑去。公主眼明手快,迅速拔下一根头发,念了几句咒语,吹了一口仙气,头发即刻变为一把宝剑。她高举宝剑,用力向狮子砍去。狮子被砍成了两截。可是狮头刚一落地,就变成一只蝎子,公主即刻变成一条大蛇,紧追蝎子不放。

眼看蝎子就要战败了,但它又摇身一变,变为一只鹜,公主随即变成一只兀鹰。一阵追逐后,魔鬼又变成一只黑猫,公主变成一只狼。厮打片刻,黑猫招架不住,变成一个硕大的石榴,升到半空,然后迅速落到地上,石榴籽摔得处处皆是。狼立即变为一只雄鸡,啄食石榴籽。最后,一棵石榴籽躲在角落里,雄鸡找了好一会儿方才找到。正当它要啄食时,石榴籽变成一个水池,雄鸡即刻变成一条大鱼,跃入水中。约莫过了一个时辰,我们突然听到一声咆哮,原来魔鬼又从水池变为一团烈火。火舌向宫里的人和家具扑去,很多人当即烧死,我也被烧瞎了左眼。

我们正在漫天的大火中不知所措的时候,突然一阵祈祷声传来:"真主是伟大的,他援助我们战胜邪恶的敌人。"话音刚落,火焰变为一堆灰烬。

公主拿着一杯水走到我面前,念了咒语,把水洒在我的身上,我立时恢复人形,但瞎了一只眼睛。

我们还没来得及喘口气,就听公主大叫:"火!火!"随着声音,她化成了一堆土。

悲哀笼罩着王宫,我们泣不成声。国王看看我说:"你是这场灾难的根源。但事情既然如此,我们也没有办法。你现在走吧,在安拉的广阔沃土上,到处有你的栖身之地。"

我离开王宫,茫然地向前走去,经过一个国家又一个国家,最后来到巴格达,碰见这两个独眼兄弟。在这个不寻常的夜晚,我们又来打扰你们。

第二个独眼人讲完,姑娘说:"摸摸你的头,走吧!"

"请允许我听完第三个独眼人的经历再走。"

姑娘转向第三个独眼人,说:"讲讲你的故事吧!"

4

我原也是一个王子,父亲过世以后,我继承了王位。我公正地治理国家,宽厚地对待百姓,百姓们都很拥戴我。

我的国家建立在幅员辽阔的海岸上,周围是几个岛屿,我生来喜欢航海旅行。有一次,我又带着卫士出发了,随身还带着四个月的粮食和用品。

帆船载着我们在海面上行走了十天。第十一天,海上飓风突起,波涛汹涌,木船在巨浪中颠簸,我们随时都有葬身鱼腹的危险。待到风平浪静时,我们已经迷失了方向。四周是漆黑的夜空,海上笼罩着恐怖。突然,船长发现前面有亮光,他以为是航标灯,赶忙攀上桅杆张望,发现有一个忽黑忽白的东西在海面上漂荡。他滑下桅杆,沮丧地说:"唉,我们完了! 船正向着磁山驶去,这座山具有巨大的磁力!"话音刚落,我们便感到船速加快,向前疾驰,这无疑是磁力发生作用了。我们毫无办法,只得服从命运的安排。一会儿,帆船靠近磁山,一声巨响,船钉全部脱落,被磁山吸去,船身立时解体,船板四处飞散,我们都落入海里。大部分人葬身海底,少数人靠着破碎的船板得以活命,但也不知漂向了何处。

过去我曾听别人讲,磁山有一幢黄铜圆顶建筑物,它的支柱都是大理石造的,极其雄伟壮观。它的顶端有一尊骑士塑像,那骑士身跨骏马,手握缰绳,昂首挺胸,注视前方。他的胸前挂着一铜质黄牌,上刻有符箓和花纹,中间有一行小字:

骑士只要骑在马上，海里的船只就休想顺利地从他脚下通过。

看来，我们的遭遇证实了这句预言。

经过一番挣扎，我游到磁山脚下，沿着一条崎岖的小路向山顶攀去。这是一座大自然创造的奇形怪状的山，山上顽石嶙峋，光怪陆离，路途坎坷，七出八进，杂草丛生，高矮不均，是逃难者极好的隐避之地。

我爬到圆顶建筑物前，走了进去。我感到筋疲力尽，便坐下来歇息。刚一坐下，我就闭上了眼睛。忽然，我听见一个声音说："海绥补的儿子，如果你想平安离开这里，返回家园，那么你就挖开你脚下的地面，那里有一张弓和三支箭，你用箭把骑士从马上射下来。你一旦把他射倒，弓箭就会自然从你手中脱落。你再把它们埋入土中。一切做完后，你就会发现海水开始上涨，一直漫过山顶，这时你会看见有一只小船向你开来，你默然坐上去，千万不要与划船人说话，他将送你到人烟稠密的陆地。假如你说了话，你就会被抛入海里，葬身鱼腹。"

我醒来后，按照梦中听到的指示去做。果然有一只小船驶来，载着我

离开了磁山。快到陆地时,我欣喜异常,忘乎所以,禁不住地高喊:"安拉最伟大!"突然,小船剧烈摇晃起来,把我掀入海里。然后它继续行进,我则拼命挣扎。最后,一个巨浪把我推到岸边,我才有幸没有被淹死。

我上了岸,拧干衣服,准备找个栖身之地。走了好一阵,也没见到一个人影。这时我才发现,我摆脱了大海,但又沦落荒岛。我没有被水淹死,但将因无粮无水饥渴而死。我看见附近有一棵参天大树,便爬上去,俯瞰四周,想找一条活路。突然,我发现海上有一条小船向这边驶来,我赶紧躲在枝叶间注视着。

小船靠了岸,上来十个奴仆模样的人,手里拿着铁锨。走到岛中心,他们用锨铲开地面,挖出一个圆铁盖。他们掀开盖子,下面是一个洞口。我不知道它有多深,也不知道里面有什么,只看见这几个奴仆在小船和地洞之间来来往往搬运东西。其中有面包、面粉、奶油、蜂蜜和其他生活起居必需的器皿什物。最后一次,他们搬出一些华丽的衣服,簇拥着一位衰弱的老人走上岸来。老人的手里还拉着一位英俊少年。他们来到洞口,进到里面。过了一会儿,老人和奴仆们走出来,却不见那位少年。他们关好铁盖,埋上泥土,然后匆匆返回小船,离开了荒岛。

我无法控制自己不去关心那位素不相识的少年。我怎么能眼睁睁地看着这样一个美好少年,被一伙人抛进地洞?那些人的目的是什么?害死他,或者有什么别的企图?我决心弄个水落石出!

我从树上滑下来,走到地洞前,扒开泥土,揭开铁盖,沿阶梯下去。前面是一个很大的过堂,几根粗大的柱子支撑着穹顶,以防地面塌陷。过堂的中间有一道铁门,关得死死的。我东张西望,除了柱子和铁门外,别无他物。我估计秘密就在铁门里面。于是过去敲门。我轻敲一回,重敲一回,都没有人应声,甚至连动静都没有。我决心想尽办法弄开它,便细细摸索门面。突然,一个铁棍在我手中动了一下,我往旁边一拧,门被打开了。

我轻手轻脚地走到里面。原来,这是一间宽敞的大厅,被四扇门隔为四间,前三间放的都是生活用品,有粮食、器皿、桌椅板凳、地毯和书橱,书橱里摆着各种书籍,地上还有一个吸水管和下水道。

我走进第四间,看见那位少年正躺在床上,面色苍白,双眉紧锁。他见到我,惊恐万状,以为我是一个刚从地下冒出来的魔鬼。

我安慰他说:"别害怕,小兄弟。我跟你一样,也是人类。我随时准备为你服务。"

他放下心,端正地坐起身来。我坐在他旁边,继续对他说:"你为什么到这里来,请你讲给我听好吗?"

他点点头,说:"我的父亲是个著名商人,他只有我一个儿子。在我出生的那天,一个星相家对他说,当我十五岁时,会遇到一场大灾难,一个叫阿吉卜的国王将把我杀死。父亲非常害怕,便找到这座荒岛,给我筑了一间地下室,里面还预备了各种生活必需品。我刚到十五岁,父亲便把我带到这里,让我隐居起来,避免与阿吉卜见面。度过危险期后,他再来接我回去。"

我听了,不免觉得可笑。我说:"那些星相家什么时候让人们相信过?我就是国王阿吉卜。我很同情你,也很喜欢你,绝对不会杀害你。你不要担心,这一年我陪你度过,给你排忧解闷,照顾你的饮食起居,保护你的生命安全。"

从此以后，我们朝夕相处，生活得十分快活。少年忘记了危险，每天有说有笑。到了他十五岁的最后一天，他想吃西瓜。我说："给我刀，我给你切西瓜吃。"他说："刀子在那个很高的壁橱里呢。"我登上椅子，把刀拿下来。这时，我突然感到一阵头晕，失去了平衡。我倒在少年身上，刀子插进了他的胸膛。

他死了，我伤心异常，但又毫无办法。我想，他的父亲不久一定来地洞看望，因为明天少年就十六岁了，老人将接他回家。第二天一早，我就离开山洞，爬到附近的大树上，静等少年的父亲到来。

我刚在枝叶间选好位置，就见一只小船从远处驶来，靠近海岸。一些人走上岸，径直向地洞奔去。不一会儿，他们出来了，手里托着少年冰冷的尸体，涕泪滂沱，悲声动天。他们慢慢地把少年放在船上，向家乡驶去。

我从树上下来，在岛上漫无目的地走着，最后来到一座巍峨的宫殿前。我上前敲门，一个上了年岁的老人给我开了门。我请求他允许我进去，他同意了。我随他来到一间大厅，里面并排坐着十个男人，都瞎了左眼。我问候他们，坐在他们的旁边，我对他们讲，我想留下来，和他们一起生活。他们说："如果你想过幸福生活，我们指引你一条获得幸福的路，但是我们对你讲的戒言你千万不能违背，倘若你违背了，哪怕违背一点，你不仅得不到幸福，而且还会倒霉。"

我说："我绝不违背戒言！"

于是，他们抓来一只大绵羊杀了，剥下皮，把我裹在里面，然后缝上，对我说："我们把你扔在野外，一只兀鹰将把你叼走，带到高山上。到山顶后，你就用手中的刀子把羊皮割开，然后摇动手中的铃铛，兀鹰听到铃声就会害怕，把你甩下飞走。你从羊皮里出来，一直朝北走，这样你就会找到你的幸福。"

我按照他们的指示做了，一直来到一座金碧辉煌的宫殿前。宫殿的门是黄铜制作的，上面刻着各种雕像，在阳光下闪着耀眼的光芒。我在门口站了一会儿，便向着看门的老头走去。他让我进到里面。我有些害怕，但是想起十个独眼人的话，同时又看到宫殿如此迷人，还是硬着头皮走了进去。进门后，便是一道长廊，两旁矗立着各种姿态的骑士塑像和各种神态的动物塑像，个个栩栩如生，令人目不暇接。

最后，一扇玻璃门挡住我的去路。我轻轻推开门，是一间大厅。里面有四十个美丽的姑娘，她们宛如天上的繁星，又像散落的珍珠，个个容颜焕发，光彩照人。她们见到我非常高兴，表示热诚欢迎："你和我们在一起，一定生活得很幸福。从今以后你就是我们的兄弟，你会得到我们每个人的尊敬和热爱。"

接着，她们把我领进浴室。我扒掉一身由于多日的磨难变得破烂不堪的衣服，洗掉身体上的污垢，换上一套华丽衣服，从此和她们欢快度日。

光阴似箭，不觉已过一年。一天，她们对我说："我们都是国王的女儿，每年我们都要回到父母那里过上四十天再回来。这是宫殿的钥匙，我们把它交给你。宫里有四十个宝库，你可以用它打开三十九个，里面的东西你可任意享用，只是那第四十个，你千万不要打开。你等着我们，我们很快就会回来的。"

她们向我告别，相继离去。

我一个人在偌大的宫殿里住了二十天，丝毫没有感到孤独和寂寞，因为各个宝库中的新鲜东西伴随着我。我唯一放不下心的就是她们禁止我打开的那个宝库。一天，我走到它面前，好奇心促使我想看个究竟，可能不幸的结局又阻止我蛮干，我彷徨不安，反复琢磨。我想："世间对人类威胁最大的莫过于死亡，难道还有比死亡更可怕的不幸吗？何况生死存亡都是命中注定，不该死时我死不了，该死时我也没法躲过去。"这样想着，我顺手打开门。里面有一匹我从未见过的高大骏马。我解开缰绳，骑了上去。我用双腿挟着它的肚子，催它前进，但它没动。我见附近的墙上有一根皮鞭，便拿过来抽了它一下。突然，它腾空而起，飞上天去，一直把我带到一个陌生的所在。当我从它身上下来时，它用尾巴抽瞎了我的左眼，然后迅速飞走了。

我向前走去，走到一个宅地。一看，原来我又回到了那十个独眼人身旁。我表示愿意和他们生活在一起，可他们拒绝了，把我赶出了门外。

我穷途末路，无计可施，只好茫然地到处乱走，一直来到巴格达。在这里，我与两位独眼人相遇，我们又一起来到这个宅邸寻找住处。

姑娘听完，说："摸摸你的头，走吧！"

"不，我还想听听其他各位的故事呢！"

5

姑娘转向哈里发和他的随从，说："怎么样，讲讲你们的来历吧！"

宰相上前一步，说："我们的来历很简单，刚才进门时都对你的姐妹们说过了，想必你已听到，就免了吧。"

"好，我饶恕你们，现在就请各位离开这里吧。"

"多谢。"七个人告辞出来。

走到一个小巷内，哈里发对三个独眼人和脚夫说："深更半夜，你们到哪里去？"

"不知道。"

"就暂且到我们那里去过一夜吧。"哈里发说，然后吩咐宰相吉尔法去安排，并命令第二天带着他们及三个姑娘和两条黑狗去见他。

翌日早晨,哈里发在一个下铺波斯地毯,顶挂金制吊灯的华丽大殿里临朝听政,他的左右坐着宰相和文武百官。他命侍从把姑娘、黑狗和四个男人带上殿来。侍从遵命。一会儿,一支奇怪的队伍便出现在殿前:先是三个姑娘,后面是她们的两条狗,再后是三个独眼人,最后是脚夫。宰相对三个姑娘说:"你们现在是在哈里发御座前,昨晚承蒙你们的款待,他没有询问你们的来历。今天他把你们招来,决定问个明白,你们一定得老实回答他的问话。"

姑娘们听了,诚惶诚恐。女主人首先走上前去,讲述了她的故事。

这两条狗原是我的姐姐。家父早年去世,留下五千金币,我们把它平均分配,各取一份。两个姐姐先后嫁给了两个商人。过了些时候,她们撇下我随姐夫们经商去了。四年以后,两人衣衫褴褛、精神沮丧地沿街乞讨归来。原来她们把钱花光后,丈夫又抛弃了她们。看到此番情景,我心如刀割,如同我也遭难一般。我安慰她们,让她们同我住在一起,供她们吃喝穿戴,并把我的钱分给她们。

从此,两人安下心来,充分利用我给她们的资本经营生意。一年以后,她们富裕起来,忘记了曾经遭受的苦难,又想结婚了。我对她们说:"姐姐,结婚有什么好处?你们都已经尝试过了,到头来还不是被遗弃?如今这个世道好人太少了!也许这次你们的命运会更加不幸。"

她们不听我的劝告,还是嫁了人。没过多久,两人又空手回来了。她们说:"别责怪我们吧,妹妹。从今以后我们一定听你的话,再也不结婚了。"

我没有怪罪她们,仍然真诚地尊敬她们,照顾她们。

后来,我打算去巴士拉做生意。我问两个姐姐是跟我去呢,还是留在家里。她们说:"你到哪里,我们就到哪里,我们不愿意和你分开。"

我把手中的一半钱藏在家里,预备万一破产好回家维持生活。

我们乘着帆船出发了。没想到走错了航线,船把我们带到了一个从来没听说过的港口。离它不远有一座城市,船长说:"我们虽然走错了路,但终究平安靠岸了。对于生意人,走到哪里都一样,你们到这座城里,把货物卖掉,说不定赚的钱比去巴士拉还多呢!"

"但愿如此。"我说。

我们带着货物进到城里,发现城里的居民都变成了黑色的石头,他们的房舍和家畜,商店里的货物和金钱原封不动地摆在那里。我们尽情地收集金钱,不费多少力气便装满了钱袋,可是金币和货物太重,我们只能尽力拿一部分。

我和姐姐们分开,各自走街串巷,商量好在船上碰头。

我慢慢地往前走,来到一座巍峨的宫殿前。从那金碧辉煌的外表看,无疑是座王宫。我轻轻地推开虚掩的门,沿一条大理石修造的长廊前行。长廊的尽头,是一个椭圆形的大殿,它的四周,有几个房间,门都敞开着,门上挂着薄绸帷幔,长长的,一直拖到地面。我走进连着长廊的房间,发现国王坐在宝座上,他身穿华贵的朝服,头戴金镶玉嵌的皇冠。他的面前,分左右两排坐着文武百官。正前方伫立着两列佩剑的侍卫。他们都变成了黑石,像狮身人面兽一样安静,像山丘一样泰然。我又走到另一个房间,里面有一个通往楼上的阶梯,我沿梯上去,发现这里全是卧室。我走进一间,看见一张金床,上挂闪闪发光的帐子。透过薄薄的帐子,我看到一个妇人躺在床上,盖着被子,只露出一张脸,但也变成了黑石。

夜幕悄悄降临,黑暗吞噬了眼前的情景。我走到另外一间房子里,默诵古兰经,祈求真主保佑,然后便把头放在膝盖上睡着了。约至半夜,我突然听到一个声音,心头怦怦地跳个不停。我仔细倾听,那声音圆润悦耳,抑扬顿挫。这分明是吟诵古兰经的声音。我激动得一跃而起,朝发出声音的地方寻去。在一个灯光闪烁的房间里,地毯上坐着一个漂亮的青年,正在虔诚地吟诵古兰经。趁他停顿时,我轻轻地敲了一下房门,他转过身冷冷地看了我一眼,我走到他面前,向他表示问候,他也温存地问我一声。我说:"我想问你几个问题,希望你如实回答我。"

"请坐,"他说,"你想问什么?"

我在地毯上坐下。他又说:"你是谁? 怎么到这儿来的?"我对他讲了我的来历,他说:"你是不是想打听这座城市发生了什么事情?"

"你真聪明!"我说,"是的,我就是想问你这个。"

"我父亲是这座城市的国王，"青年给我讲道，"他和他的臣民们都信仰拜火教。我父亲有个老女仆，信仰伊斯兰教，父亲不知道，对她很信任，让她做我的保姆。从我很小的时候起，她就背着父亲给我灌输伊斯兰教教义，吟诵古兰经的经文。她不让我告诉父亲，怕他气愤之下把我杀死。后来老保姆去世，我一直坚定地信仰伊斯兰教。

"正当异端邪说十分嚣张的时候，有一天，一个声音突然响彻天空，远近的人们都听到了：'城里的人们，你们赶快放弃拜火教，改信安拉吧，否则灾难就要临头。'

"人们非常害怕，纷纷跑到王宫，询问国王这是什么声音，他们该怎么办？

"我父亲说：'只要有我和你们在一起，你们就什么也别害怕，坚定地信仰你们的宗教吧。'

"人们听了父亲的话，坚持信仰拜火教。

"第二年，又是在这个时间，同一个声音又响起，人们仍不以为然。第三年，又是如此，人们不仅不听，反而变本加厉地宣传异端邪说。于是，真主发怒，把他们都变成了黑色的石头，只有我幸免。"

听了他的话，我很感动。我说："巴格达是伊斯兰教的中心，知识和学问的发源地。你最好和我到巴格达去，做我的丈夫。我们在一起生活一定很幸福。"

他满口答应，于是我们拿了足够的金钱去找船。我们到达港口时，人们正在等待我们，我见到两个姐姐很高兴，向她们讲了关于这座城市的变故，并介绍了我和这个王子的关系。她们见我要和他结婚，非常嫉妒，顿生恶念。但我对她们依然如故。当帆船载着我们在风平浪静中航行了三天之后，一个漆黑的夜晚，她们把正在熟睡中的我和王子推进了大海。那个王子因不会游泳被海水淹死，我则靠着一根木头得以活命，漂到一个孤岛上。我拖着疲惫的身体走上岸，坐在岸边休息。小睡以后，我便在岛上乱走。正在踟蹰间，忽见一条小蛇向我爬来。它望着我，艰难地喘息着。它的后面有一条粗大的毒蛇正在追赶它。我对小蛇顿生怜悯之心，便搬起一块大石头向毒蛇的头砸去。毒蛇登时毙命。小蛇伸伸身子，突然一跃，向空中飞去了。我呆呆地望着远处，心想，宇宙间该有多少奇怪的事物我们尚未知晓啊？我这样沉思着，渐渐睡着了。一会儿，听见一阵响动。我睁开眼，见身旁坐着一位女郎。"你是谁？"我吃惊地问。

"一个曾经领受过你恩德的人。"她说，"我就是那条你从毒蛇口下救出来的小蛇呀！我本是一个仙女。刚才我从你面前飞走以后，便到了你的船上，我把船上的东西都搬到了你的家里，把你的两个坏姐姐变成了两条黑狗。"说罢，她把我带到你们曾光临过的那座宫殿里，让我在那儿生活。她还给我订了一条规矩，即每日都要鞭笞两条黑狗，以惩罚她们的背信弃义。否则，我就要变成她们的同类。从此，我便每日含泪鞭打她们。这就是我和两条黑狗的故事。

哈里发转向第二个姑娘，问："你身上的伤痕是怎么回事？"

于是,第二个姑娘讲述了她的经历。

我从父亲那里继承了一笔不小的遗产,不久,便和一个男人结了婚。我们幸福地生活了一年,他就与世长辞了。他给我留下的产业比父亲的多几倍。从此,我便深居简出,每日思念丈夫。

一天,我家里忽然来了一个奇怪的老太婆,她蓬头垢面,衣衫褴褛,皮肤一块块糜烂,可是两眼滚圆,闪动着狡黠的目光。

她坐下,向我问好,然后说:"我有一个独生女儿,一心想独吞她父亲的遗产,她不听我的话,也不服从我的吩咐,甚至顶撞我,违抗我,因为她觉得我年龄大了,不中用了。你是一个精明、善良而有头脑的人,倘若你到我家里去开导开导她,那你一定会有好报的。"

我见她可怜,便同意了。我陪她来到一座豪华的住宅,走进一间铺设绸毯的房间,里面有一张镶着珍珠宝石、挂着玫瑰色绸帐的杜松床。我们刚一进屋,帐子便掀开来,从床上跳下一个姑娘,她招呼我们坐下,寒暄之后说:"我有一个哥哥,品德极好,长相也漂亮,他听说夫人性格温柔,为人正直,信仰虔诚,容貌美丽,便爱上了你。故托这位老太太用计把你叫来和他见面,借机和你成婚。但愿真主助他实现夙愿。"

听了此番话,我心里寻思:"伊斯兰教义中没有出家修道这一条,我总是单身也不好,日子长了别人要说闲话,不如早点找个意中人。"想到这里,我便对姑娘说:"我同意。"一会儿,那个青年来了。我们请来证婚人和法官,然后成婚。婚后,我们生活得富足而安宁。

但是,嫉妒者们不让我们尽情地过恩爱的生活,故意跑到我丈夫面前说我的坏话,以致他对我的行为产生了怀疑。他变得越来越沉闷,还不时地对我发脾气,我一直不明白其中的原因。

有一天,我问他:"你别折磨自己了,你心里有什么就痛快地讲出来吧,让我为你分忧。"

他说:"你要背弃我,我就把你打得稀烂!"说罢,他大吼一声,七个奴隶来到他面前。他吩咐他们说:"把这个不贞洁的女人给我捆起来!"接着,他拿起一根藤杖,狠狠地抽打我。然后把我赶出了家门。我便去找这个姑娘(她指了指女主人),她是我的同父异母姐妹。后来我们又认识了这个女管家(她指了指买货的姑娘),我们在宫里每日就像你们见到的那样生活。

听第二个姑娘讲完,哈里发对女主人说:"你能够把那个将你的两个姐姐变为狗的仙女叫来吗?"

"能够。"她答罢,从衣袋里掏出一撮头发,将它点燃。顷刻间,宫殿颤动起来,四周传来叮当声。一会儿,一个美丽的仙女出现在众人面前。

"您好!穆民①的领袖。"她对哈里发说。

"你好!"哈里发答道。

"我遵命来见哈里发,"仙女道,"您的吩咐我一定照办。这位姑娘曾经救过我的性命。她对她的两个姐姐很好,但她们却忘恩负义,害死她的丈夫。为了惩罚她们的邪恶,我把她们变成了狗。假如您想饶恕她们,我现在便将她们恢复原形。"

"是的,我想让她们恢复原来的形象。"

仙女长久地盯着两条黑狗,口中咒语不断。过了一段时间,黑狗突然不见,原地出现了两个浑身颤抖的美丽妇人。哈里发又转头看着那个被打得遍体鳞伤的姑娘,问仙女:"你知道是谁干的这种事吗?"

"我知道。"仙女答,"他是您的亲人。"

"谁?"

"您的儿子!"

哈里发大吃一惊,一时间目瞪口呆,说不出话来。过了一会儿,他让人把儿子叫来,命他与姑娘重新结婚。仙女用仙水把姑娘身上的伤疤治好了。

然后,由哈里发主持,三个独眼王子与三姐妹结合,从此在哈里发的庇佑下,他们都过着安逸的生活。

---

① 伊斯兰教教徒的通称,与穆斯林同义。

三个苹果

　　一天,哈里发哈伦·拉希德想到巴格达城中察访,了解民情。他想,或许那里有失去亲人的人需要安慰,烦恼多的人需要解愁,贫困的人需要接济,不法之徒需要处置,家庭不和的人需要调解。他要扶危济贫,扬善抑恶,整顿社会。

　　哈里发走出王宫,后面跟着宰相吉尔法和掌刑官麦斯鲁尔。他们走街串巷,访东问西,最后来到一条狭窄的胡同里。这时,一个老翁迎面走来,他身体瘦弱,头发花白,手拄一根弯曲的棍子,走路颤颤巍巍,似乎身上就剩下了呼吸的力气。他头顶一个鱼篓,肩背一张渔网,全身的重量几乎都压在了拐杖上,嘴里还令人莫名其妙地唠叨着:

　　"人们说,你的知识多么渊博,它可以给迷路人指明方向,使糊涂人变得清醒。可是我说:知识给它的主人带来了什么? 至今还不是没有吃喝? 如今世道,权势才是学问,金钱才是知识。

　　"假如我卖掉我的知识去换取一顿吃食,没有一个愿花钱接受,假如我用它去寻求一天的生计,更是痴心妄想。

　　"健康的身体是生活的源泉,可是穷苦人大都面黄肌瘦,瘦弱不堪,穷困潦倒,富人见了他们皱眉头,孩子见了他们躲得远远的,甚至狗见到他们也比见到别人叫得凶。他们无处栖身,只有躲进坟墓里长眠。"

　　哈里发听了,对宰相吉尔法说:

　　"这位老人心里好像有什么积怨要倾诉,你过去问问是什么人?"

　　老人已经走过他们身边。吉尔法赶紧追上去问:

　　"老人家,你是做什么事的?"

"你从我这身装束上还看不出来？有些人眼里就是没有穷人！"老人生气地说，"我是渔夫，靠打鱼养活一家老小。今天早晨天刚蒙蒙亮我就到了河边，撒了不知多少网，也没打到一条鱼。我不打算活下去了，不想看着一家人挨饿了。"

"你愿意带我们到河边，再为我们撒上一网吗？无论打鱼多少，我们都给你三百金币作为酬劳。"哈里发说。

老人听了很高兴，一丝微笑闪现在他那饱经风霜的脸上，他好像看见了生活的希望，步履轻快地带哈里发及其随从向河边走去。

他撒下网，在岸上等了片刻，然后开始往上拉。网很重，他越发高兴，以为打到了满满一网鱼。他使足力气向上拉，可是拉上岸来的却不是鱼，而是一只挂着锁的箱子。在场者无不愕然。哈里发掏出金币送给渔夫说："没事了，你回家吧。"渔夫接过钱，愉快地离去了。

箱子被抬进王宫，哈里发命人将它撬开。原来里面是一具女尸，已被卸成几块。从尸体的轮廓可以看出，这是一个美丽苗条的女子。哈里发极为愤怒，在他的统治下，居然有人明目张胆地将一个女子杀害，并且肢解尸体，锁进箱内，抛入河中，而罪犯却至今逍遥法外！

想到这里，他向宰相吉尔法喝道："限你三天把凶手给我抓到，否则就由你和你的家人抵命，我将把你们绞死在王宫前的广场上！"

吉尔法非常发愁，这件事他无从着手查办，因为他手里既没有任何材料，也没有任何线索可帮助他查出这场凶杀案到底是怎么回事和凶手是谁。他知道，如果他毫无根据地乱撞，到头来只能是徒劳。他沮丧地走回私邸，不知如何是好。他寻思："我怎么才能破获这桩无头案呢？我是否找一个人来顶替？可是如果事情败露怎么办？那样我不是自作自受吗？唉，听从命运的安排吧！"

他一筹莫展，神不守舍地在府里关了三天。第四天一早，哈里发便派人将他找去，他一进宫，哈里发就问：

"杀死女子的凶手在哪儿？"

"这样的事连真主都不知道，我怎么能知道？"

"可是我们肩负着治理社会的重任,我们应该充分使用我们的权力,扶弱抑强,打击不法者!你想,倘若这个罪犯当初惧怕你的警惕性和威力,他就不敢干这种事了!现在你既然查不出这是谁干的,那么我就宣判,你不是杀死女子的凶手,也是帮凶!"

说罢,哈里发命人通知全城男女老少到王宫前广场,观看宰相及其家人的死刑。他要用这种办法警告坏人。

广场上一时间聚满了人,人们面面相觑,不敢大声出气,谁也不知道到底发生了什么事情。

宰相及其家人被拉进广场,站在绞刑架前。法官和士兵都在静候哈里发的命令。广场上死一般的寂静。

正当危急关头,一个相貌英俊、面带愁容的青年人拨开密集的人群,走到吉尔法面前说:

"相爷,您不该受到谴责,更不该被处死刑。您既没失职,也没犯罪。你们发现的那个箱子里的女子是我杀死的。"

吉尔法的脸上绽出一丝笑容,他为自己和家人的得救而高兴,可是又为眼前这个敢于站出来承担罪责的青年痛心,因为他将被送上绞刑架。

这时,又一个声音传来,它来自一个年迈的老人。老人冲开人群走到宰相面前说:

"相爷,您不要相信这个青年说的话,他不是杀人凶手,我才是! 我应该被处死刑。"

"这位老人年纪大了,头脑糊涂。请您不要相信他的话,相爷!"青年说,"那个女人千真万确是我杀死的,我应该受刑!"

老人转向青年说:"孩子,你像那早晨的太阳,刚刚开始生活,还没享受到生活的幸福和愉快,而我却如同那快要落山的太阳,就要了此一生,对生活已经失去任何希求。现在,我愿意替你,替宰相和他的家人去死。我请求快快处死我,以免别人遭殃。"

两人相持不下,宰相只好把他们带到哈里发面前:"穆民的领袖,杀死女人的凶手自首来了。"

"说说,到底是怎么回事?"

"这个青年供认他是凶手,可这个老人却出来否认,极力说自己是杀人犯,还再三要求快快施刑!"

哈里发看了看面前的两个人,问:"你们两个到底谁杀死了那个女人?"

"我杀死的!"青年人说。

"不! 他说的不是真的,他这是硬把自己往死路上拉! 实际上那个女人是我杀的!"

"倘若凶手只有一个,那么处死无辜的人就是不公正的了!"哈里发说。

"指创造宇宙的安拉起誓,"青年人说,"我是真正的杀人凶手。"随后他向哈里发讲述了箱内尸体的情形:尸体被剁成的块数,每块在箱内摆放的位置以及裹尸布的颜色等等,与哈里发所看到的情形一模一样。

于是哈里发确定这青年是杀人凶手。但是他对这起凶杀案感到很奇怪,便问:"你为什么要杀死她?"

青年人说:"这个女人本是我的妻子,面前这位老人是我的叔父,她的父亲。我们结婚后,曾生下三个儿女。我们互相尊敬,互相爱护,相处得很融洽。我从来也没发现她的行为有什么越轨之处。本月初,她突然发烧卧床不起,我请名医为她治疗,望她早日康复。一天她说她想吃苹果,我便到市场去给她买,但走遍了商店和货栈,也没买到。我便向人打听,人们说现在只有巴士拉城里有苹果。我二话没说立即去了巴士拉。我不顾旅途的疲劳,用三枚金币买了三个苹果,即刻又返回来。可是我妻子只看了苹果一眼便把它放下了。她仍在发烧,病情越来越重,这样持续了几天,身体才有好转。

"一天我正在店铺中忙碌,一个高大的黑奴手里摆弄着一个苹果在我家店前经过。我喊住他,想问问他附近什么地方卖苹果,以便我去买一些预备着,等我妻子需要时给她。'你这苹果是从哪儿买来的?'我问。他笑了好一会儿,然后看了一眼手中的苹果说:'这是情人送给我的礼物。我们分别多日,今天我去看望她,发现她患了重病。她床头放着三个苹果,据说是她丈夫从巴士拉用三枚金币给她买来的。她送给了我一个。'

"黑奴说罢,扬长而去。我只感到头晕目眩,眼前变得漆黑一片。这以后我不知道自己都干了些什么。我只记得,我赶快锁上店门奔回家去,走到她身边,发现果真只剩下两个苹果了,便追问第三个的去向。她说:'我没有吃,也不知道哪里去了。'

"这证明黑奴的话是事实了。我愤怒之下拿起一把锋利的菜刀,纵身跳到她的胸脯上,结果了她的性命。她一直喊冤叫屈,我也没理她。然后我把她剁成几块,用被单裹起来,放在篮里,随后又藏在箱内,用锁锁好,悄悄地用骡子拉到底格里斯河边,投进了河水中。穆民的领袖啊,请您公正地处置我吧,快快执行王法吧,否则到了世界末日安拉也要处罚我的……"

"你好像还有什么话要说,把话说完吧。"哈里发说。

"我把她扔进河里,看着水把她吞没以后,才走回家去。回到家,我的大儿子正在门口哭泣,这时他还不知道他母亲的事情。我问:'你为什么哭?'他说:'今天早上我偷偷在妈妈身边拿了一个苹果。我拿着它在街上玩耍时,一个高高的黑奴过来拍拍我的肩膀,摸摸我的头,问:"你这个苹果是哪儿来的?"我说:"是爸爸用三枚金币从巴士拉给妈妈买来的,因为妈妈得了重病,想吃苹果。他一共买了三个,这是其中的一个。"他二话没说,抢了我的苹果就跑。我怕妈妈知道以后打我。'

"这时我才知道,我轻信了黑奴的谣言,犯下了不可饶恕的罪过。我悲哀、痛苦,绝望到了极点。

"当我的叔叔,也就是这位老人去看望我们时,我将此事告诉给他,他也很悲痛,但事情已经这样也没办法了。他说:'法律会制裁你的,你是逃不过去的。我们就在家里等着吧!'这样,我们在极度的悲哀中度过了五天。穆民的领袖,快快用死刑惩罚我吧,只有这样我那因杀死妻子而受伤的心灵才能得到愈合。"

哈里发摇摇头说:"不!我只杀那个可恶的黑奴!"

随即他转向吉尔法说:"限你三天把他给我抓获,否则拿你抵罪!"

宰相心惊胆战,步履蹒跚地走回家。刚刚捕捉到的希望之光在他眼前

又暗淡了。他私下想："一只水罐不是每次都碰不破的，这次我只有把命托付给安拉了。他会差人出来保护我的。"

他无精打采地在家里待了三天。第四天，他把法官请到家中立遗嘱和办理善后。还未办妥，哈里发的使臣便来叫他进宫。他含着眼泪，向亲人一一作别。当他来到他最宠爱的小女儿面前时，难过地把她搂在怀里。女儿衣袋里一个圆圆的东西把他硌了一下，他问："这是什么东西？"

"一个苹果。"女孩天真地说，"是四天前我们家的奴仆莱义哈努给我的。我还给了他两个金币呢。"

宰相紧锁的双眉立即舒展开了，他把莱义哈努唤到面前，问清了苹果的来历，跟青年人讲的相符。

吉尔法带着黑奴去见哈里发：

"穆民的领袖，我已经找到那个引起凶杀案的黑奴，现在我把他带来了，请您处置吧！"

说着他把黑奴推到御座前。

黑奴承认了他的一切罪过。哈里发即刻下令处死黑奴，并命令全城百姓到广场观看，借以警告那些无事生非、制造事端的恶人。

努尔丁和沙姆士丁

|

　　从前,埃及有一个强大威严的国王,他有一个能干博学的宰相,事事为他处理得合情合理,井然有序,深得他的器重。

　　宰相有两个儿子,长子叫沙姆士丁,次子叫努尔丁。两个孩子都长得聪明伶俐,模样喜人,特别是努尔丁,比他哥哥更漂亮。他面放光彩,两眼有神,举止文雅,风度翩翩,人们都喜欢与他谈笑、玩耍。

　　宰相日理万机,为国事操劳,国家太平,百姓安乐。可是他的年龄已经不饶人,两个儿子刚刚长大成人,他就被真主召去了。国王为他的逝世异常伤心。

　　国王对老宰相的感情很深,他决定让老宰相的两个儿子接替父亲的职位。因此,在老宰相的葬礼举行了一个月之后,国王的任命就下来了。

　　沙姆士丁和努尔丁共同坐进了宰相办公室。他们轮流处理国事,每人一周。国王如果出游或到各地巡视,他俩也是轮流陪同,在一个人陪同国王出门期间,另外一个人在家处理国政。

　　一天晚上,沙姆士丁告诉努尔丁说,他第二天早晨要陪国王去一个边远的地方视察,可能很长时间才能回来,今天晚上他打算与弟弟好好聊一聊。

　　开始两人聊得十分开心,后来沙姆士丁说:"我们两人同在一天夜里结婚该多好。"

"我也是这么想的。我们两个想到一块儿去了！"努尔丁非常高兴。

沙姆士丁接着说："我们在同一天结婚，我们的妻子最好在同一天怀孕。如果你妻子给你生一个男孩儿，我妻子给我生一个女孩儿，我们就让孩子长大以后结为夫妇。你愿意让你儿子成为我女儿的丈夫吗？"

"结婚时你准备为你女儿要多少彩礼！"努尔丁问。

"三千金币，三个果园，三个农场。没有这些，不能娶我的女儿。"

"你也太能要了！你忘了我们两个是亲兄弟，同是这个国家的宰相？更何况你是我的哥哥，我们生的儿女也都是你的孩子。你不仅不该要，还应该为我儿子出一份丰厚的聘礼。因为我生的是儿子，他能继承我们的事业和我们父亲的事业。你有这样的想法，除非是你不想将你女儿嫁给我儿子。俗话说得好：'不想嫁就抬价。'"

沙姆士丁愤怒了："岂有此理！你以为你儿子就比我女儿高贵？你可能还不清楚自己的真正地位，也不了解我的能力。你能有今天，还不都是沾了我的光，占了我的便宜？这个宰相职位，理应是我一个人的，因为我是父亲的长子。我看在兄弟情义上让你也算一个，完全出于怜悯。你是来辅助我工作的，而不是来占有这个职位的。你有那样的想法，我绝不再将女儿嫁给你儿子，即使你送给我遍地黄金，我也不同意！"

努尔丁也生气了："我也绝不会让我儿子娶你女儿，哪怕用相当于她体重的黄金作为聘礼！"

"谁愿意选你儿子做丈夫！？"沙姆士丁说，"如果不是我明天陪陛下出外巡访，我就根据《圣训》①，将你撵出家门。等我回来再说！"

两个人闷闷不乐地躺在了自己的床上。

次日早晨，沙姆士丁陪同国王去了一个海岛，后来又去游览金字塔。

努尔丁一夜未睡，第二天早晨，他做完晨祷，哥哥的训斥和蔑视还响在他的心头。他烦恼之极，无心工作，决定离家出走，到别的国家去周游。他知道旅行非常辛苦，但是他宁愿吃尽苦头也不愿忍受哥哥的奚落和蔑视。

---

① 后人整理的穆罕默德生前谈话录，为伊斯兰教经典之一。

他清楚,他一旦出走,他哥哥就会重新认识他,他在他的心目中仍然留有重要位置,他会保护他的尊严。

决心已下,他来到储藏室,装满一袋金币,又命仆人给他牵来一头能经受长途跋涉的骡子。他喂饱骡子,将它装备一番,然后对仆人们说:"我出城去散散心,三天就回来,你们不要为我担心。"

他骑着骡子,径直向东走去。太阳落山时,他进了白勒比斯城。他喂了骡子,吃了饭,住进一家旅店。第二天他继续向东行,一路上添置着旅行必需品。行累了,他就歇一歇,歇够了又往东行,不久来到阿勒颇城。这是一座繁华的城市,他住进了一家旅馆,逗留了七天。接着又骑上骡子向东走。他很茫然,自己也不知道究竟要去什么地方。

这一天,天将黑时他进了巴士拉城。他找到旅馆,将东西从骡背上卸下,吩咐旅馆伙计把骡子拉到街上,消消汗。

这时,巴士拉宰相正好坐在旅馆对面他的官邸里向外张望,他看见了那头高大健壮、不同寻常的骡子。这样的骡子只有帝王将相家才有。于是老宰相命人将牵骡子的伙计找来,问道:"这头骡子是谁的? 他是什么人?"

伙计说:"这头骡子是一个年轻人的,他长得很漂亮,衣着讲究,好像是个有钱商人的儿子。"

老宰相站起身,和伙计来到旅馆,他要亲眼见见努尔丁。努尔丁彬彬有礼地将老宰相让进屋里,请他就座。

老宰相问:"孩子,你从什么地方来? 到这里来有何贵干?"

努尔丁答道:"先生,我从埃及来。先父是那里的宰相,后来他去世了……"说到这里,努尔丁哭了,他又给老宰相讲述了父亲死后的一切,一直讲到他离家出走。他说:"我已经发誓,不再回埃及。我要把全世界走遍,无论是繁华之乡还是贫瘠之地。我要了解世界真相,探索它的秘密!"

老宰相说:"你真像你的父亲。我曾经在一次大朝觐时在克尔白天房①与他相遇。他跟我谈起过你和你哥哥,谈起过你俩带给他的幸福和欢乐。愿真主保佑他的在天之灵! 孩子,我劝你不要固执己见。去各处周游? 那可不是一件轻松的事,那是要吃苦冒风险的,一路上会遇到许多困难和麻烦。何况你只身一人! 你还是跟我到我家去吧,以后的事我们再商量。"

努尔丁起初不愿意,坚持要去周游世界,老宰相好说歹说,他才同意暂且搬到他家去住。

老宰相待他像亲生儿子,照顾备至,努尔丁非常感激。一日,老宰相对他说:"我看你年龄也不小了。我呢? 也上了年纪,一辈子快走完了。我身边只有一个女儿,与你年龄相仿,曾经有许多国家的公子王孙前来求婚,我都没答应。见到你以后,我打心眼里喜欢你。你愿意娶我的女儿吗? 倘若你同意做我的女婿,明天我就去跟本城国王说,你是我的侄子,我年纪大了,该退休了,建议他任你为宰相,接替我的职位。"

努尔丁沉思片刻,然后说:"我愿意按照你说的去办。感谢真主赐予我一个爱我关心我的父亲。"

老宰相喜笑颜开,立即命仆人布置会客厅,邀本城的达官贵人、知名人士和他的亲朋好友来赴宴。

人们都到齐了的时候,老宰相举杯说道:"先生们,今天我邀请大家来,

---

① 麦加"圣寺"内一座方形石殿的名称,为穆斯林朝拜中心,镶在石殿壁上的一块黑石被穆斯林视为圣物。

是告诉诸位一个好消息。家兄本是埃及的宰相,他有两个儿子。近日他派一个儿子前来向小女求婚。我很高兴,借此机会,将我的爱婿介绍给诸位,并乘此机会给他们完婚。"说着,他把努尔丁介绍给大家。

人们纷纷夸赞努尔丁的容貌和举止言谈,争先恐后地向老宰相表示祝贺。这个说:"恭喜恭喜,你得到一个好女婿。"那个说:"祝一对新人生活幸福,早生儿女!"

人们喝完喜酒,陆续离去。努尔丁和新娘进了洞房。两人非常恩爱。

再说沙姆士丁。他陪国王巡视归来,发现弟弟已离家出走,知道是自己出言不逊,伤了他的自尊心,后悔不迭。他立即将此事报告给国王。国王下令四处寻找。可是埃及的大小地方都找遍了,也没有努尔丁的下落。这个时候,他早已到了异国他邦了。

日子长了,沙姆士丁的悲伤才逐渐减轻。这时候,他与埃及一个富商的女儿结了婚。说来也巧,沙姆士丁在埃及结婚的日子,也正是努尔丁在巴士拉结婚的日子。他们的妻子都在这天怀了孕。

妊娠期满,沙姆士丁的妻子生下一个漂亮的女婴,沙姆士丁给她起名叫哈娅·努福丝;努尔丁的妻子生下一个男婴,努尔丁给他起名叫哈桑·白德尔丁。说来也怪,两个孩子都生得出奇的美丽,除了一个是男一个是女以外,别人很难辨别出他俩到底哪个最美丽。这真是老天的安排。

2

一天,努尔丁陪岳父去看望国王,国王一见到他,就很喜欢,待与他攀谈片刻,对他机敏的反应和不俗的谈吐更是欣赏,于是向身边的宰相打听努尔丁的来历。宰相将事先编好的话讲给国王,国王很奇怪,因为他从来没有听说过宰相还有一个哥哥。宰相说:

"陛下,家兄在埃及任宰相,多年没有音讯,前些时小侄从埃及来,才得知他已过世,其长子接替他的职位。小侄根据其父遗嘱找来向小女求婚,我已给他们完婚。"

国王说："愿真主保佑你兄在天之灵，保佑你健康长寿，保佑一对新人美满幸福。"

"谢谢陛下。"老宰相说。

从此以后，老宰相经常把努尔丁带进王宫，让他陪国王散步、说笑。他知道这个聪明的青年一定会博得国王的欢心，这样他就可以在决定退休时，将努尔丁扶上宰相的宝座。

不久，老宰相的愿望就实现了。努尔丁成为国王最得力最能干最可信赖的大臣。国王无论事务大小巨细都愿与他商量，听取他的意见，而他的意见也往往能够达到最满意的效果。

努尔丁不仅有了荣誉、地位，还制办了田产、果园、宅第、宫殿。他还拥有几支商队。这些商队经常来往于东西方之间，做大买卖。

他在国王那里获得巨大的恩宠，在家里，他的妻子和孩子又给予他无比的幸福与温暖。

在哈桑四岁那年，老宰相溘然去世，教育孩子的责任落在努尔丁的身上。他给孩子请来了巴士拉最有名望的学者，教授他古兰经和各科知识。这样，孩子不用出门就上了学。宰相官邸很大，孩子在学习间隙，可以在宫中玩耍，在花园中游戏。努尔丁随时教导、关照孩子，孩子也很听话。

有一天，努尔丁给哈桑换上一套华丽的新装，将他带进王宫，王宫中所有见到他的人都很喜欢他，国王更是高兴，命令其父每日进宫时带着他，因为这个小家伙的相貌和言谈都很讨他喜欢。

可是，就在哈桑十五岁那年，努尔丁因过度操劳，身体日益衰弱。他感觉大限将临，便将哈桑叫到身边，叮嘱他好好待人，为人善良，别忘了自己来人世的重任，千万不能堕落，要体恤人民的不幸和灾难，像爱自己一样爱他们。然后又向儿子讲述了自己的身世，并将他来巴士拉的日期，结婚的日期，妻子怀孕和生产的日期一一写在一张纸上。他将写满字迹的纸张交给儿子，叮嘱道：

"孩子，收好这张纸。倘若你遭到什么不测，就带着这张纸去埃及找你伯父，告诉他，我已在异乡去世，心里一直想念着他。"

哈桑遵照父亲的嘱咐，将纸卷成筒状，外面涂上一层蜡，小心地藏在衣服的衬里。

努尔丁的病情日益恶化，不久便与世长辞了。哈桑为父亲举行了极其隆重的葬礼；他伤心异常，每天在家中守哀，一切事都无心过问，整整两个月没到王宫去拜谒国王。国王大怒，将宰相的职位委任给一个平日深恨努尔丁而又会谄媚的人。此人施展其毁谤努尔丁及哈桑的本领，使得国王下令没收前宰相努尔丁的全部财产，并命捉拿哈桑治罪。执行抄家的队伍中有一人，原是努尔丁的侍从，他听说这一消息，赶紧跑到哈桑的家中，对他说：

"少爷，快逃吧，国王下令捉拿你呢。你什么也别管了，先逃命吧！"

哈桑装扮一番，逃出家门。走在街上，他听见到处在流传着国王要抄他家和拿他治罪的消息。他很绝望，不过倒增加了他逃跑的决心。

他没有忘记去父亲的墓前告别。他跪在那里，轻轻地呼唤着父亲，泪流满面。他祈求父亲在天之灵保佑他脱险。

正在这时，一个犹太人向他走来，见他这副样子，非常吃惊："先生，你这是怎么啦？"

哈桑见来人风尘仆仆，知道他出门刚回来，城里发生的事还不知道，便对他说："昨夜我梦见了已故的父亲,他埋怨我很长时间没来看他,今早我一起床就来了,待了快一天了。"

犹太人说:"我是你父亲的一个商人,他有一只货船今天到达巴士拉,部分货物已经出手,赚了一千金币。"说着将钱和货单交给哈桑,然后就走了。

哈桑想趁天黑逃离此地,可是他太累了,天黑时,他竟不知不觉地趴在坟上睡着了。

这片坟地是鬼神出没的地方。夜深人静时,一位仙女出来散步,突然发现了睡着的哈桑,立即被他的容貌吸引了。她暗自道:"真主啊,人间竟有这样美貌的少年,这不是又一个胡尔·阿义努①吗?"

她照旧在空中游荡。一会儿,她遇见一个魔鬼。她向他打招呼,问他上哪儿去了。魔鬼说:"我去了一趟埃及。"

"告诉你一件新鲜事。"仙女说,"刚才我在一座坟旁看见一个少年,长得十分美丽,我还从来没有见过一个像他那样美丽的凡人呢。我差一点把他当成了胡尔·阿义努。你想跟我去看看他吗?"

两人飞到坟旁。魔鬼一见哈桑就嚷道:"天下竟有这样相像的人! 刚才我在埃及看见了宰相的女儿,她长得和这个少年一模一样。你看见他,就等于看见了她;你看见她,就等于看见了他。国王听说这个姑娘很美丽,就向其父亲求婚,可是被姑娘的父亲婉言拒绝了。他说他和弟弟有约在先,他的女儿只嫁给他弟弟的儿子。因为他已听说他的弟弟与巴士拉宰相之女结了婚,并生下一个儿子。他的女儿就等着他了。他不放心,还写下遗嘱,担心死前看不见女儿与侄子结婚的一天。他在遗嘱上写了他结婚的日期,妻子怀孕和生产的日期。

"他这样做,触怒了国王。国王发誓,将宰相的女儿嫁给他跟前一个最丑陋的奴仆。

"国王有个马夫,凸胸驼背,个子矮小,双眼突出,丑陋不堪,而且脾气

---

① 埃及神话里的美少年。

古怪,举止粗俗。只因养马的差事在宫中是最低贱的,国王就将这个差事交给了他。

"国王命宰相之女嫁给这位马夫,并命人们前去助兴,但不许宰相参加婚礼。婚礼就在今夜举行,刚才我去了一趟,看见新娘正在痛哭。亲爱的仙女,我们想办法救救那个姑娘吧,你看见她,说不定会觉得她比这个小伙子还漂亮呢!"

仙女奇怪,擅做坏事的魔鬼今天怎么变得善良了?她想了想,说:"这样办:我们把这个小伙子背到婚礼上去,一是看看他俩长得是不是相像,二是搭救那个姑娘,让她与小伙子成亲。"

魔鬼欣然同意,背上哈桑,同仙女一起向埃及飞去。他把哈桑放到一条石凳上,将他唤醒。哈桑睁开眼,发现自己身处异地,非常奇怪。这时魔鬼对他说:

"这是埃及,是我把你带来的。我要让你做一件有益于你的事。你一定要处处按照我说的去办,千万别疏忽。"

魔鬼把哈桑带到宰相府,把一支点燃的蜡烛交给他:

"拿着这支蜡烛,站到那个驼背新郎旁边去,什么也别担心。那些载歌载舞的姑娘一从你身边经过,你就向她们撒金币,你口袋里有的是金币,永远用不完。祝你走运!"

哈桑随着参加婚礼的人流走进宰相府,他向助兴的人们扔着金币,人们看他穿着华丽,相貌英俊,断定他一定是哪国国王或王子。来到婚礼大厅前,因为人多,不能都进去,只有贵宾和为婚礼唱歌跳舞的姑娘们可以进去,哈桑被作为上等来宾让了进去。他举着蜡烛,站在丑陋的新郎身边,姑娘们又唱又跳,将注意力都集中在了他身上。他不时地向姑娘们抛撒金币,姑娘们为他欢呼、喝彩。驼背马夫妒忌得瞪大眼睛,说不出话来。姑娘们说:"这个小伙子跟新娘是天生的一对。将这样一个天仙般的姑娘嫁给那个丑马夫,不是毁了她吗? 真不知她父母怎么想的?"这些话被新郎新娘听见了,马夫恨得咬牙切齿,姑娘更是悲哀不已。她一看见哈桑,就爱上了

他,她真希望今夜的新郎就是这位英俊的青年。有几次,她都把幻想当成了现实,感到人们在为她和他庆祝婚礼。

热闹的婚礼结束了,新娘被送进了洞房,大厅里只剩下了驼背马夫和哈桑。马夫生气地瞪着哈桑说:"感谢你今夜来为我们助兴,现在没你的事了,你为什么还不走?"

哈桑走出大厅,魔鬼正在那里等他。魔鬼说:"你别走,今夜的新郎就是你!过一会儿,驼背马夫上厕所,我把他定在那儿,你去找你的新娘。你告诉她,国王只不过跟她开了个玩笑。"

马夫果真进了厕所。魔鬼随后跟了进去,变成一只老鼠,"吱吱"地叫个不停。马夫以为是真老鼠,没有在意。可是他发现这只老鼠越来越大,突然又变成一只猫,不禁害怕起来。

他紧靠墙壁,瞪大了惊恐的眼睛。这时,魔鬼又变成了一只狗,龇牙咧嘴,汪汪狂叫,马夫吓得喘不过气来。

狗越来越大,又变成一头公牛,摇着两只匕首似的犄角,吼道:

"是谁让你跟这个可爱的姑娘结婚的?你也不看看你配不配?"

马夫早已吓得瘫软在地上,他乞求道:"魔爷,感谢真主派你来解救我,我本来就不愿意跟这个姑娘结婚,因为我没有一点能配上她。我跟她结婚简直是受罪。本来我想用自杀解脱这一不相称的婚姻,但又怕连累他人,只好耐心地等着真主派人来救我。你想想,宰相的女儿怎能和我这样一个又丑陋又卑贱的人过一辈子呢?魔爷,请你帮我解除这个婚约吧。"

魔鬼说:"只要你退出这场婚姻,我决不会伤害你,反而还会保护你。不过你得告诉我,是谁在这样取笑你,让你死活不成?我要给他点颜色看看。"

"魔爷,别提了,真主是宽容的。我只希望你快把我从屈辱和不幸中解救出来。"

"你这样痛快,我对我刚才的行为向你表示歉意,并保证你后半生过得舒适。"

"这场婚姻犹如地狱,你把我解救出来就是我的恩人。"驼背马夫说着,声泪俱下。"不过那个姑娘可是好姑娘,我看她和刚才站在我身边的那个小伙子挺般配,他也像她一样漂亮出众。如果你成全了他们两个,那你可做了一件更大的好事了。"

魔鬼一听,正合他心意,立即变成一个男人,对马夫说:"好!我一定成全这件好事。你快起来,掸掸身上的脏东西,到大厅里去。下面听我的安排。"

马夫说:"是!"掸掸身上的泥土,走出厕所。

这时,哈桑已进了洞房,他对努福丝说,他是她的丈夫,国王只是跟她开了一个玩笑。现在马夫就跟她离婚,而他与她缔结婚约。努福丝转忧为喜,露出了甜蜜的笑容:"啊,感谢真主!我们什么时候履行手续?"

"现在,我们去大厅,等着法官和马夫。"

两个人刚在大厅中坐下,变成法官的魔鬼就进来了,随后马夫也来了。片刻工夫,马夫和努福丝就办理了离婚手续,哈桑和努福丝缔结了婚约。马夫还作为证人在婚书上按了手印。

一对美丽的新婚夫妇入了洞房,他们虽然第一次见面,但彼此一见如故。他们幸福地度过了新婚之夜。

黎明前,魔鬼对仙女说:"我们该回去了。哈桑命中还需经历一番周折,我们必须把他送回到坟墓前。"

仙女悄然走进新房,将甜睡中的哈桑带上空中,向巴士拉飞去。魔鬼紧跟其后。这时天已渐亮,一颗流星撞在魔鬼身上,魔鬼登时化为灰烬。仙女害怕哈桑也遭此难,于是迅速下降,将他放在大马士革城门前,匆匆离去。

早晨,人们涌出城门去做事,发现了沉睡的哈桑。他们把他摇醒,问道:"小伙子,你怎么在这儿睡觉?你从什么地方来?到哪儿去?"

哈桑揉揉眼睛,看看四周,吃惊地问:"我怎么在这儿?这是什么地方?"

人们告诉他,这是大马士革。哈桑叫起来:"刚才我还在埃及和一位漂亮小姐结婚呢,怎么这会儿就到了大马士革?"

人们见他说话不着边际,断定他不是傻子也是疯子,于是撇下他各自做事去了。

哈桑感到又冷又饿,因为这时他只穿着睡衣睡裤,昨天又一整天没吃东西。他进了城,走进一家小饭馆。饭馆的老板以待人奸诈闻名,但是他一见到哈桑,却生出怜悯之情。他将哈桑让进内室,端出好饭好菜给他吃。哈桑将自己的奇遇讲给他听,他表示理解,并安慰哈桑说:"好生等待吧,小伙子,真主会解开这个谜的。"

老板见哈桑无处可去,表示愿收哈桑为义子。哈桑想,巴士拉回不得,埃及也去不得,只能听真主的安排了。于是认老板为义父。老板高兴得立即去商店为哈桑买了一套华丽的衣裤。从此,哈桑就在饭馆里做了一名伙计。

3

清晨,朝霞驱走了黑暗,做了新娘的努福丝从甜蜜的睡梦中醒来。身旁没有哈桑,她想他准是去厕所了,便穿好衣服等着他。想起昨夜的情景她觉得很好笑,国王用驼背马夫跟她开了一个玩笑,原来送来了一个绝美的青年。此时她感到很幸福。

突然,她听见父亲在新房门口叫她,便答应着跑出去:"来了,亲爱的爸爸!"

宰相这时来见女儿,是来杀女儿的,因为他不愿看见马夫糟蹋女儿,他宁愿杀了她。他被女儿请进屋里坐下。他惊讶地发现,女儿神采奕奕,脸放红光,动作轻盈,浑身洋溢着喜悦,似乎整个世界都容纳不下她的幸福了。他窘迫地问女儿:"你对这门婚姻满意吗?"

女儿以掩饰不住的快乐口吻回答:"爸爸,你为什么瞒着我,不跟我说实话,让我虚惊一场? 世界上再也没有比他更让我满意的人了!"

宰相更加奇怪:"难道你愿意跟那个丑鬼驼背过一辈子?"

"什么丑鬼驼背?"努福丝说,"爸爸,你别遮遮掩掩了,这个谜早让我给揭穿了。难道你担心别人妒忌你女儿才隐瞒了事实吗? 我太感谢父亲为我的选择了!"

老宰相越听越糊涂了,他生气地喝道:"住口,不要脸的东西! 如果你愿意让那驼背做你的丈夫,我立即把你杀死!"

努福丝这时候才明白,父亲还不知道实情,于是说道:"亲爱的爸爸,你别生气,看来你一点也不知道真实情况。昨晚我是与驼背马夫举行的婚礼,可是同我进入洞房的却是哈桑·白德尔丁。他长得非常漂亮,你看见他就像看见了胡尔·阿义努。"

"你说了些什么?"老宰相还是不明白。

"你看,这是他的衣服和缠头巾①。"努福丝说,"他现在去厕所了,我正等着他呢。一会儿你看见他就知道了。"

两人左等右等都不见哈桑回来。老宰相沉不住气了,就到厕所去找。只见厕所的门敞开着,里面一个人也没有。他和女儿又在附近到处找,还是不见哈桑的影子。

两人回到新房,宰相拿起哈桑的衣服细细查看。他发现那缠头巾和长衫是只有帝王将相才穿戴的上等货,长衫的口袋里还有一千金币。他又在

---

① 穆斯林男子头上缠的布。

长衫的内衬里摸到一卷纸。他拿出来打开一看,才知道这些东西都是他侄子的。当他知道自己的弟弟已经长逝于异国他乡的时候,一阵晕眩,栽倒在地。片刻以后,沙姆士丁宰相被女儿唤醒,他将一切告诉给女儿,女儿又惊又喜。心里安定以后,他拿着那卷纸和自己曾写下的遗嘱去见国王,告诉国王说,他找到了弟弟和侄子,并将证据呈上去。国王见纸上写着努尔丁的婚期和他妻子生儿子的日期,与沙姆士丁遗嘱上写的一模一样,非常惊奇,连说世上再也没有比这更奇怪的事了。他立即原谅了沙姆士丁,并祝贺一对新人新婚之喜。

从此,沙姆士丁宰相和女儿努福丝就祈盼着哈桑的归来。十个月以后,努福丝生下一个漂亮的男孩儿,老宰相为他起名叫阿吉卜。这时,哈桑仍然没有一点音信,保护教育阿吉卜的责任都落在了老宰相的身上。

阿吉卜四岁时,老宰相把他送进学校读书。这孩子很聪明也很顽皮。他经常在学校吹嘘自己是宰相的儿子,不把任何人放在眼里。孩子们经常到班长那里去诉苦。一天,班长想了个主意:大家在一起做游戏,参加者必须先说出父亲的名字,否则不能参加。游戏开始了,同学们一个个都说出了自己父亲的名字。轮到阿吉卜时,他说:"我的父亲是埃及宰相沙姆士丁。"

同学们围着他哄然大笑,他找班长告状,说同学们欺负他。班长奚落他说："你别以为沙姆士丁是你父亲，其实他是你母亲的父亲，是你外祖父！听大人们说，当年你母亲和一个驼背马夫结的婚，可是婚礼一结束他就被魔鬼吓跑了。所以你的父亲到底是谁，至今是个谜。"

阿吉卜跑回家大哭，拉着母亲问到底谁是他父亲。母亲说："你父亲就是埃及宰相沙姆士丁。"

"不是！他是你父亲，是我外祖父！你为什么不告诉我父亲是谁，让我出笑话？"

努福丝听了儿子的哭诉，勾起满腹心事，也禁不住大哭起来。这时沙姆士丁宰相正好进屋，看见母子抱头痛哭，忙问出了什么事。努福丝将阿吉卜被人取笑的事讲给父亲听，沙姆士丁的脸上立即布满愁云。他转身来到王宫，将事情呈报给国王，请国王允许他去巴士拉寻找侄子——阿吉卜的父亲。国王点头应允。

沙姆士丁宰相带着女儿和外孙上路了，几匹马上驮着干粮和行李，后面还跟着众多随从。不久他们抵达大马士革。宰相决定在这里休息几天再赶路，便命随从们找一个合适的地方搭帐篷。

随从们找到一块石子铺成的平坦空场，搭好帐篷，从马背上卸下行李和干粮。宰相让人们放松放松，到城内去转转，参观一下清真寺和建筑物，游览一下市容。他也想借此机会散散心，恢复一下疲累的身体和忧郁的心情。

阿吉卜是一个不知道疲倦的孩子，一路上看见什么都感到新奇。这时他已经带着一个年轻仆人进了城。大马士革人见这孩子眉清目秀，穿着华丽，一副大家子弟的样子，都停下来看他。

真是天意！阿吉卜一路上东张西望，也没有打算进哪个店看看，偏偏走到他父亲哈桑劳作的那个饭馆，他说什么也要进去吃点东西。这是父子俩的情感相连还是血脉相通，谁也说不清。

哈桑一看见阿吉卜，立即感到一种亲情，但无论如何他也不会想到这是自己的儿子。他亲切地招呼孩子，告诉他饭馆都做些什么饭菜。阿吉卜看见哈桑，一反常态，没有做出鄙夷的态度。如在往常，他是极看不起这些下等人的。

　　阿吉卜进了饭馆,哈桑给他和他的仆人端出一锅放有石榴籽的甜粥。阿吉卜尝了尝,觉得很好喝,便对哈桑说:"请你和我们一起吃吧。"哈桑很高兴,又为他们端出几种食物,三人一起吃起来。

　　吃饱喝足,阿吉卜起身与哈桑告辞。哈桑这时已深深地爱上这个孩子。他见他走了,便身不由己地跟了出去。他一直在后面跟着,不知不觉走了很远。仆人一回头,看见哈桑跟在身后,便对阿吉卜说:"饭馆里的那个伙计一直跟着我们,我担心他在打什么坏主意,我们得想办法制止他!"

　　阿吉卜说:"别管他,让他跟着。如果我们快到住处时他还跟着,我们再制止他。"

　　哈桑丝毫没有回去的意思,一直若即若离地跟在后面。将近驻地时,阿吉卜愤怒了,从地上捡起一块石头就向哈桑扔去。石头打在了哈桑的头上,鲜血隔着缠头流出来。这时他才清醒,后悔自己太冒失,使得孩子误会了,赶紧回到饭馆里。

　　三天以后,沙姆士丁带领全家继续向巴士拉行进,不久就到了那里。安顿好住处,沙姆士丁便去王宫见国王,向国王讲明此行的目的,并说明自己是努尔丁的哥哥。国王遗憾地说:"努尔丁已经去世了。他曾是我的宰相，我的得力助手，可惜他过世得太早了，他有一个儿子叫哈桑·白德尔丁，几年前突然失踪，一直没有消息。不过哈桑的母亲还健在，她是我的第一任宰相的女儿。"

沙姆士丁要求见一见弟媳，国王应允，派人把他们送到努尔丁的宅前。

沙姆士丁走进住宅，见一位骨瘦如柴的老妇人坐在一座坟前发呆，忙上前做了自我介绍。原来，哈桑的母亲以为儿子已经死了，便在庭院里堆了一座坟墓，每日祭奠。她听沙姆士丁说，儿子已经和他的女儿结婚，并生了一个孩子，取名阿吉卜，顿时喜出望外，虽然得知儿子在婚后下落不明，但她相信他还活着。阿吉卜被外祖父引进来，老夫人一见，就像见到了亲生儿子，一把搂在怀里，失声痛哭。沙姆士丁劝道："别哭了，收拾收拾东西和我们走吧。说不定我们什么时候就能碰上你儿子，也就是我侄子呢。"

老夫人说："好，我和你们一起去找我儿子。"

沙姆士丁离开巴士拉时，又去和国王道别，国王托他带给埃及国王一份厚礼。一行人一路上晓行夜宿，数日后又到达大马士革。他们照旧在城外那个石子铺成的空场上搭起了帐篷。沙姆士丁宰相决定在这里停留一个星期。因为他要买些礼物带回埃及送给他的国王。

刚安顿好，阿吉卜就带着他的仆人进了城。他提议："去看看那个待我们慷慨大方的饭馆伙计，怎么样？当时我们为了制止他的跟踪还用石头砍破了他的头呢。"

两个人走进城，直奔小饭馆。哈桑见那可爱的孩子又来了，非常喜欢，端出最好的饭菜招待他。阿吉卜说："吃你的东西前我有一个条件，我们走后你别再跟踪我们。我可不愿意像上次一样再打你！"

哈桑说："好！"

于是三个人坐下来吃饭。阿吉卜最喜欢喝石榴籽粥。哈桑为了让他们多坐一会儿，就更加热情地侍候他们。阿吉卜喝完一碗，他又给盛满一碗，并加上各种佐料。最后，阿吉卜感到实在吃不下去了，哈桑才罢休。两个人离开饭馆时，太阳已经偏西了。

两人到家时，晚饭已备好，全家人都围在桌前等待他俩。饭桌上有各式各样的饭菜,其中也有石榴籽粥。阿吉卜喝了一口粥,觉得味道远不如他在饭馆里吃的好,就对他的祖母说:"这粥比起我在大马士革街上一家饭馆里吃的差远了!"

祖母说:"这怎么可能呢? 没人能有这种烹调技术,除非我的儿子哈桑·白德尔丁。"

阿吉卜说:"你不信,我现在就去买一碗。让你尝尝!"

不一会儿,阿吉卜就端着一碗香味扑鼻的石榴籽粥回来了。老夫人尝了尝,突然大叫一声昏倒在地。大家围着她将她唤醒。她第一句话就说:"做粥的人肯定是我儿子哈桑·白德尔丁!"

沙姆士丁听老夫人一说,就去王宫见国王,呈上埃及国王的手谕,意思是说请协助捉拿哈桑·白德尔丁,并允许该宰相(即沙姆士丁)将他押往埃及。大马士革国王立即派出二十个卫兵去小饭馆,将蒙在鼓里的哈桑捆绑起来。哈桑不知道是怎么回事,他问人们,没人告诉他。老宰相干这事一直瞒着哈桑的母亲。老夫人几次问起儿子,老宰相只说,到埃及再告诉她。

哈桑被蒙住眼睛,推上了一乘轿子。人们对他无礼但很客气,他真不明白这里到底有什么谜。

几天以后到达埃及。老宰相命人将他的府第布置得与女儿新婚之夜一模一样。新房里一切依旧,连哈桑的衣服和那一千金币都在原地。努福丝一身新婚打扮坐在新房里。

入夜,大厅里一片寂静,哈桑被抬进了大厅。这时他已在轿子里睡着了。当他醒来时,眼罩早已被揭掉,身上只穿一身睡衣。他在大厅里转了一圈,发现正是他结婚的地方,便信步向新房走去。走到门口,他听见一个女人温柔的声音:"哈桑,你怎么去厕所去了这么久,不会是身体出了什么毛病吧,需要我干点什么吗?"

他没有回答。他茫然地看着新房里的一切:他的缠头;他的裤子;他的长衫;床上铺着的被子;床头坐着含羞带笑的美丽女人……这一切是那么熟悉,又似乎非常遥远。他自言自语道:"我去厕所了吗,我怎么好像在大马士革当了几年厨子?"

　　"你是不是在厕所睡着了,做了一场梦,梦见自己去了大马士革,当了几年厨子?"他听见床头的女人说。

　　他说:"我已经糊涂了。想起许多事,好像不是梦,可是看看眼前,又好像是梦。不管怎么说,我现在感到很幸福,让真主去揭开这个谜吧!"

　　早晨,沙姆士丁宰相来看女儿和女婿,向哈桑讲明了一切。哈桑这才恍然大悟。

　　沙姆士丁又去见国王,向他讲述了寻找哈桑的经过,国王非常惊奇,命史官将故事记载下来,以流传百世。

　　哈桑和努福丝生活得一直非常幸福,他们的儿子阿吉卜后来也很有出息。老宰相过世以后,哈桑就继承了他的事业。

阿里巴巴与四十★盗

卡希穆和阿里巴巴

很久以前,在波斯一座城市里住着两兄弟,老大叫卡希穆,老二叫阿里巴巴。卡希穆非常富有,阿里巴巴非常贫穷。

早先,卡希穆和他弟弟一样也是一个穷人,但后来他娶了一个富商的女儿。这个女人从她父亲那里继承了一大笔遗产,卡希穆与她结婚后继续经营生意,不久就赚了许多钱,一跃而成为富翁。

而阿里巴巴的妻子,则是一个出身贫苦的女人。两人的全部财产,除了一所供起居的茅舍外,就是三头毛驴。每天早晨,阿里巴巴赶着三头毛驴去林中砍柴;傍晚,他进城把柴卖掉,再买点吃的和用的东西回家。

卡希穆是个无情的人,尽管他非常富有,但从来没有接济过弟弟一分钱。他的妻子更是吝啬,对小叔子的家境不仅不同情,甚至还讽刺奚落他。

在森林里

一天,阿里巴巴像往常一样赶着三头毛驴进了森林。他砍了三大捆柴。正当他准备往驴背上放柴时,不远处突然传来一阵嘚嘚的马蹄声。紧接着眼前风尘弥漫,一支马队向他这边疾驰而来。阿里巴巴非常害怕,迅速把毛驴拴在林中的一棵大树下,自己爬上了树梢,隐藏在茂密的枝叶间,直到深信不会被下边的人发现,才定下心来。

片刻后，一支马队在附近停下，阿里巴巴在树上数了数，一共四十个人。他们翻身下马，大声吆喝说话。从他们的谈话中，阿里巴巴听明白了，这是一伙强盗，刚刚抢劫了一支商队，夺得不少物品。

　　阿里巴巴还看见，一个上了年纪的强盗——显然是这支队伍的头领，走到近处的一座山前，冲着一块大石头说：

　　"芝麻开门！"

　　巨石立即分开，露出一个洞来。强盗们鱼贯而入，过了一会儿又一个一个走了出来。强盗头领又说：

　　"芝麻关门！"

　　巨石恢复了原状，与其他山石连接在一起，就像从来没有分开过一样。随即，强盗们跨上马，又从原路扬长而去。

芝麻开门

阿里巴巴对眼前所发生的一切感到万分惊奇。他想："这个山洞里一定藏着这伙强盗抢劫和偷盗来的全部金银财宝。现在我已知道了打开这个山洞的暗语，我要去试验一下，打开它看看里面到底都有些什么宝贝。"

这样想着，他从树上溜下来，走到巨石前。他喊道：

"芝麻开门！"

石头果然应声而开，露出洞口。阿里巴巴走了进去，立即被眼前的景象惊呆了。这里有一堆堆码到洞顶的丝绸、锦缎和彩色毡毯；无以数计的金币银币，有的装在袋子里，有的散落在地上；满筐满箩的珍珠、宝石和各种首饰；各类金银器皿和珍贵宝物。阿里巴巴一生中从来没有见过这么多好东西。此刻他看得眼花缭乱，不知所措。他担心强盗们重返山洞，抓住他，要他的命，于是赶紧装了三头毛驴能够驮得动的金币，匆匆跑出山洞。随后他说了一声：

"芝麻关门！"

石头又回到了原地。为了不使路人发现，阿里巴巴用柴草盖住钱袋。

泄密

阿里巴巴回到家里，他妻子看见这么多金币，大惊失色。她以为这是丈夫偷来的，非常害怕。

"你从哪儿弄来这么多钱？"她问。

阿里巴巴向她讲述了事情的经过，妻子才放下心来。她高兴极了，因为她做梦也没想到她家会得到这么多金币。她打算数数这些金币，可是数量太多，怎么数也数不清。于是她吩咐丈夫说：

"你先在院子里挖一个坑，我一会儿就回来。"

"你到哪儿去？"

"我到你哥哥家去借个升,量量我们到底有多少金币。"

"不用了,我们把金币埋在一个地方算了。"阿里巴巴阻拦说,他不愿走漏消息。

妻子非常固执,还是去了卡希穆家。卡希穆不在家,她便向卡希穆的妻子借升。多心的女人想知道她要量什么东西,便在升底抹了一点儿蜂蜜。

阿里巴巴的妻子将升拿回家时,阿里巴巴已经挖好一个大坑在等她。她量毕金币,把它们倒进坑里,最后两人用土把坑口盖好。

阿里巴巴的妻子又去将升送还给卡希穆的妻子。可是她没有想到,一枚金币沾在升的底部。当卡希穆的妻子接过升时,立即发现了那枚金币。她先是大吃一惊,心犯狐疑,紧接着妒火中烧,咬牙跺脚地发誓,非要把事情弄个明白不可。

卡希穆逼迫阿里巴巴

卡希穆的妻子找到丈夫,大发脾气说:"你弟弟阿里巴巴把我们骗啦!他成天在我们面前装穷,说他没粮没钱,其实他比我们要富一千倍!"

卡希穆丈二和尚摸不着头脑,不知这话从何说起。妻子见他好像不信,又说:"他借我们的升量金币了!"然后拿出那枚沾在升底的金币给他看,并把事情的原委告诉了他。卡希穆顿时火冒三丈,忌妒、羡慕、恼恨交织在一起,使他不顾一切地奔到阿里巴巴家,逼他说出金币的来历。

阿里巴巴是个老实人,心地十分善良。他有什么并不愿瞒着哥哥,可是他清楚哥哥是个爱财如命的人,如果告诉他金币的底细,他一定会到山洞中去拿,这样就很有可能闯出大祸。于是他对哥哥说:"哥哥,我们两家平分这些金币吧!"

可是卡希穆不满足,声色俱厉地说:"你一定要告诉我从哪儿弄来的金币,否则我到法官那儿去告你,让他们用武力没收你的钱财,把你关进监狱!"

"我不怕法官,"阿里巴巴说,"因为这些金币并不是我偷来的。我是爱你和忠实于你的,我可以把得到金币的办法告诉你,即使你把所有的金币都拿去我也没意见,因为你是我的同胞兄弟。我只是担心,你去了宝库,一旦碰上强盗,他们就会抓住你,杀死你的!"

卡希穆一想到闪闪发光的金币,什么危险也不顾了。他从阿里巴巴那里知道了路途,立即回家备好了十头骡子,然后赶着它们向强盗的宝库出发了。

在强盗的宝库里

卡希穆按照阿里巴巴的指点,来到那座山前。他找到那块巨石,大声说:

"芝麻开门!"

随着喊声,巨石豁然分开,向两边移去,露出了洞口。卡希穆喜不自禁,走了进去,他怕路上有人经过,看见洞口,于是回头说:

"芝麻关门!"

门便在卡希穆身后关上了。他看着洞里堆积如山的金银财宝和绫罗绸缎,几乎惊呆了。他只是呆呆地望着,忘了时间,忘了地点,甚至忘了自己。过了好久,他才如梦初醒,开始挑选财宝。又过了好几个小时,他挑出足够十头骡子驮的东西,才准备返回。可是他忘了开门的暗语,费了很多脑子也没想起来。他试着说了一声:"大麦开门!"门纹丝没动。他越发惊恐不安,又说:"豌豆开门!"门还是没开,他又说:"燕麦开门!小麦开门!扁豆开门!蚕豆开门!"直到他把属于豆麦谷物之类的各种名称全部说了一遍,也没想起芝麻来,洞门还是关得紧紧的。

这时,卡希穆相信自己必死无疑了。他知道,这是他贪心的结果,但是后悔已经来不及了。

卡希穆之死

正在这时,强盗们来了。他们见洞外有十头骡子,非常吃惊。强盗头领猜到准是有人进了宝库,于是连声大叫:

"芝麻开门!芝麻开门!"

卡希穆听见叫声,才恍然想起暗语,可是已经晚了。

洞门大开,他看见了一伙怒气冲冲、持刀握剑、凶神恶煞般的强盗。他想逃跑也不行了,强盗们站在洞口,犹如一道铁墙,堵住了他的去路。他下意识地向后退去,结果被一个强盗一刀砍下了脑袋。紧接着,愤怒的强盗

们又把他的尸体砍成四段，挂在洞内的四个角落，以警告他的同伙——那些企图进入宝库索取财物的人们。

一切安排妥帖，强盗们走出洞外，跨上马扬长而去。

卡希穆的尸首

晚上，卡希穆没有回家。他妻子坐卧不宁，吃喝无味。她担心丈夫遭了不幸，于是匆匆来到阿里巴巴家，将丈夫自从早晨出去直到现在未回的消息告诉给阿里巴巴。阿里巴巴也很不安，他担心哥哥身遭祸患。但他在嫂子面前没有流露不安情绪，只是说："也许哥哥为了不让过路人看见，先躲进森林里，等夜里再回来吧。"

卡希穆的妻子稍稍放下心，可是时至半夜，丈夫仍然未归，她越想越害怕，又跑去找阿里巴巴。阿里巴巴劝她等到早晨，而他自己赶着三头毛驴悄悄去了宝库。一进宝库，他就看见了卡希穆被砍成四块吊在洞内的尸首，非常伤心，忍不住大哭。过了一会儿，他镇静下来，知道这样哭无济于事，于是把哥哥的尸体取下，装进口袋，放在驴背上，又装了两袋财物，分别让其他两头毛驴驮着，向家里走去。

埋葬卡希穆

阿里巴巴赶着毛驴到了哥哥家，他嫂子见了丈夫的尸体痛哭不已，阿里巴巴好言劝慰了很长时间，才稍稍平息。阿里巴巴对嫂子说："现在哭也没有用，我们应该商量商量如何埋葬哥哥，既不被人怀疑，又不能让强盗知道，否则强盗找上门来，我们全家都没命了！"

"我们该怎么办呢？"卡希穆的妻子没了主意。

卡希穆家有个忠实而聪明的女奴，名叫麦尔佳娜。听了他们两个人的对话，她说："我去药店买药，就说老爷病危，快死了。"

次日早晨，麦尔佳娜去了一家药店。老板问她买什么药，她说："我家老爷卡希穆突然得了重病,不吃也不喝,看样子生命都保不住了,有什么药能够救急吗?"

老板卖给她一剂药,她急忙跑回家。第二天,她又来到药铺,买了一剂药,并愁眉苦脸地对老板说:"我担心他连这剂药都吃不完就咽气了。"

晚上,卡希穆家传出举哀、哭泣声,街坊四邻听了,无人怀疑,因为这两天他们总看见阿里巴巴和他妻子在他哥哥家跑进跑出。

"我们怎样将他装殓啊?尸体还是一块一块的呢!"卡希穆的妻子又提出一个难题。

"我给你们找一个缝尸匠来!"麦尔佳娜说。

她很快跑到一家缝纫店,找到老板,给了他两个金币。老板是一个技术高超的老裁缝,名叫巴巴·穆斯塔发。他见了金币,很是高兴,忙问姑娘有何事相求。姑娘说明来意,老板乐意效劳,于是随姑娘向家中走去。快到家时,麦尔佳娜用一块手帕蒙住穆斯塔发的眼睛,把他领到停放卡希穆尸体的房间。

麦尔佳娜给裁缝揭去手帕,裁缝动手缝尸。他动作熟练麻利,很快便把凌乱的尸首连成一体。麦尔佳娜又给他一枚金币,要他缝一件殓衣。裁缝见钱眼开,立即动手缝起来。

干完活,麦尔佳娜又用手帕蒙住裁缝的双眼,把他送出好远,直到相信他再也找不到原地了,才为他解开手帕。

次日,讣告发到卡希穆朋友手里,朋友们赶来吊丧,妇女们也都来安慰卡希穆的妻子。丧礼办得十分得体。

几天以后,因卡希穆家无人照顾,阿里巴巴便搬到了他哥哥家,继续经营哥哥的生意,并负责抚养教育侄儿。

巴巴·穆斯塔发和强盗

当强盗们再一次来到他们的宝库时,发现卡希穆的尸体不翼而飞。

"准是他的同伙将尸体偷走了!"他们说。于是,头领派出一个强盗去城里寻找偷尸者。

　　强盗到了城里,找了一天一夜,也没找到线索。黎明时分,他经过巴巴·穆斯塔发的店铺前,见穆斯塔发正坐在铺里干活,便走上前去致意,并大惊小怪地问:

　　"天还没亮,怎么就干起活来了,你看得见吗?"

　　穆斯塔发得意地说:"安拉赐给我一双好眼睛,昨天,我还在一间黑黑的屋子里缝了一具被砍成几段的尸体呢,眼睛根本不感觉累!"

　　强盗一听,喜出望外,使用各种伎俩套出了裁缝与麦尔佳娜之间发生的一切,然后塞给穆斯塔发一枚金币,让他领着去看看那所房子。穆斯塔发说:"我也不知道那所房子在哪儿,因为当时那姑娘用手帕蒙住了我的眼睛。"

　　"你跟我走,说不定我们能够找到呢!"强盗说。

　　穆斯塔发跟着强盗走了一会儿,在一个地方停下来,他说:"到这儿我就不知道路了。"

　　强盗掏出一块手帕蒙住他的双眼,说:"跟着我走,估计一下你跟那姑娘走的路程。"

　　穆斯塔发本是个聪颖敏捷的人,在强盗的牵引下,他边揣测边摸索。一会儿,他突然停下来大声说:"就在这儿!"

　　强盗在如今是阿里巴巴的住宅前用白色粉笔画了个×字,作为记号,然后匆匆回到队伍中,汇报了情况。

麦尔佳娜的智慧

强盗和裁缝刚刚走开,麦尔佳娜便走出家门办事。无意间,她发现了门上的记号,大为惊讶。她立即明白了是怎么回事,于是心生一计,拿出粉笔照着那个记号在附近每家门上都画了一个。

夜里,强盗们出动全队人马,前去抓人,可是他们发现街上每家门上都有个×字,不仅颜色一致,连位置也一致,那个画记号的强盗也被搞糊涂了。强盗们只好悻悻而返。

回到驻地,强盗头领大为恼火,一刀砍了那个没用的家伙。他又派出第二个强盗去找巴巴·穆斯塔发。这次,强盗在阿里巴巴的院门上画了个红色记号。不料,又被麦尔佳娜发现了。她又照样子在各家门上画了个红色记号。

夜里,强盗们来抓人,一切又都乱了套。回到驻地,强盗头领又结果了第二个强盗的性命。

强盗头领亲自去找巴巴·穆斯塔发,让他领到阿里巴巴的家门前。他在门前站了许久,暗暗记下住宅的每一个特征,直到相信不会弄错了才离去。

麦尔佳娜和强盗

强盗头领回到驻地,找来四十个大罐。三个里面装满油,其他三十七个,每个里面潜伏一个强盗。他把四十个大罐放在二十头骡子背上,自己装扮成卖油商。他与部下商定,以他投石为信号,他们便从罐中出来,先结果对手的性命,然后搜查财物,把丢失的东西全部夺回来。一切布置妥当,他便赶着牲口向阿里巴巴的住宅出发了。

到了阿里巴巴的住宅,强盗头领上前敲门。他对阿里巴巴自我介绍说,他是卖油商,是卡希穆的朋友,每年都要到这里来做客,他希望阿里巴巴今夜留他在此住一宿。

好心的阿里巴巴听信了强盗头领的话,把他请进屋去,并帮他将四十个大罐卸在院子里。

阿里巴巴热情招待客人,陪他吃喝谈话。谈话进行到很晚,两人还没有睡意。这时,麦尔佳娜发现她房间里的灯没有油了,便拿起油壶倒,可是油壶里也空了。她想了想,便走到院子里,打开客人带来的一个大油罐。她刚要伸手舀油,突然听见里面有轻微的响声,吓了她一跳。她赶忙盖上盖子,又打开了另一个大油罐,听见里面也有轻微的响声,而且好像是人呼吸的声音。她越发惊奇,揭开每一个罐子察看,只有最后三个没有声音。凭着她的聪明,她明白了,这是强盗们耍的奸计! 她不动声色地舀了一大锅油,放在火上煮沸,然后倒进每个罐子里。强盗们一个个都被烫死了。

深夜,万籁俱寂,阿里巴巴睡着了。强盗头领见时机已到,向院子里投出了一粒石子。见没有反应,他又投了第二粒、第三粒,仍然不见有一个部下爬出罐子。他生气地跑到院子里,揭开一个盖子,一股浓烈的油味扑鼻而来,他很惊愕,伸手摸了摸,竟是一具冰凉的尸体。他又打开第二个、第三个……直至最后一个。全部如此! 他气恼到极点,搞不清楚这到底是怎么回事,一时失去了理智,疯疯癫癫地向山里跑去。

翌日早晨,阿里巴巴一直不见客人起床,心里很纳闷,便询问他的女仆。麦尔佳娜说:"他哪里是什么油商,他是强盗头领,是来杀我们的!"

阿里巴巴迷惑地望着她,似乎不相信。麦尔佳娜把他带到油罐前说:"你打开看看里面装的是什么就知道了!"

阿里巴巴打开一看,倒抽了一口气,下意识地向后退去。麦尔佳娜说:"别怕,他们都已经死了。"接着,她向阿里巴巴讲述了烫死强盗们的经过。

阿里巴巴异常欢喜,连连赞扬麦尔佳娜的机智和勇敢。麦尔佳娜说:"这有什么? 这是我应尽的义务!"随后又说,"我们应赶快把他们埋掉,以免秘密泄露出去。"

于是,阿里巴巴带领男仆来到后花园,挖了一个很大的坑,把三十七个强盗的尸体扔了进去,然后埋好,把地面弄平,显得和先前一模一样。

强盗头领之死

强盗头领跑到山里,钻进山洞。他双眼冒火,精神失常,每天在洞里大喊伙伴们的名字,可是再也听不到一声回答。他号啕大哭,顿足捶胸,揪自己的头发,打自己的脸颊,也无从发泄他满腔的愤恨。这样疯疯癫癫地过了几个月,他的悲哀和愤怒有增无减。他知道这样下去无济于事,只有报了仇才能洗掉这奇耻大辱。于是他绞尽脑汁想出一个复仇的办法。

他乔装打扮一番,扮作一个商人,进了城里的一家旅店。他想:阿里巴巴杀死这么多人,一定会弄得满城风雨,法官一定会把他抓起来,他的家产和财物一定会被没收。于是他向旅店的门房打听:"最近城里有什么新闻?"

门房把他认为新奇的事都告诉了强盗头领,头领非常失望,因为没有一件是他所关心的。失望之余他又有些奇怪,死这么多人,怎么没有人知道呢? 只有一个理由可以解释,那就是阿里巴巴太聪明太机警了。看来,他要复仇不能操之过急,得想一个稳妥的办法。

现在,卡希穆的商店由他儿子小卡希穆管理。这个年轻人,活泼热情,交际广泛,强盗头领很快就和他混熟了。他在卡希穆商店的附近租了一家店铺,做起买卖来。他慷慨大方,热情好客,博得了顾客们的尊敬。他对小卡希穆尤其热情,经常送给他贵重礼物。一天,小卡希穆邀他到家里做客,阿里巴巴热情地接待了他。他丝毫没有认出这个强盗头子,还以为他真是侄子的朋友。

阿里巴巴吩咐麦尔佳娜备饭,麦尔佳娜端来了上等肴馔,可是这时客人却托词要走。

"为什么?"阿里巴巴不解地问。

"近来我身体不好,大夫嘱咐我不能吃放盐的菜。"①

"这人是谁? 为什么不吃盐?"机灵的麦尔佳娜警觉起来。

---

① 阿拉伯的风俗,和主人在一起吃了盐,客人便不能做对不起主人的事。

阿里巴巴吩咐上无盐的菜。借上菜的机会,麦尔佳娜瞥了客人一眼,看见了他长袍下的匕首。麦尔佳娜不禁心中起疑。斟酒时,她又仔细地打量了一下客人,终于认出了他的真面目。

　　"啊,他不吃盐,原来如此! 看来,不把这个恶棍除掉,我们的日子就永远不得安宁。我要沉着应付,先发制人,处死他!"

　　聪明的麦尔佳娜回到自己房里,换上一套鲜艳的舞服,头上缠一块漂亮纱巾,脸上罩一方面纱,腰上系一条彩色腰带,上插一把镶着宝石的匕首。客人酒足饭饱以后,她走进客厅,深深鞠了一躬,请求准许她跳一个舞。

　　"好吧,"阿里巴巴说,"让我们的客人欣赏一下你的舞姿。"

　　麦尔佳娜步态轻盈地舞起来。强盗头子对这舞蹈并不感兴趣,但还是装出很愉快的样子。

　　麦尔佳娜随便舞了一会儿,突然从腰间拔出匕首,快速地旋转起来,她从这一边旋转到那一边,又从那一边旋转到这一边,做出各种优美的姿势。一会儿,她骤然停下,右手拿着一只小鼓,按喜庆场合的惯例,走到在座的每人面前讨赏钱。

　　她首先走到主人面前,阿里巴巴把一枚金币扔在小鼓上。接着她又走到小卡希穆面前,他也扔给她一枚金币。最后她走到强盗头领跟前。正当强盗头领从他长袍里掏取钱袋的时候,麦尔佳娜迅速地将匕首插入了他的心脏。强盗头领登时咽了气。

　　阿里巴巴大惊:"你干的什么事? 这下我可

让你毁了！"

小卡希穆也很生气。

"主人，是我救了你的命！"麦尔佳娜说。她把客人的长袍掀开，露出了暗藏的匕首。"仔细看看他是谁吧！"

阿里巴巴认出了强盗头领。他非常感谢麦尔佳娜的忠诚和勇敢。

"你曾两次从强盗手中救了我的性命，我一定要报答你。现在我宣布，解放你，恢复你的自由。从现在起，你就是自由人了。"

接着阿里巴巴又说："你是一个聪明、勇敢、机智、能干的姑娘，我要侄子娶你做妻子，永远分享我家的幸福。"

小卡希穆欣然接受了叔父的建议。接着，大家齐心协力，动手掩埋了强盗头领的尸体。此事没有一个外人知道。

故事的结束

阿里巴巴选了一个吉日，为侄子和麦尔佳娜举行了隆重的婚礼。他大摆筵席，盛宴宾客。席间，歌声、乐声和笑声连在一起，一片欢腾。

自从卡希穆出事那天起,阿里巴巴再也没去过那个装满财宝的山洞。现在,强盗们都死了,在一天早晨,他又去了那里。他下了马,走到巨石前,说了暗语:

"芝麻开门!"

跟过去一样,洞门应声而开,阿里巴巴走了进去。金银财宝原封不动地摆在那里,他装满一袋金币运往家中。

后来,阿里巴巴把所有的宝物都搬回家里,但是他并不据为己有,而是分给了穷苦的乡亲们。

艾卜·吉尔和艾卜·绥尔

|

从前,埃及亚历山大城有个洗染匠,名叫艾卜·吉尔;还有个理发匠,名叫艾卜·绥尔。他俩是邻居。也就是说,洗染匠的作坊和理发匠的店堂只隔一堵墙。

艾卜·吉尔是个品质恶劣的人,他自私、贪婪、狡猾、奸诈,什么坏主意都想得出来,什么坏事也都做得出来。他在这个世界上最喜欢的事情就是吃。他认为能吃遍世间的美味佳肴乃是人生的最大幸福。什么好坏、善恶、荣辱,对他来说没有任何价值,他要的只是口袋里有钱,肚子里有食。为了这个目的,他施展各种伎俩欺骗穷人,牟取不义之财。如果有谁到店里染衣服,他要求先付钱,理由是用钱买染料。可是顾客刚一走,他就拿着这钱去买吃的喝的,如果钱不够,他就卖掉顾客的衣服。过了些日子,顾客来取衣服,他就点头哈腰厚颜无耻地用各种谎言拖延。第一次他会说:"哎呀,我太忙了,每天要染许多衣服,你那件还没来得及染,过两天再来吧,保证让你满意。"

过两天顾客来了,他又花言巧语地说一通:"哎呀,对不起,这阵子我一直病着,还没工作。"

顾客不断地来,他就不断地寻找理由。最后顾客厌烦了,要求把衣服还给他,到别处去染,这个狡猾的家伙又说:"老兄,我不好意思跟你说实话。"

顾客问："有什么不好意思的,我不染了还不行?"

他就装出一副可怜相说:"朋友,本来我把你的衣服按照你喜欢的颜色染好了,谁知还没晾干,就被贼偷跑了。我每次一拖再拖,都是因为羞于将事实告诉你。今天你跟我要衣服,我不得不说了。我现在感到无地自容。"

顾客免不了愤愤然。遇到那信以为真的,只好自认倒霉,发誓永不再踏进这家洗染店的门槛。倘若顾客心中生疑,就少不了与艾卜·吉尔大吵一番,其结果还是一无所获。如果有人因此把他告到法院,洗染匠会使出浑身解数诡辩,最后还是因为没有抓到证据而不了了之。

艾卜·吉尔一直这样招摇撞骗,臭名远扬。人们互相告诫,不要上他的当。只有那些不了解情况的人,才到他的店里染衣服。但他本性难移,恶习不改,既要人家的钱,又卖人家的衣服。他骗人的理由都说光了,于是又想出一个办法:

每天他躲到隔壁艾卜·绥尔的理发店去,隔着窗子窥视过往的顾客,倘若是取衣服的顾客来了,他就藏起来,待顾客站在外面等烦了,走了,他再出来。倘若来个手拿衣服的新顾客,他就匆匆走出理发店,接过衣服,询问人家染什么颜色。然后收下工钱。顾客一走,他又如前所做,将衣服卖掉,买来好吃的好喝的尽情享受。

终于有一天他倒霉了。那天,洗染店来了个大汉,要艾卜·吉尔给他染衣服。艾卜·吉尔收下钱和衣服,等顾客一走,他就用衣服换了吃的。大汉天天来取衣服,他就在隔壁理发店躲躲藏藏。这位大汉脾气暴躁鲁莽,见每次来都扑空,就去找法官告状。法官派人随大汉去洗染店搜查,只见洗染店是空的,染坊中除了几个破旧的染缸,什么也没有。来人将情况呈报给法官。法官命人将洗染店封闭,并加上大印。封门的人临走对洗染匠的邻居——理发匠说:

"请你转告这个店里的老板,我是法院派来的,搜查了他的店,什么也没找到,只好将它封上。钥匙我拿走了。如果他想进他的店,就把顾客的衣服交出来!"

这些话艾卜·吉尔躲在理发店里都听到了,但说什么他也不敢出来,他害怕把他抓到法院去关进监狱。

法院里来的人走远了,艾卜·绥尔走进店里问艾卜·吉尔:"老兄,你都干了些什么?怎么所有到你店里来染衣服的人都对你不满?你到底把那个大汉的衣服弄到哪里去了？"

艾卜·吉尔哭丧着脸说："老邻居，我什么事还能瞒你？他的衣服被人偷走了，我拿什么还他？"

"难道所有的衣服都被偷走了？难道天底下的贼只偷你一个人？我不相信你的话。这绝不是事实！"艾卜·绥尔说。

"看来我只好说实话了。老邻居！"

"你到底把那些衣服弄到哪儿去了？"

"我把它们卖啦，换钱啦！"

"什么？难道真主允许你这样干了吗？你也不感到羞耻？"

"我这样干，也是迫不得已呀，老朋友。你看我的手头多紧，生意多萧条。我是太穷了才这样做的呀！"

"你这是强词夺理，难道穷就要坑害人吗？"艾卜·绥尔生气地说，"我比你还穷，可是我做不出骗人的勾当。唉，这世道，人们看我的小店简陋，就不愿到我这儿来，他们都愿意到漂亮的理发店去。说起来，我比你的生意还萧条，我甚至都不愿意干这行了。不过，无论如何，我也不会占别人的便宜。"

"老兄，你不想干，我也不想干了。我们离开家乡，到外面去闯闯怎么样？说不定我们能碰上好运气呢。我们有手艺，到什么地方都不至于饿死，哪个地方不需要洗染匠和理发匠？"

艾卜·绥尔听了艾卜·吉尔的话，沉默不语，他在揣测这个主意是否可行。艾卜·吉尔在旁边滔滔不绝，他说外面的世界非常大，他们可以到处游览。各国不仅自然风光不同，人们的风俗习惯也不同。他们可以忘记忧愁和烦恼，还可能找到挣钱多的工作，一改他们的贫穷，成为富翁。另外还能结识新朋友，学到许多新的生活经验。艾卜·绥尔终于被他说动了。

两个人开始为旅行做准备。艾卜·绥尔关闭了他的理发店，将钥匙交给他的师傅——他曾跟他学过手艺。他用绳子将行李捆成一卷，将理发用具带在身边。艾卜·吉尔呢，洗染店已经让法官给封了，钥匙也不敢要回。不过，他倒没忘记随身带些染料。

出发前,艾卜·吉尔对他的旅伴说:"老邻居,从现在开始我们就是兄弟了。我们彼此没有什么可分的,有福同享,有难同当,谁先找到工作,就帮助那个暂时还没有工作的。除了吃住外,我们把节余的钱存进银行,待我们返回亚历山大再均分。你看怎么样?"

"好!我同意。"艾卜·绥尔是个极厚道的人。

两人拿出《古兰经》,朗诵第一章,作为他们的誓言。

2

艾卜·绥尔和艾卜·吉尔在亚历山大海港乘上一艘汽船①向远方出发了。船上乘客很多,还有许多水手。艾卜·绥尔对同伴说:"兄弟,我们带的干粮不多,都不够我们在海上旅行的,我看船上没有理发匠,我想到乘客中间走一走,问问他们理不理发,这样或许能挣点干粮,添补我们的生活。"

"行啊,你去吧!"艾卜·吉尔说,然后伸伸懒腰,倒身大睡。

艾卜·绥尔拿上理发用具,肩上搭一块布——因为穷,买不起毛巾——挤进旅客中间,他对人们说,他会理发刮胡子。有谁需要,他会随时服务。一个旅客叫他理发,他用麻利的动作满足了旅客的要求。旅客拿出钱给他,他说:"先生,我不需要钱,如果你能给我一点儿干粮,我会十分感谢,因为我带的干粮不多,而这些东西在船上是买不到的。"

于是旅客给他一张面饼、一块奶酪和一杯淡水。他拿着这些东西,找到他的朋友,把他叫醒:"快,吃了这张面饼和奶酪,喝了这杯水!"

艾卜·吉尔睡眼惺忪地爬起来,几口就把面饼、奶酪和水干掉了。

艾卜·绥尔又回到了旅客中间,许多人要他理发或刮胡子,他都快应接不暇了。有人给他饼,有人给他面包,还有人给他奶酪或者钱,将近傍晚的时候,他已经得到了一堆食物和数目不算小的钱。

就这样,每天早晨,艾卜·绥尔到旅客中去理发,然后拿着食物去找他

---

① 从故事的主人公所乘坐的交通工具来看,这个故事发生的年代并不久远。

蒙头大睡的朋友,将他叫醒,让他吃喝。而他的朋友,则吃完继续大睡。

一天,艾卜·绥尔给船长理了发,船长掏出钱来给他,他没要。他对船长说,他带的干粮太少,希望船长给他点吃的。他哪里敢说实话:艾卜·吉尔的胃总也填不满,他每天挣来的食物都被这个大肚汉一扫而光。

船长见艾卜·绥尔忠厚老实,非常喜欢,他说:"你每天晚上来和我一起吃晚饭吧。"

"先生,我还有一个朋友。"

"没关系,一起来吧。这样,一路上你们就不必为吃饭担忧了。"

艾卜·绥尔很高兴,跑去叫醒他的朋友。艾卜·吉尔睁眼看艾卜·绥尔抱着一堆食物:奶酪、面包、橄榄、鱼子酱,伸手就抓,边吃边问:"你这是从哪里弄来的?"

"你现在先别吃这些东西,等以后我们干粮紧张的时候再吃。今天我给船长理了发,他要我们两人每天和他一起吃晚饭。走,现在正是吃晚饭的时候,我们去吧。"

"就让我吃这些东西吧。"艾卜·吉尔说,"我晕船,不能动地方。"

"你吃吧。"

艾卜·吉尔张开大嘴就吃起来。你看他把面包瓣成球状,塞进嘴里,第一口还没咽下,第二块又塞了进去,眼睛瞪得圆圆的,腮帮子胀得鼓鼓的,一只手里的还没吃完,另一只手又抓起了新的,活像一个饿死鬼。

这时,一个水手走来,对艾卜·绥尔说:"啊,在这儿。我们船长请你和你的朋友去同他一起吃晚饭。"

艾卜·绥尔问艾卜·吉尔:"你和我一起去吗?"

"我吃得了,可是走不了。"艾卜·吉尔说。

艾卜·绥尔便一个人随水手去了。只见船长和几个朋友正坐在桌旁等他们。桌子上放着大约二十种香味扑鼻,让人一见就流口水的饭菜。船长见只来了艾卜·绥尔一个,便问:"你的朋友呢?"

"先生,他晕船,不能走动。"艾卜·绥尔答道。

"没关系,很快就会好的,你请坐,随便吃吧。"

吃完饭，船长端出一盘烤肉，又从每种菜里拨出一部分——足够十个人吃的——交给艾卜·绥尔："拿回去给你的朋友吃，告诉他，晕船的感觉很快就会过去。"

艾卜·绥尔带着食物回到他的朋友那里，只见他在捡吃刚才那堆食物的渣子。艾卜·绥尔说："你看，你要跟我去船长那儿吃多好。船长让我给你拿来一些。这是我们吃剩下的。"

"快拿来，让我吃！"

艾卜·绥尔递过盘子，艾卜·吉尔扑上去，狼吞虎咽，那样子就好像几天没有吃饭似的。

艾卜·绥尔走回船长仓里，与他和他的朋友们喝咖啡，大家聊了一会儿，各自回房休息。艾卜·绥尔惊讶地看见，他的朋友已经把那几盘食物都吃光了，空盘放在那里。艾卜·绥尔捡起空盘，交给船长的仆人。

这种情况一直继续着：艾卜·绥尔劳动，艾卜·吉尔睡觉、吃喝。

二十天以后，船在一座大城市的港口停泊，艾卜·绥尔和艾卜·吉尔舍舟登岸，进到城里。两个人在一家小旅店租了一间房子，艾卜·绥尔出去买了些简单的家具和用品，又买了些肉和蔬菜，回来后生火做饭。

艾卜·吉尔呢？自从进了旅店就开始睡觉。艾卜·绥尔做好饭，将他叫醒，他爬起来大吃一通，然后又倒在了床上。他对艾卜·绥尔说："别怪我，朋友，直到现在我还感到头晕。"说完，又打起了呼噜。

每天早晨，艾卜·绥尔背着理发用具，到大街小巷去寻找生意。晚上，他再用赚得的钱买些食品，带回旅店，叫醒艾卜·吉尔。艾卜·吉尔吃完饭又睡。有时艾卜·绥尔对他说："和我出去转转吧，这是一座非常美丽的城市呢。"他就说："我的头还晕，我晕船的感觉还没过去呢！"

艾卜·绥尔只好任他去了，他心地善良，不愿意埋怨别人，也不愿意训斥别人。他只好用辛勤的劳动，弥补心中的不快。

有一天，艾卜·绥尔病了，病得很重。他不能出去找生意，也不能出去买菜买饭了。他托旅店老板给他们买来食品，可是他一口也不想吃。

四天以后，他的病越发严重，高烧一直不退，加上几天没进一滴水一粒米,终于支持不住,晕过去了。

而艾卜·吉尔呢? 这几天一直吃了睡,睡了吃。后来他一觉醒来,发现身边没有吃的,就找艾卜·绥尔。一翻身,看见艾卜·绥尔躺在床上,昏迷不省人事,便爬起来在艾卜·绥尔的身上乱翻。终于找到一个钱袋,里面有一些金币,便揣进怀里,溜出了旅店。

他来到喧闹的市场,买了一身新衣服,换下旧的,穿上新的,在街上慢慢溜达。他边游览市容边逛商店,发现这是一座又大又美丽的城市,可是这里的居民穿得十分单调,不是白色衣服就是蓝色衣服。他很奇怪,便脱下一件白衣服,走到一家洗染坊,对老板说:"我想染这件衣服,多少钱?"

"二十块!"

"这么贵。为什么? 在我的家乡只用两块钱!"

"在这儿就得二十块,不为什么!"

"你们能染什么颜色?"

"蓝颜色。"

"我想染成红色。"

"不会染!"

"那么黄色呢?"

"也不会染!"

艾卜·吉尔又信口说了好几种颜色,老板都说不会染。老板还告诉他,这座城市里一共有四十家洗染坊,都只会染蓝色。他们的手艺是世代传下来的。

艾卜·吉尔对老板说:"我也是洗染匠,不过我会染各种颜色。我请求你雇用我,我可以告诉你各种颜色的染法。你可以在你的同行中炫耀,还可以发财。"

"干我们这行的,从来不接纳外乡人!"老板不客气地说。

"如果我自己开个洗染坊呢?"

"也不行,我们不允许!"

艾卜·吉尔又去找另一家洗染坊,回答均是不接纳外乡人。他索性满城转，走了一家又一家，最后将四十家洗染坊都走遍了，也没有一个老板同意接收他。他非常恼怒，决定去找国王诉苦。他打听王宫所在，人们指引给他。他走到王宫，向卫兵说明求见国王的目的，卫兵让他进去了。

艾卜·吉尔毕恭毕敬地走到国王面前，吻了地面，然后对国王说："伟大的陛下，我是一个外乡人，我的手艺是洗染……"接着，他向国王讲述了他的意愿。国王听后，感到很新鲜，问道：

"你都会染什么颜色？"

"什么颜色都会。"艾卜·吉尔说，"我会用一种颜色配成好几种颜色。比如说红色，我会配成玫瑰红、枣红……绿色，我会配成草绿、橄榄绿、海绿……"

他一口气说了好几种颜色，并说了它们可以调配出来的颜色，最后说道："伟大的陛下，您看，我会染各种颜色，而您这座城市里的洗染匠呢？除了蓝色，其他颜色都不会染。我愿意教他们，可他们都不愿意跟我学。"

国王很高兴，因为眼前这位洗染匠将给他的城市生活带来新的色彩。他命人给艾卜·吉尔拿来一套华贵的服装，并送给他两个仆人和一匹骏马，最后还送给他一千金币。"这是给你自己用的，等建完染坊再说。"国王说。

之后，国王派人叫来几位建筑师，对他们说："明天早晨，你们跟着这位洗染大师到街上察看察看，在他选中的地方建造一座设备完美的染坊。一定要按照他的吩咐办，不得违背他的命令！"

当晚，艾卜·吉尔就住进了国王为他准备的一间豪华宫室，里面铺设华丽，家具考究，奴仆成群，生活用品一应俱全。

第二天早晨，艾卜·吉尔骑着马，到街上去选择建造染坊的地点，他的前面走着设计师，后面跟着工匠，东瞧瞧，西望望，凡是经过的喧闹地区他就下马研究，那神气就像一位伟大的亲王，最后终于选定了一个显眼的地方。

"这个地方不错，你们就把染坊给我盖在这里吧！"

工匠们要这个地方的主人搬走，主人不肯，工匠们把他带到王宫，国王给他一大笔搬家费，另外花一笔钱将这块地方买下。

设计师按照艾卜·吉尔的意图画出染坊的图形，工匠们立即着手建

造。没有多久,一座高大、豪华的染坊就盖好了,王国里的那四十家染坊是无法与之相比的。

染坊盖好以后,工程师去禀告国王,艾卜·吉尔也在场。他说接下来就是购置洗染工具和材料了,国王慨然解囊,送给他四千金币。"这钱就做本钱吧,"国王说,"现在就看你的本事了。我先送上一些布匹让你染,作为你生意的开张。"

艾卜·吉尔拿上钱,去到市场,买了洗染用具,又买了一些染料。市场上只有蓝色染料。不过艾卜·吉尔并不愁,因为他离开乡时,随身带来许多各色染料。他雇用了几个工人,便开始干起来。

不久,第一批东西染出来了,那是国王送来的能做五百多件衣服的布料。五颜六色的布料晾在染坊前的绳子上,吸引了过往的行人,他们从来没有见过这么漂亮的布料,无一不停下脚步来观看。

染坊前的人越聚越多,以至把交通都堵塞了。人们都在观看本城从未有过的奇迹,有人还在问这问那。艾卜·吉尔向人们讲解着,述说着。他指

着那些布料告诉人们,哪是红色,哪是绿色,哪是黄色。人们惊讶地听着,不停地赞叹着。接着,人群散去,大家都往家跑,去取衣服或者布料,有的干脆直接进了市场,买了新衣服新布料,然后又匆匆跑向染坊,交给艾卜·吉尔,让他给染成他们所喜欢的颜色。

艾卜·吉尔把染好的布料送进王宫,国王看着鲜艳夺目的布料,十分高兴,赏赐给他许多贵重物品。从此,王公大臣、达官贵人、社会名流都到艾卜·吉尔的染坊去染衣服或布料,他们送给他的金银无法计算。

艾卜·吉尔的染坊出了名,而且名声越来越大,人们都称他的染坊为"王家染坊"。而城里其他染坊呢? 则景况越来越差。无人到他们那里去洗染,当然就赚不到钱,伙计们纷纷离开老板,去谋生路,老板们就天天坐在店前,百无聊赖地伸懒腰打哈欠。这样过了一段时间,老板们也受不了了,一个接一个低声下气地去找艾卜·吉尔道歉,求他原谅,并求他在店里给自己安排个工作,混碗饭,工钱给多少都行。艾卜·吉尔一概拒绝,他不接受道歉,也不原谅人,更不可怜人。他一个一个地提醒那些人:"别忘了当初你们是怎样拒绝我艾卜·吉尔的。我在困难的时候,你们连一点儿面包渣也没有给过!"

王家染坊给艾卜·吉尔带来巨大财富,他买了豪华住宅,雇了仆人和随从,成为本城的大富翁。

3

现在我们来说说艾卜·绥尔,看看自从他昏迷不省人事,艾卜·吉尔偷走他的钱以后,他的境况怎样。

他一连昏睡了三天。在这三天里,他一直发着高烧,没有一个人过问他的病情,也没有一个人为他请医生。他滴水未进,粒米未沾,就像死了一样。

旅店的看门人发现他们的房间关闭了好几天,既没见人进,也没见人出,便以为两个旅客为逃避交房钱,偷偷地跑了,不然就是发生了什么不测——出去就没有再回来,或者进去就没有再出来。

看门人走近房门,侧耳细听,听见里面有微弱的呻吟,于是猛烈敲门。没有应声,他便想办法打开了门。走进房间,他一眼看见了躺在地上的艾卜·绥尔,他双眼微闭,面色苍白,瘦骨嶙峋,疲惫不堪。若不是那微弱的呼吸和时而抖动的眼皮,无论谁都会以为他死了。

看门人看到此景,不禁大吃一惊。他蹲下身去,连声呼唤。艾卜·绥尔动了动,有了反应。看门人问:

"你怎么了?你的伙伴呢?"

艾卜·绥尔用几乎听不到的声音回答:

"不知道,我刚有点儿知觉。"

他指指腰间,让看门人从钱袋里拿钱,去给他买点儿药和食品。

看门人拿起钱袋,一掏,是空的。

"你的钱袋是空的,一个子儿也没有!"

"你看见我朋友了吗?"

"我已经好几天没有见到他了,我还以为你们两个一块走了呢!"

艾卜·绥尔明白了,艾卜·吉尔拿了他的钱一个人走了。他伤心痛哭,将此事实告诉给看门人。看门人劝他道:"别哭了,他会得到报应的。像他这样背信弃义的家伙,安拉是不会饶恕他的。我早就看他不顺眼,他黑天白日地大睡,似乎总也醒不了,可是你一买回吃的,他就来了精神。他吃完,又接着睡。你一天到晚为两个人的生计奔波,可是最后他却偷了你的钱,扔下昏迷不省人事的你走了。这样一个忘恩负义的家伙,安拉会饶恕他吗?你别难过,一切都会好的。"

看门人为艾卜·绥尔做了一碗汤,艾卜·绥尔喝下,立即觉得有了活力。从那以后,看门人每天照顾他,为他做饭买药。经过两个月的调养,艾卜·绥尔的身体康复,病容消失。他对看门人的恩德感激不尽,他说:"待我有了能力,一定报答你的恩德。你在我最困难的时候帮助我,使我终生难忘。"

看门人说:"赞美安拉,他使你这样的好人痊愈。我是看在安拉的分儿上照顾你的,我不需要感谢和报答。"

艾卜·绥尔上街寻找生计,走着走着,来到艾卜·吉尔的染坊前。他见那里拥挤不堪,门前挂满了各色布料和衣服,便挤上前去问一个人:

"这是什么地方?怎么挤了这么多人?出了什么事?"

那人告诉他说:"这是王家染坊,是国王为一个叫艾卜·吉尔的外乡人建造的。我们挤在这儿是为了参观他染的衣服和布料,因为这些颜色我们从来没见过。我们这儿的洗染匠就会染蓝色。"

那人还津津乐道地给艾卜·绥尔讲述了艾卜·吉尔开始时如何寻找工作,本市的洗染匠对他如何不客气,他又如何找国王诉苦,国王如何给他建造染坊等经过。艾卜·绥尔听了,满心欢喜,立即原谅了他朋友的一切不良行为。他自言自语道:"我的朋友太忙了,他无暇去旅店看望我,我不能怪他。他一旦看见我,会非常高兴的。他会热情地款待我,因为他不会忘记我过去是怎样对待他的,至少他不会忘记当时我们离家时的约定——有福同享,有难同当。"

他一边想着一边拨开拥挤的人群。终于到了染坊前,他一眼就看见艾卜·吉尔坐在门旁的一张高大的靠背椅上,身穿华贵的官服,俨如一个亲王。他的身边立着四个奴仆，四个听差。他们穿着也很讲究。染坊里，十几个工人在忙着干活，艾卜·吉尔在大声地指挥着他们。

艾卜·绥尔满怀喜悦，激动地走近艾卜·吉尔，他满以为艾卜·吉尔看见他一定也很高兴。可是，当艾卜·吉尔的目光落在他的身上时，突然板起面孔骂道："坏蛋，我多少次警告你，别到我的柜台前来，你为什么不听？强盗，难道你还要偷我的东西？来人啊，把这个家伙抓起来！"

四个奴仆一拥而上，抓住了艾卜·绥尔。这时，艾卜·吉尔慢悠悠地从椅子上站起来，手里挥舞着一根粗粗的手杖，厉声喝道："把他给我摔在地上！"

奴仆们遵从命令，摔倒艾卜·绥尔。艾卜·吉尔抢起手杖，狠狠地向艾卜·绥尔身上打去，边打边骂道："不要脸的家伙，以后我再看见你到我的洗染坊来，我就把你交给国王，让他割下你的脑袋！"

艾卜·绥尔感到万分伤心和羞辱，他怀着悲愤的心情，带着满身的伤痕，跌跌撞撞地离开了洗染坊。

围观的人见艾卜·吉尔毒打艾卜·绥尔，非常奇怪，互相问："这个人是干什么的？"

艾卜·吉尔编造道："他是个贼，到处偷东西。多少次他到这儿来偷布匹，被我发现，我见他穷，可怜他，不肯追究，而宁愿付钱赔偿顾客的损失。我好心眼，可是他却总来偷。我已经向他提出警告，以后他再来，我就把他交给国王。"

人们听了艾卜·吉尔的话，都说他做得对，都骂艾卜·绥尔缺德。他活该挨打。

艾卜·绥尔回到旅店，精神和身体几乎都垮了。他为艾卜·吉尔的残酷无情伤心，同时也大惑不解，他无论如何也不明白，他昔日照顾得无微不至的朋友为什么对他如此痛恨。

他在旅店里养了一阵子，身体逐渐复原。一天，他走出旅店，想去澡堂洗个澡。离开家乡这么长时间，他还没洗过澡，身上已沾满了污垢。他走了几条街，也没找到一家澡堂，他很奇怪，便向迎面走来的一个人打听："兄弟,上澡堂怎么走?"

"澡堂?什么叫澡堂?"那个人不明白地问。

艾卜·绥尔十分吃惊,解释道:"就是专门供人洗掉身上的污垢的地方,叫人轻松干净的地方。"

"噢,原来是这样。那你就到海里去洗吧。我们身上脏了都到海里去洗,那儿也可以叫人轻松干净。"

"我说的是专门叫人洗澡的地方,不是说大海。"

"我们这里没人见过澡堂,也不知道那是何物。反正我们不是在家里洗澡就是去海里洗,连国王也如此。"

艾卜·绥尔被震惊了,如此美丽的城市竟没有人知道什么是澡堂?!简直太遗憾了!他决定去见国王,向他陈述澡堂的用途,并请求他在本市建造一座澡堂。

他在心中盘算一番,便向王宫走去。他向门卫说明来意,门卫让他进去了。

他走到国王面前,毕恭毕敬地问候一番,然后说:"伟大的国王,我是一个异乡人,曾在澡堂服务,会刮脸理发。我进贵城已有一段时间,今日打算去澡堂洗澡,可是走了几条街也没见到一家澡堂。我很惊奇,这样一座美丽可爱的城市,怎么没有澡堂设备呢?"

"什么是澡堂?"国王问。

于是,他向国王讲述了澡堂的用途,它的好处和它对市民生活的重要性。国王对他的描述很感兴趣。

"欢迎你到我的国家来。"国王兴致勃勃地说,"我愿意为你建造一座澡堂,让你在那里施展你的手艺,为我的臣民带来快乐。你说在哪儿建就在哪儿建,我将提供你一切费用。"说着,命人送上一套华贵的衣服,并赏给艾卜·绥尔一匹高大骏马,两个男奴仆,四个女奴仆,两个听差的,还命人收拾了一幢比洗染匠的住房还豪华的宫室。

艾卜·绥尔带着工匠们在城里转了一番,选定了地方。一座宽敞漂亮的澡堂很快就建立起来了。根据艾卜·绥尔的指点,里面的设施一应俱全:

澡盆、浴池、喷头，各个角落还有自来水管，并设有刮脸、理发和休息的房间。在引人注目的地方，艾卜·绥尔还请艺师雕刻了各种图案。

一切准备就绪，艾卜·绥尔来到王宫，报告国王澡堂竣工的消息。国王听了大喜，问他还缺少什么，他说，只是休息室里还差床上用品。国王慨然给他一万金币。

艾卜·绥尔拿着钱，走到街上，买了床垫、床单、枕头、毛毯、地毯，还买了一大批浴巾。回到澡堂，他就和几个帮手忙活起来：铺地毯，铺床单，将浴巾分散在各个浴室的架子上。

次日早晨，艾卜·绥尔就点火烧起水来，一会儿，澡盆和浴池里就流进了冷热水。这时，澡堂前已聚满了好奇的观众，就像当初艾卜·吉尔的洗染坊开业时一样热闹。

人们询问艾卜·绥尔，这么漂亮的地方是干什么用的？里面又有池子又有床是怎么回事？

艾卜·绥尔向他们做了解释，并请人们进室内参观，还请一些人亲自尝试。

艾卜·绥尔雇用了几个年轻的伙计，教给他们搓背、按摩的待客技术。只要有人来洗澡，年轻伙计就会帮他脱衣服，入水池，调水温，洗头搓背。顾客洗完澡，伙计又把他引入休息室。在那里可以喝饮料、睡觉，还可以让伙计为他全身按摩，待这位顾客走出澡堂，他就会感到浑身松爽，精神愉悦。

艾卜·绥尔建造澡堂的消息很快就传遍了城市的各个角落，人们从四面八方涌向澡堂，都想得到一次身心的享受。艾卜·绥尔决定，头三天免费开放。这下，澡堂前成了本市最热闹的地方，每天人们出出进进，车水马龙，就像过节一样。

第四天，艾卜·绥尔将澡堂又重新打扫、布置一番，然后去王宫邀请国王。国王率领众大臣来到澡堂，参观一番，赞叹不已。随后，国王和大臣们步入浴室，艾卜·绥尔携伙计们在一旁侍候。

艾卜·绥尔一直陪着国王。他将国王引进一间豪华的浴室，帮他脱掉衣服,又为他搓背、按摩。擦洗一阵,他将馨香的玫瑰水洒在国王身上,把他送入浴盆。国王在里面泡洗一番,艾卜·绥尔帮他出来,安排在舒适的卧榻上休息。这时候,香炉里焚起沉香,室内飘散着芬芳,国王顿觉浑身轻松,精神焕发。他欣喜地问站在身旁的艾卜·绥尔:

"艾卜·绥尔,这就是你说的澡堂吗?"

"是的,陛下,这就是澡堂。"

"说真的,我这座城市,从有这座澡堂之日起,才算是一座设施完美的城市呢。看来,一国之主,要想让他的臣民生活舒服,他的城市不能没有这一设施!"

停了片刻,国王问艾卜·绥尔:"你打算怎么收费? 洗一次澡多少钱?"

"我听陛下的吩咐。"

"一千金币一次吧。凡来洗澡的,你就收一千金币!"

"请饶恕我,陛下,我不能完全接受您的这个命令。"艾卜·绥尔面带难色地说,"人们情况不同,有穷有富,穷人根本交不起一千金币,假如我向每个来洗澡的人都收一千金币,我的生意就会日益萧条。人们不来洗澡,我的澡堂就只好关闭。"

"你打算怎么办?"

"我想根据人们的不同情况分别收费,穷的不收,富的多收。这样,人们不分穷富,都会来洗澡,我办澡堂也不枉是一桩伟大的福利事业。至于您说的一千金币,那是陛下的馈赠,一般人是拿不起的。"

随国王来洗澡的大臣们也赞同艾卜·绥尔的话,他们对国王说:"陛下,这位老板说得对,一千金币,不是每个人都能拿得出来的!"

国王对艾卜·绥尔的话也很赞赏,不过,他似乎还是坚持自己的主张:"他是个穷人,而且是个外乡人。"国王指着艾卜·绥尔对大臣们说,"他为我们创办了我们从来没有见过的、本城的第一座澡堂,为我们干了一件大好事。我们应该尊重他,让他的境况好起来!"

宰相说:"是的,我们是应该尊重这位给我们的生活带来莫大方便的外乡人。对于陛下,拿出一千金币不算什么,您应该恩赐给每个有成绩的人。而对于平民百姓,他们没有这个责任,也不可能做到。须知,作为陛下,尊重穷苦人是一种功德,压低洗澡的价格也是陛下对穷苦人的一种尊重。"

国王说:"你们说得对。不过,今天我要求你们这些国家的大臣们每人交一百金币,并送给他男女奴仆和卫兵各一人!"

"遵命,陛下!"大臣们说,"今天我们按照您的规定做,以后可就看情况啦。"

"可以!"国王说。

大臣们拿出钱,每人给艾卜·绥尔一百金币,又每人给他一对奴仆和一个卫兵。国王给艾卜·绥尔一千金币,十对男女奴仆,十个卫兵。

艾卜·绥尔受宠若惊,激动地跪在国王面前,吻着地面:"英明、伟大、幸运的国王,"他不知道再用什么美好的话语赞美国王,"这么多人让我往哪儿放?"

国王立即对跟来的本城最著名的建筑师说:"给他建造一幢宽敞、漂亮的房子,配备最好的家具,让他和他的奴仆、家丁、使女们住在里面。现在就动工,要快!"

"遵命,陛下!"建筑师诚惶诚恐,他知道这位国王正在兴头上,什么话都说得出来。

国王又转向艾卜·绥尔说:"你知道,我这样吩咐大臣们,是希望凑笔大款给你。因为你是异乡人,也许你在家乡还有妻子儿女,你一定非常想念他们,想回去与他们团聚。那时候,你带一笔钱回去,日子就会过得好多啦!"

"也许不久你就要回去,"国王继续说,"那不要紧,你就用现在我们给你的这笔钱把这些奴仆、家丁打发了,让他们自己去找生活出路。你把澡堂和房子卖掉,那也是一笔不小的钱呢!"

艾卜·绥尔说:"陛下,这么多奴仆、家丁,只有王公大臣们才需要,即使我用陛下和各位大臣给的钱暂时还能支付得起他们的花销,以后我的收入是远远不够的,他们要吃,要喝,要穿衣,我用什么支付?"

国王笑了,他说:"你说得对,艾卜·绥尔,这么多人都赶上一支军队了,你的确养不活他们。你看,我以每人一百金币的价格把他们从你手中买下来,怎么样?"

"我非常乐意,陛下!"艾卜·绥尔高兴地说。

国王立即派人回宫取钱,交给艾卜·绥尔。

然后,国王对他的大臣们说:"谁的奴仆、卫兵谁领回去,就当我送给你们的礼物吧。"

文武官员一片欢笑,每人将自己的奴仆和卫兵领回身旁。

次日早晨,艾卜·绥尔派人到街上宣传:"到澡堂洗澡的人,可以根据经济能力随意交费,太穷的人可以免费。"

人们成群成伙地向澡堂走去。艾卜·绥尔在柜台上放了一个箱子,人们就根据自己的意愿往箱子里放钱。天还没黑,钱箱就满了。原来,人们都第一次听说澡堂这玩意儿,感到很新鲜,都想一试为快。更重要的是,他们听说他们的国王已光顾过澡堂,对老板大加赞美,还馈赠大笔金钱,于是对艾卜·绥尔都另眼相看。你看他们进去的时候是多么高兴,出来的时候都心甘情愿地往箱子里扔钱。艾卜·绥尔一直笑容可掬地站在门口迎来送往。

一时间,满城都在谈论艾卜·绥尔的澡堂。王后听说了,也想去看一看,洗个澡,体验体验。

艾卜·绥尔诚惶诚恐,立即将洗澡的时间分成男女两个阶段,早晨至中午,男人洗,中午到日落,女人洗。他还训练了女仆,使她们成为熟练的招待员。

国王听了这一切,非常高兴,大大地赞扬了艾卜·绥尔。他让王后在为妇女开放的第一天就去洗澡,艾卜·绥尔知道了,又做了周密安排。他规定第一天只为王后和宫女们开放。

王后来到澡堂,对澡堂的干净、整洁和舒适大为赞赏,欣然赠送艾卜·绥尔大批礼物。

当她出来的时候,更是赞不绝口。她赞扬艾卜·绥尔为本城居民干了一件大好事，说在澡堂洗澡真是一种快乐，她希望本城妇女都来享受享受。

王后到澡堂洗澡的消息不胫而走，妇女们都想像王后那样去洗一洗。于是，一时间澡堂前聚满了妇女，她们秩序井然地鱼贯而入，参观、沐浴、休息，好不快乐！

不久，艾卜·绥尔就发了财，而且誉满全城，成了国王的朋友。

一天，王家游船的船长到澡堂洗澡，艾卜·绥尔亲自为他擦洗、搓背、按摩。船长临走时交给艾卜·绥尔几百金币，艾卜·绥尔拒绝了。他对船长说，他们是朋友，彼此不要客气。船长不好强求，只有打算日后找机会回报艾卜·绥尔的情义。

4

艾卜·绥尔建造澡堂的消息和人们对他的赞扬声陆续传进艾卜·吉尔的耳朵里，他想起了亚历山大的澡堂，决定也去本城第一所澡堂洗个澡，转一转，看看它与亚历山大的澡堂比起来怎么样，再看看他的同乡混得如何。他穿上最华丽的衣服,骑上一匹高头大马,身边和身后跟着四个随从四个奴仆,傲慢地向澡堂走去。

他刚走进澡堂,就闻见一股浓郁的沉香和龙涎香气息。庭院里聚满了人,有往外走的,有往里进的,还有的在排队。一张大桌子前坐着几位本城的大人物,他们边喝着饮料边天南海北地聊天。澡堂的豪华、气派、整齐、洁净令艾卜·吉尔惊讶。他恍然感到自己置身于亚历山大最高级的澡堂中。

艾卜·吉尔在庭院里转了一圈,来到浴室入口,只见艾卜·绥尔穿着一套讲究的衣衫,正坐在柜台前收款。艾卜·吉尔刚一出现,艾卜·绥尔就看见了,他赶忙起身迎了上去,可是却换来了艾卜·吉尔的一顿数落:

"你像个正人君子吗?我开了一个染坊,成为本城有名的大染师,还结识了国王和许多大人物。可是你却不来看我,也不过问我的去向。难道你忘了你的老朋友?我曾派人去旅店找你,后来又派我的奴仆和家丁到处打听你,可是半点消息也没有得到。我很伤心,也很苦闷,我想你可能自己回亚历山大去了。没想到你在这儿开起了澡堂,也不去告诉我一声!"

艾卜·绥尔听了,诧异地说:"我没有找过你吗?你不是当着众人的面把我当贼打骂了一顿吗?"

"你这是什么话?"艾卜·吉尔装出惊讶和遗憾的样子说,"难道被我打骂的那人就是你吗?"

"没错,那就是我!"

艾卜·吉尔赌咒发誓,说他当时一点儿也没认出他来。他编造说:"那些日子,天天有一个长相、肤色、个头和穿着跟你差不多的人到我染坊来偷顾客的衣服和布帛,我心里一直不痛快,复仇心切,因此你一露面,我就叫人把你扔出去了。老弟,请你原谅吧,假如我当时动作慢点,仔细看看你,就会认出你来啦!"

说完这通话,他装出十分悔恨的样子,拍着手掌叹道:"没有办法,这都是伟大的真主安排的。兄弟,我亏待你啦!当时你要告诉我你是谁该多好,这可是你的不对了,你为什么不告诉我你是艾卜·绥尔?要知道我那时忙得根本顾不上仔细看你了!"

艾卜·绥尔一直微笑着听他讲完,然后说:"老朋友,真主宽恕你了,这是命中注定的,我们不要计较它了。来,进去,脱下衣服,痛痛快快洗个澡吧!"

艾卜·吉尔没有急于洗澡,他想和艾卜·绥尔聊聊:"朋友,你是怎么弄成的这番事业啊?"他满脸堆笑,佯装亲热地问道。

"给你开路的人就是给我开路的人。我见本城没有澡堂,就去见国王,向他陈述了建造澡堂的必要。他就命人为我建造了这所澡堂。"

"我跟国王的关系极为密切,"艾卜·吉尔骄傲地吹起来,"我要对他讲,你是我的朋友,让他多多照顾你,加倍爱护你,尊重你!"

艾卜·绥尔说:"国王已经够照顾我的了,他和他的大臣们都很尊敬我,经常赏赐我贵重礼物。"

这时,艾卜·绥尔完全像以前一样,把艾卜·吉尔当成了知心朋友。他把他如何与国王交往,如何成为许多重要人物的朋友都告诉给艾卜·吉尔,艾卜·吉尔听得很认真。妒忌和愤恨吞噬着他罪恶的灵魂,还没听完,他的诡计已经形成了。

"快去洗澡吧!"艾卜·绥尔见艾卜·吉尔听得直发呆,催促道。

艾卜·吉尔进了浴室,脱下衣服,艾卜·绥尔嘱咐服务员好生侍候,他就坐在旁边等他,脸上一直挂着微笑。艾卜·吉尔洗完澡,艾卜·绥尔陪他走进休息室,给他端上饮料,又给他端来美味可口的饭菜。艾卜·吉尔逗留了整整一天,艾卜·绥尔也整整陪了他一天。澡堂的服务员都很诧异,不知为什么老板对这位顾客如此热情和慷慨。

艾卜·吉尔觉得他享受这一切理所当然。临走,他对艾卜·绥尔说:"老朋友,你的澡堂真棒,不亚于亚历山大的澡堂。不过,有一点美中不足。"

"什么地方美中不足?"艾卜·绥尔问。

"你这里缺少一种净身的药剂,它是用砒霜和石灰配制成的,对净身有奇效,你不妨配制一些用用,待国王来洗澡时,你推荐给他,他一定很高兴,对你会更加另眼看待。"

"好主意!"艾卜·绥尔说,"我马上就配制,待国王下回来洗澡时我就让他用。"

　　艾卜·吉尔拿出几块金币,塞在艾卜·绥尔手里,说是洗澡费。艾卜·绥尔坚决不收,他说:"你怎么会有这种想法,我们不是兄弟吗? 兄弟之间就不分彼此。以后你什么时候来我都欢迎,只是别再跟我客气。"

　　艾卜·吉尔满怀着忌恨离开了澡堂。他已经成为富豪,并享尽了国王的恩泽,但他忍受不了别人超过他,尤其忍受不了他的同乡超过他。他发誓一定想办法吐出心中这口恶气。

　　他径直向王宫走去,要求谒见国王。经过允许,他来到国王面前:

　　"陛下,我没跟您事先约好就闯来了,可能来得不是时候。可是有一件重要的事情困扰着我,使我不得不匆匆来见您,当着您的面告诉您。您给予我莫大的恩德,我有责任对您忠心耿耿。我急于见陛下,是因为我想向陛下进一句忠言。"

　　"你要进什么忠言?"国王问。

　　"听人说,陛下建了一所澡堂?"

　　"对。有个外乡人来见我,向我陈述了建造澡堂的好处,我就像为你建造染坊那样为他建了一所澡堂。那澡堂可真不错,富丽堂皇,舒适干净,为本城增加许多光彩。"国王津津乐道地把澡堂的好处数说一遍。艾卜·吉尔早就不耐烦了,他努力抑制住自己的情绪才没有失态。

　　"陛下上澡堂去过没有?"

　　"去过。"

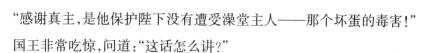

"感谢真主,是他保护陛下没有遭受澡堂主人——那个坏蛋的毒害!"

国王非常吃惊,问道:"这话怎么讲?"

"您要知道,陛下,"妒忌者迫不及待地说,"您下次去澡堂,非受其害不可!"

国王更加吃惊,厉声道:"你给我说清楚好不好!"

艾卜·吉尔说:"陛下,那个澡堂老板是您的仇人,还是一个教敌。他想方设法建造澡堂,目的就是谋害您。他配制了一种毒药,待您上澡堂洗澡时,他会拿给您,让您擦在身上。他会谎称这种东西能脱毛、去污,使皮肤干净、光滑。您一旦听信了他的话,将药抹在身上,毒素就会渗入体内。用不了一天,有了毒的血液就会流入心脏,使人毙命!"

国王听了,顿时色变,艾卜·吉尔继续像毒蛇一般喷吐他的毒液:"他为什么要害您呢?陛下,这里有个秘密。他的妻子和儿女至今还在基督教国王手下当俘虏,这个国王许诺他,如果他杀了您就释放他的妻子儿女。我怎么会知道这个消息呢?因为我曾经和他一起当过俘虏,后来我给那些异教徒染衣服,博得他们的喜欢,他们就把我的事呈报给国王。有一天国王问我有什么要求,我说我想恢复自由,他就释放了我。之后,我就来到贵城,在陛下的关怀下开了一个染坊。

"今天上午我去了一趟澡堂,"艾卜·吉尔继续他的谗言,"因为我最近老听人们说那澡堂好。谁知澡堂老板竟是我的难友。我很高兴,祝贺他获得自由。我问他:'你和你的妻子儿女是怎么放出来的?'他说:'我和我的妻子儿女还做着基督教国王的俘虏呢!'我很奇怪,追问道:'你不是已经获得自由了吗?'他说:'看在我们一起被俘过的情分上,我跟你说实话吧。有一天基督教国王给犯人召开大会,我和许多犯人都出席了。国王和官员们谈论起他们的国家与左邻右舍的关系,特别提到了与这个国家的矛盾。只听国王叹道:"世界上对我威胁最大的就是那个国家的国王了,要是有人杀了他,他要什么我就给什么,即使要半个王国我都愿意。"我感到这是个获得自由的好机会,于是就走到国王面前说:"如果我用计谋杀了那国王,陛下能释放我和我的妻子儿女吗?"国王说:"可以,我都放了你们,而且你要什么我还给你什么。"于是,我们订了盟约。他派船把我送到这个国家,我找到国王,向他提出了建造澡堂的建议。他很欣赏,马上同意。现在澡堂建好了,我只等实施杀那国王的计划了。我祈盼早日完成任务,救出我的妻子儿女。'"

艾卜·吉尔讲到这里,又偷偷地看了国王一眼,只见国王脸色阴沉可怕,呆呆地望着他。他心中一阵得意,于是变本加厉,信口开河:

"我问他怎样杀掉陛下,他说他已准备好毒药,待您再去澡堂洗澡时,就让您抹在身上,谎称那药物能爽身洁体,待药物渗入体内,他就达到了目的。我听他这么一说,心里就很着急,匆忙往王宫里来了。陛下对我恩重如山,我用语言难以表达。您的危险就是我的危险,我的生命与陛下的生命相连。我的话句句是真,望陛下慎重考虑。"

艾卜·吉尔的话音刚落,国王就拍案而起,他两颊通红,双眼充血。过了一会儿,他对艾卜·吉尔说:"你去吧,一定保守秘密。"看得出来,他在极力抑制内心的怒火。

艾卜·吉尔走出王宫,心中万分得意,因为他陷害艾卜·绥尔的计谋就要成功了。这个狡猾奸诈的骗子早已把他对艾卜·绥尔发的誓言丢到脑后去了。

国王每周在和艾卜·绥尔约定的日子里去澡堂洗澡,可是今天他等不及了。为了探明艾卜·吉尔说的是真还是假,第二天上午他就去澡堂了。

自从艾卜·吉尔出了配制净身药剂的主意,艾卜·绥尔就把这件事放在了心上。艾卜·吉尔刚离开澡堂,他就去药店买了砒霜和石灰粉。他兴致勃勃地将两种东西调配在一起,心想,澡堂就缺净身的特效药了。我的好朋友给我出的主意就像及时雨,待国王一来我就可以用了。

这一天,国王没有打招呼就来了,艾卜·绥尔并没感到奇怪。他的澡堂吸引着国王,他有什么可奇怪的呢?

他陪国王走进专供国王享用的豪华小屋,兴奋地谈论着他最近几天的生意,接着,他向国王谈起了他的新发明。

"陛下,我研制了一种药剂,它可以用来净身。"

国王的心抖了一下,他确信艾卜·吉尔的话是真的了。

"拿来,让我看看。"他向艾卜·绥尔命令道。

艾卜·绥尔很快端来药剂,捧到国王面前。国王放在鼻子底下闻了闻,嗅到一股难闻的气味,他即刻断定那是毒药,于是大发雷霆,命令左右卫士将艾卜·绥尔抓起来。

卫士不明白国王为什么勃然大怒,但谁也不敢问,只得把艾卜·绥尔抓起来。国王命卫士押艾卜·绥尔回宫,一路上,人们交头接耳,不知道为什么国王对待澡堂老板的态度改变得这样快。

回到王宫,国王坐上御座,命人去唤他的船长。

待船长一到,国王指着五花大绑、被摔倒在地上的艾卜·绥尔说:"把这个背信弃义、卑鄙无耻的家伙给我拉出去!把他装进一个大麻袋,里面再放上石灰,扎紧袋口,用船运到我的宫殿前面。在我能看见的地方,听候我的命令。我要把他抛进大海,让石灰把他活活烧死!让海水把他活活淹死!"

船长说:"遵命,陛下!"就把艾卜·绥尔带走了。他用船将艾卜·绥尔带到一个小岛上,对他说:"朋友,你还记得我吧?我第一次去你的澡堂洗澡,你就热情地招待我,耐心地为我服务,临走时还拒绝收费。从那时起你就给我留下了很好的印象。我钦佩你的为人,也知道你是一个极善良的人。可是我不明白,今天你怎么得罪了国王?使得他这样愤怒,以致他处你这样残酷的死刑。在你之前,他还从来没有这样处罚过别人呢。"

艾卜·绥尔说:"我也不知道国王为什么这样愤怒,我连犯了什么罪都不知道。我对他一直很忠诚。他关心我,给我建造了澡堂,还送我一大笔钱,我有什么理由背叛他?我揣摸这件事里有什么我们所不清楚的秘密。"

船长说:"你在国王面前享有崇高的地位,是以前任何人没有享受过的。凡是这样的人,往往易遭他人的妒忌。他们会对你的地位眼红,想方设法造谣生事,在国王面前陷害你,中伤你,惹起国王的愤恨。不过,今天你落到我手里就不要紧了,你是个受人尊敬的忠厚老实人,我敢担保你是无辜的。我要救你,以此报答你对我的尊敬和友谊。从今以后,你就暂且住在这座小岛上,以打鱼为生,待有船只回你家乡,我就把你送走,彻底逃离这个地方。像你这样善良、老实、厚道、没有心计的人不适宜生活在帝王的周围。"

艾卜·绥尔感动得直吻船长的手,连声感谢船长的救命之恩,泪水像泉涌一样落在船长的手上。

船长拿出一张渔网,交给艾卜·绥尔说:"兄弟,你现在平安了,给你一张网,打鱼去吧,打上鱼来,我好去交给国王的厨师。因为我除了做他的船长外,还负责他的水产食品。这阵你替我打,我好去装模作样地完成国王刚才交给我的任务。"

艾卜·绥尔说:"听明白了,你去吧,安拉与你同在。"

船长走了。他找了一个大麻袋,里面装进一块大石头,又往里装了许多石灰,然后用绳子系上口,放在船上,向王宫的方向驶去。

国王这时正坐在王宫的窗前,眺望着海面。小船越驶越近,一直驶到王宫的下方。船长向国王报告:"伟大的陛下,一切都按照您的吩咐做好了!"

国王伸手指着一个地方:"把他从那里扔下去,我要亲眼看见他淹死!"

就在国王伸出手指下命令的时候,一个闪亮的东西从他手指上滑下,落进了海里。这是一枚戒指,一枚具有魔力的戒指。所有国家的国王都非常惧怕它,因为这枚戒指无论指向谁,只见一道闪光,那人就即刻毙命。

国王没敢吱声,也没敢命仆人去打捞,他怕丢失戒指的消息传出去,有人谋反,他的王位就有可能被篡夺。

现在我们来看看艾卜·绥尔。船长离开以后,他就开始打鱼。他将网撒进海里,然后往上拉。满满的一网鱼。他捡出来,又撒下一网,又是满满的。"这里的鱼真多。"他心想。又撒下第三网,这次鱼更多,而且大。他望着一大堆鱼,停下来。这时他突然特别想吃熏鱼,于是从中拣出一条肥大的,用刀子将鱼腹剖开。他想先收拾出来,待船长回来,两人一起熏烤。

鱼腹被剖开了,里面的五脏六腑被掏出来,突然他发现里面裹着一个闪光的东西,拿起来一看,是枚戒指,他很惊奇,戴在了手指上。

这枚戒指正是国王刚才落入海里的那枚魔戒。一条大鱼吞食了它。

当鱼漫游到海岛附近时，撞在了艾卜·绥尔的网上。

艾卜·绥尔坐在岸边，静等船长的归来。这时，两个黑奴向他走来，他们是奉御用厨师的命令前来找船长取鱼的。他们见艾卜·绥尔守着一堆鱼坐在那里而不见船长，便大声问："喂，你知道船长去哪儿了吗？"

"我不知道。"艾卜·绥尔向他们摆了摆手。突然两人一头栽倒在地上。艾卜·绥尔惊奇地瞪大眼睛，走到他们跟前，只见两人已经停止了呼吸。他茫然地坐在他们身边，说什么也琢磨不出他们死亡的原因。

过了一会儿，船长来了。他老远就看见艾卜·绥尔坐在岸上，左边是一堆鱼，右边是两具尸体，还看见他手上有一枚闪闪发光的戒指。他认识这枚戒指，立即明白发生了什么事情。于是冲着艾卜·绥尔大喊："老兄，你戴戒指的那只手千万别冲我挥动，否则，我就没命了！"

艾卜·绥尔愣愣地瞅着船长，吓得一下也没敢动。船长走到两具尸体前，问："是谁杀死了这两个黑奴？"

"指安拉起誓，老弟，我一点儿也不知道。"艾卜·绥尔说，"他俩走过来问我你去哪儿了，我说不知道，话音还没落他俩就倒下死了。"

"告诉我，你手上的戒指是从哪儿来的？"

"我从鱼腹里发现的。"他指了指扔在一边的被剖腹的鱼。

"这就对了。"船长说,"这枚戒指是国王的,他命令我将麻袋抛进海里的时候,手指了指大海,当时我就见一道闪光滑进了海里,但没想到是国王的魔戒。看来,这枚戒指落入海里以后就被鱼吞进了肚里,后来这条鱼撞在了你的网上。你剖开鱼腹,发现了戒指。这是你的福分,老兄。你知道这枚戒指的用途吗?"

"不知道。"

"这是一枚魔戒。"船长说,"它是国王的宝物。如果谁犯了罪,国王想杀他,只要戴上这枚戒指,向他一指,一道闪光就会从戒指上射出,犯人即刻倒地死亡。"

艾卜·绥尔非常高兴,他对船长说:"带我回城吧,老弟,我要把它还给国王!"

船长也很高兴,说:"我这就带你进城,现在我再也不为你担心了,也不怕国王会把你怎么样了,因为你有了这枚戒指,你想杀死谁都能办到。"

两人上了船,向城里驶去。

5

艾卜·绥尔进了城,径直奔向王宫。这时候的国王正在御座上愁眉不展,他周围坐着的文官武将也不敢过问。艾卜·绥尔一看就知,国王在为丢失戒指一事伤心,他准以为永远也找不到了。

艾卜·绥尔走到国王面前,国王一看见他就惊恐地叫起来:"你不是被扔进海里淹死了吗?怎么又出来了?"

艾卜·绥尔说:"陛下,您别害怕,请听我说。您把我判处死刑以后,船长把我带到一座岛上,问我什么地方触犯了陛下,我说不知道,我只清楚我没犯罪。船长说,我在陛下面前很有面子,肯定遭人妒忌,于是就会有人在陛下面前陷害我,致使陛下大怒。他决定解救我,把我送回家乡,因为他认为我是一个好人。他把我放在岛上,让我先替他打鱼,他就装满了一麻袋石头和石灰,按照您的指示扔进了海里。当然,您认为麻袋里装的是我。就在您下命令的时候,您的戒指从手指上滑下,落入海水……"

国王听完艾卜·绥尔的讲述,面部表情非常复杂,他先是吃惊,后是害怕。他吃惊的是,一枚小小的戒指落入浩瀚的大海竟又奇迹般地回到人间;害怕的是,艾卜·绥尔一旦知道了戒指的用途,为了报复会杀死他。要知道,那只是举手之劳啊!

国王这时已经吓软了,只听艾卜·绥尔又说:"我是来还您戒指的,陛下。因为您给予我的恩德和尊敬是我从来没有领受过的。我对您感激不尽。为了报答您,我忠心耿耿,想方设法使您高兴,脑子里没有半点越轨的念头,更没有做过一件对不起您的事情。您是我的靠山,我幸福的保证人,我怎么会做不利于您的事呢?可是忽然间,您对我满腹狐疑,没有给我询问自己过错的机会,就下令烧死我,淹死我。现在,我尊敬的陛下,我能不能问问您,我到底犯了什么罪?您为什么这样愤怒?即使您还要杀我,我也要问清楚!"

艾卜·绥尔把话说完,从手上摘下戒指交给国王。

国王被艾卜·绥尔的举动震撼了。他知道,如果艾卜·绥尔愿意,他完全可以杀了自己,因为他曾经判处过他非常残酷的死刑。他睁大眼睛,瞪着戒指望了好一会儿,然后慢慢站起来,走到艾卜·绥尔面前,紧紧地拥抱了他。

国王戴上戒指,脸上洋溢着异常的快乐。他对艾卜·绥尔说:"我确信你是清白无辜的,老朋友。你是我所碰到的最高尚的人,假如换一个人捡到这枚戒指,他绝不会再还给我了。更何况,你是在我冤枉了你,对你判处了残酷的死刑以后捡到的。这真是真主的安排,他使船长解救了你,而后又让你捡到戒指交还我。你是崇高的,正义的,你不该死。忘掉我给你造成的不快吧。像你这样的好人,怎么能干出罪恶勾当?分明是我的过错。我诚心诚意请求你的原谅,你有什么要求我都将使你满意!"

"陛下,"艾卜·绥尔也很激动,"我没有别的请求,只想知道您处我死刑的原因,我一点儿也不明白您为什么发怒。您一定要对我说清楚,否则我心里一直忐忑不安。"

"都是那个洗染匠挑拨的,他造谣说……"国王把洗染匠对他说的话全盘托出。

艾卜·绥尔细听国王的讲述,他没想到他视为朋友的人竟对他如此恶毒,此时他的心中充满了对那个坏蛋的憎恨和蔑视。

"世界上居然有这样的人?"艾卜·绥尔想,"他用卑鄙用阴谋报答别人对他的一切好处。这个艾卜·吉尔,难道他忘了,在我病重时他偷走我的钱,把我扔在旅店里不管?而当我在澡堂里再次与他见面时,我不记嫌隙,热情招待他。我把他当作老朋友,可是他却把我当作眼中钉,甚至在国王这里造谣中伤我,一心要害死我。这个人真是坏到了极点!"

艾卜·绥尔的脑子里闪过了他与艾卜·吉尔交往的前前后后,然后对国王说:"陛下,我根本不认识基督教国王,我这辈子也没去过基督教国家,所谓我成为他们俘虏的话从何谈起?这位给我造谣的洗染匠是我的同乡,我们在亚历山大时是邻居,我们是一起到这个国家来的……"

艾卜·绥尔详详细细地向国王讲述了他与艾卜·吉尔之间发生的一切:艾卜·吉尔在亚历山大怎样吃官司;他们怎样离开家乡乘上了远航的船只;在船上,在旅店里他怎样为两人的生计奔波,而艾卜·吉尔吃了睡,睡了吃;艾卜·吉尔怎样在他患病时偷偷拿了他的钱溜走;他在艾卜·吉尔开了染坊后怎样被当作贼打了一顿;在他的澡堂开张后,艾卜·吉尔怎样去了那里,怎样让他配制净身的药物……

艾卜·绥尔一口气讲完,并指出旅店看门人和染坊的伙计们可以做证人,他请求国王召见他们,让他们说说所见所闻。

国王命人将旅店看门人和王家染坊的伙计请来,对艾卜·绥尔所谈事情做了核实,他们与艾卜·绥尔讲的完全吻合。国王再一次认定,艾卜·绥尔是个正人君子,是个善人,因此每当他倒霉时都有人伸出手来救援他。这是真主的安排!

国王即刻命人快速去捉拿艾卜·吉尔:"把他光头赤脚地绑来见我!"

这时的艾卜·吉尔,正坐在家里得意呢,他以为陷害艾卜·绥尔的阴谋成功了，艾卜·绥尔已被国王处死。突然，他瞥见国王的军队冲进了他的宅院，他惊慌地站起来，询问来人为什么这样无礼。士兵们一句话不说，几下子把他打翻在地，绑起来，押往王宫。

一进王宫，艾卜·吉尔就吓傻了，他一眼就看见了坐在国王近旁的艾卜·绥尔。在他俩的前面，站着旅店看门人和他染坊里的伙计。

国王示意证人讲话。旅店看门人指着艾卜·绥尔质问艾卜·吉尔道：

"这不是你的同伴吗？当初你偷了他的钱，把病得不省人事的他扔在旅店里跑了，要不是我发现得及时，他不病死也得饿死了！"

染坊的伙计说："这不是你让我们打的那个人吗？你说他是贼，可是我们没见他偷过任何东西，而且从来没见他来过染坊。他第一次来你就让我们打他，我们一直百思不得其解。"

艾卜·吉尔一言不发，在证人面前，他能说什么呢？这时国王命令左右侍卫道："剥下他的衣服，拉到外面游行示众，以警告那些陷害忠良的人！然后把他装进麻袋，再倒上石灰，扔进海里，让他淹死、烧死！"

"恳求陛下，看在我的情面上，饶恕他吧！"

善良的艾卜·绥尔不忍心看着同乡惨死，跪在地上向国王求情，"陛下，他所有对不住我的地方，我都原谅他，请您宽恕他吧。他干这些坏事，只是一时鬼迷心窍！"

"你有权原谅他，而我也有权不原谅他，像他这样作恶多端的坏人，倘若我不处治他，他会更加猖狂！"

"把他拉下去！"国王怒不可遏，命令士兵道。

士兵们把五花大绑的艾卜·吉尔推到街上，绕城一周，然后把他塞进一个大麻袋里，倒上石灰，抛进海里。这个奸诈、卑鄙的家伙得到了报应。

国王请艾卜·绥尔做他的大臣，艾卜·绥尔拒绝了。国王问："你想要什么，艾卜·绥尔？"

"我请求您让我回到我的家乡去，陛下，我不想在这里逗留了。"艾卜·绥尔说。

"好吧，我尊重你的愿望。"

国王送给他大批金钱和礼物，还有许多男女奴仆。

在一个风和日丽的日子里，艾卜·绥尔告别了国王，登上了远航的船只。

船在茫茫的海上航行了数日，安全到达亚历山大港，艾卜·绥尔和他的仆从们跳上岸去，搬卸财物。忽然，一个仆从指着海滩上的一个东西嚷道：

"主人，那边有个大麻袋，不知里面装的是什么？"

艾卜·绥尔走过去，打开一看，里面装的竟是艾卜·吉尔的尸体。

他凝视了一会儿，眼眶里充满泪水。

他想起了他们一起离开亚历山大时的情景，他们就是在这里告别了家乡。他还想起了他们的誓言：一起劳动，一起回来。如今，他回来了，艾卜·吉尔也回来了，可是，这是多么截然不同的两种情况啊，一个活着，一个死去；一个如愿以偿，衣锦还乡，一个罪恶昭著，臭名远扬……

艾卜·绥尔再也想不下去了，他决定亲自安葬他的伙伴。他是一个仁慈厚道，宽宏大量的人，他将艾卜·吉尔干的坏事早就忘了。

他将艾卜·吉尔安葬在亚历山大海岸上，并立了墓碑，建了祠堂。

艾卜·绥尔晚年过得很幸福。他去世后，人们将他安葬在艾卜·吉尔的墓旁。从此，人们称那个地方为"艾卜·吉尔和艾卜·绥尔"。

那片海滩——艾卜·绥尔曾经发现艾卜·吉尔尸首的地方，被人们称为"艾卜·吉尔海滩"，并因此而驰名。

乌★马的故事

古时候,有个权势显赫的国王,膝下有一男三女。儿子生得像满月一样漂亮,女儿生得像鲜花一样美丽。四个儿女给年迈的父亲带来欢乐,国王爱他们如掌上明珠。

一天,国王照例坐在宝座上治理国事,突然有三个哲人前来求见。走在最前面的那个手里拿着一只金孔雀,第二个手里拿着一个铜喇叭,第三个手里拉着一匹用象牙和乌木雕刻的马。国王见了非常惊奇,向三人询问它们的用途。

第一个人说:"这只金孔雀,每过一个小时,就展翅长鸣,报告时辰。"

第二个人说:"这个铜喇叭,如果把它挂在城门上,每遇敌兵临城,它便发出震天动地的响声,敌人就会束手待擒,全城安然无事。"

第三个人说:"这匹乌木马,人骑上它,就会飞向空中,而且可以随心所欲飞往任何地方。无论多远的距离,也不会感到疲累。"

国王说:"我要亲自试一试,如果你们的话是对的,我就奖赏你们,满足你们的任何要求。"

国王试了试金孔雀和铜喇叭,果真不错。于是两个哲人提出要娶公主为妻。国王满口答应,将大女儿、二女儿许配给了他们。

第三个哲人不甘落后于他的伙伴,提出要娶小公主,国王说:"等我证实了你的话,才能把她许配给你。"

那日王子正好在场，他向父王表示愿意试一试乌木马，国王同意了。于是王子骑了上去。他使劲摇动乌木马，催马飞上高空，可是马儿却一动不动。王子问那哲人：

"你说你的这匹马能带着骑它的人飞往任何地方，可是它怎么一动也不动？"

哲人起身走过去，指着马后肩上的一个按钮说："转动这个按钮，它就会带你飞了。"

王子刚一转动按钮，马儿便腾空飞起，随之不见了踪影。

王子在高空遨游了很长时间，可是他不知道如何才能降落到地面，回到父王那里。他非常恐惧，在马上到处寻找别的按钮。终于找到了。他试着转了转，速度果真慢下来，并逐渐往下降。王子心花怒放，索性驾着马儿在空中忽上忽下，忽东忽西地翱翔起来。他在马上看见了宽广的土地，层叠的山峦，奔腾的江河，广漠的荒野和稠密的房屋。最后他飞到了一座城市上空。

这座城市好似建立在一片"绿海"之中，周围茂盛的树木掩映着城郭，

树丛间流淌着潺潺小河,市内街道两侧绿草如茵,鲜花似锦。这时,太阳已经隐到山后,王子打算在此过夜,次日早晨再飞回家乡。

他开始在城市上空盘旋,想找一个安全的地方降落。终于,他发现了一座宏伟的宫殿。它坐落在一座大花园里,四周高墙耸立,壁垒森严。他选择在这座宫殿的房顶上降落。他想神不知鬼不觉地在那里过一夜,黎明趁人不注意时离开。

他慢慢降落下来,心里非常高兴。他随即下了马,兴奋地想着:"明天我回去一定厚赏制造这匹飞马的哲人,我要帮助他实现一切愿望。"

他在马旁坐下来。整座宫殿沉浸在一片静谧中。他突然感到一阵从未有过的饥饿,于是撇开马,沿着阶梯下到院里,准备寻找些吃的东西。这是一个极宽敞的庭院,地面由洁白的大理石铺成。院里没有一个人,也没有任何动静。他瞪着双眼东张西望,也不知道到底应该往哪里走。

他想返回房顶,刚要挪动脚步,突然发现有灯光向这边移动。他站在原地,仔细观察。原来是一群婢女簇拥着一位光彩照人的女郎姗姗而来。这位女郎不是别人,正是这座城市的国王的女儿。国王非常疼爱她,特意为她建造了这座行宫,供她消遣解闷。每当公主对宫中生活感到厌倦的时候,便到这座行宫里小住。少则一两天,多则十天半月,然后再返回到王宫的闺阁里。这天晚上,公主征得父王的同意,又来到行宫,身边除了有使女奶妈跟着外,还有一个佩剑的侍从担任护卫。

当一行人走近王子时,他突然扑上去,给了那侍从几个耳光,缴了他的剑,然后又把使女们驱散。那位公主从容地站在原地,上下打量着这个胆大妄为的青年,竟被他的仪表和容貌惊呆了。

"你是不是昨天到我父王面前向我求婚的那位王子?"她问,"父王以你相貌丑陋为由拒绝了你,看来父王错了。像你这样仪表堂堂,可以取悦每一个人。"

公主说着,邀他坐在她身边的一把椅子上。

原来,昨天确实有一个丑陋不堪的王子前来求婚。那是一个印度王子。国王哪能将女儿嫁给这样的人为妻?便一口回绝了他。公主见眼前这个青年今夜如此冒失，便以为他就是昨日那位失败者。

这时，被驱散的使女见青年在公主身边坐下，又听见了他们的谈话，一个使女便走过去趴在公主的耳边说：

"公主，这位青年不是昨天向你求婚的那个人，他多漂亮啊！国王做得对，没有把你嫁给昨天那个丑八怪。"

那位侍从也在使女们中间，他趋身走到王子跟前说：

"请问先生，你是人还是神仙？"

"你这个蠢货说的是什么话？怎么能把堂堂的王子当成鬼神？我是你们国王的女婿，他已经将女儿嫁给我了！"

"太好了！我们公主只有你配她最合适，而你也只有与我们公主相配最恰当。祝你们幸福！"

侍从说完，转身连哭带喊地跑向王宫。国王吓了一跳，以为女儿遭遇了不测。

"快告诉我，发生了什么事？你为什么这样大哭大叫？"

"公主遇到了她从未遇到的不幸。一个魔鬼变成一个漂亮的青年缠住了她！"

"你怎么疏忽到这个地步，竟让我女儿落入鬼怪之手？"国王勃然大怒。

"我没敢离开公主一步！我们正走着，那个魔鬼突然闯到我们面前，打了我一记耳光，夺走了我的宝剑。看，我脸上现在还有他的手印呢？"

国王赶紧向女儿的行宫奔去，使女们迎了出来，对他说：

"国王陛下，刚才，我们正在院子里行走，一个漂亮英武的青年突然冒出来，声称您已将公主许配给他。现在，他正坐在院里与公主闲谈呢。看样子很正派，不见有什么越轨行为。可是我们不知道他到底是人还是鬼神。"

国王稍稍放下心，匆匆向院里走去。他见女儿正和那位青年谈得火热，顿时怒火万丈。他拔出宝剑，准备结束这个胆大妄为的年轻人的性命。这时，王子看见了他。王子见来者气势汹汹，连忙问公主：

"这是你父王？"

　　"是的,是我父王。"

　　王子一跃而起,举起宝剑,准备应战。

　　国王知道自己不是青年人的对手,于是收起宝剑,一言不发地向他走去。直到与青年人相距咫尺之远时,他才开口说话:

　　"小伙子,你是什么人? 是人还是鬼神?"

　　"我不是鬼神,陛下! 我是那曾经征服过无数强敌的国王之子。就您的实力来说,您是战胜不了这个国家的。"

　　国王一听胆怯了,一改刚才怒气冲冲的态度,口气和缓下来,说:

　　"你既是国王的后代,为何不经允许就闯进我女儿的行宫? 为何声称我已把女儿许配给你? 要知道,在这之前,我根本没见过你! 我想你应该明白,这样做会给你带来什么样的后果,而对我这一国之主的名声又是多么不利。大概你和你父亲都不愿意这样吧?"

"您不要太注意生活中那些表面的、虚伪的事情,陛下,而应该紧抓住那些最宝贵的东西,不要错过每一个机会。现在命运给您的女儿送来一个权势显赫,家财万贯,门第高贵的王子,难道您还能为她找到一个比我更合适的丈夫吗?"

"是的,再也找不到一个比你更适合做我女婿的人了。可是,你应该当着文武百官的面公开向我女儿求婚,这是王家的规矩。"

"您说得对,我将采用一种提高您威望和您女儿身份的形式,公开求婚。"

"你这是什么意思?"

"请您把军队集合在城外,当众宣布说,我是来向公主求婚的,我的条件是和您的军队决斗。如果我取胜,您就把公主嫁给我;如果我战败,我就老实告退。您看怎么样?"

"好!"

国王回答着,心里不禁暗暗敬佩这个敢于向他全军挑战的青年。他想:"一定要实现这个计划。假若他真的战胜了我的军队,那么我就给女儿找到了一个好丈夫,给我找到了一个好帮手。假若军队战胜了他,把他杀死了,那么也解了我对他大胆乱闯我女儿行宫的心头之恨!"

国王即刻下令集合军队,明早开赴城外。随后,他坐下来与王子交谈。谈话进行了很长时间,有趣而漫无边际。从谈话中,国王了解到这个年轻人聪明、机敏、干练,而且知识渊博,对生活的理解甚至比他还要深刻。双方都被这场谈话所吸引,连东方露出了鱼肚白都没有察觉。当旭日东升时,国王才如梦初醒,站起来对王子说:

"我们东拉西扯地谈了整整一夜。现在,军队大概已经开到城外等候我们了!"

"我们走吧,一夜不睡并不妨碍我践约。"

到了那里,国王对全体士兵说:"士兵们,这位青年是来向我女儿求婚的,他扬言说,他比你们都勇敢,武艺更高强。他提出一个条件,只有击败了你们,才娶公主为妻。若真是这样,那么我们就向他祝贺,将公主许配给他。倘若他敌不过你们,被你们击败,那么你们就把他斩成碎块,剁成肉泥!这是我和他定的协议。"

接着国王回头对王子说:"你听见我对士兵们讲的话了吧?你还想说什么吗?"

"陛下,您可以先叫出一半士兵来与我对阵。可是您让我赤手空拳,徒步与您那全副武装的骑兵交战,恐怕有些不公平吧?"

"这里还有几匹马,任你挑选。"

"我只想骑我自己的马。"

"随你便吧,你的马在哪儿?"

"在您女儿行宫的屋顶上。"

国王惊讶地望着青年,他怀疑这个年轻人精神是否正常?不过他还是派出四个人去牵那匹所谓的马了。

到了屋顶,四个仆人发现那里只躺着一匹用象牙和乌木制成的马,禁不住哈哈大笑。他们把木马抬到了国王面前。木马精湛的工艺,逼真的姿态引得士兵们围拢过来,他们都瞪大眼睛看着这一奇迹。

"这就是你要骑的那匹马?"国王问,"好吧,那你就骑上它吧!你一定要遵守我们的约言!要明白,这些士兵如果战胜了你,他们就会杀死你。现在你可以再想一想,倘若你愿意取消约言,我也没意见。因为要我一个国王去伤害一个像你这样的青年是很令人痛心的,尽管这一结果是因你说大话造成的。"

"我说到做到,我也知道我会有什么样的结局。现在请您命令您的士兵后退,离我一箭之远。"

国王命令他的士兵向后退。士兵们对王子的建议和国王居然按照王子的建议下命令深感奇怪。这时,王子骑上了乌木马,转动了上升按钮。马儿腾空跃起,向远方飞去,一会儿就不见了。国王和大臣们拍手顿足,狂呼乱叫,但是王子已听不见了。百官们气急败坏地对国王说:

　　"这准是一个巫师！幸亏真主解救了我们，否则，我们说不定被他的巫术害成什么样子呢！"

　　国王去找女儿，把王子远走高飞的消息告诉了她。这个突如其来的消息使得公主又惊讶又悲痛，因为她已深深地爱上了王子。从此她日夜伤心，饭不思茶不想，一病不起。国王很着急，给女儿各方请医治疗，但都不见效。

2

　　王子驾着乌木马飞离了苏阿吾城（城市的名字是他临飞前才知道的），不久便降落在他父亲的王宫顶上。他下了马，沿楼梯下去，进宫拜见父亲。国王正在为儿子的失踪悲伤，一见儿子进来，愁云立即一扫而光。他站起身，把儿子搂在怀里。儿子迫不及待地向父亲打听那哲人的情况。国王说："不要提那个哲人和他的马了。自从你骑着乌木马飞走以后，我就把他禁闭起来了。我不喜欢再听到他的名字,他的到来对我实在是个凶兆。"

王子请求国王释放哲人,把人交给他。国王答应了,哲人被带到国王面前。王子盛情款待了他,并送给他大批礼物。哲人虽然为重获自由而高兴,但一股怒气总在他胸中涌动:一则因为国王没有把小公主嫁给他,再则王子掌握了乌木马的秘密。

王子将自己在苏阿吾城的经历讲给父王听。国王说:"你以后再也不要骑这匹马了,我怕你不小心从上面摔下来,或者马本身出了什么故障连人带马掉进深渊,或者把你带到什么危险的地方去。你那次得救,全是因为你的命大,如若不是你命大,你的头早被苏阿吾国王给砍了,而我们还一点儿不知道。难道这些你都忘了吗?如果你被他们杀了,你给我留下的将是怎样的痛苦啊!"

第二天早晨,国王不放心,又去看儿子,宫里没有。他登上宫顶张望,发现那匹乌木马也不见了。他想:"一定是儿子骑走了。"他非常后悔当初没有把马从儿子手里收走。他决定,儿子这次回来,他就把那匹妖马砸烂。只有这样,以后的日子他才能过得安稳。这晚,他是在忧虑与不安中度过的。

王子骑着乌木马又飞到了苏阿吾城,降落在公主的宫殿顶上。他把马放在屋顶,悄悄地下到地面。他蹑手蹑脚地走进公主闺房,发现她正卧在床上。于是走过去向她致意。公主一见他,欢喜若狂,一翻身从床上爬起来,跳到他面前:"你怎么就忍心扔下我走了?让我一个人遭受折磨?你知道,我只有和你在一起,在你的庇护下才感到幸福。"

王子笑着说:"我人虽走了,但是我的心还留在你这里,因此我又回来了。其实我一刻也不愿意离开你。看见你父亲对待我的态度了吧?如若不是因为我爱怜你,怕伤你心,我早就杀死他了!我来是想找你商量:请你到我的国家去,在那里,我们将结为伴侣,幸福愉快地永远生活在一起。"

"好,那我们现在就走吧!"公主说着,换上衣服,拉着王子向外走去。他们登上宫顶,一前一后骑在马上。王子转动按钮,瞬息间,乌木马就飞出城去。

在王子刚一踏进公主的闺房时,就有使女悄悄地去向国王报告了。国王匆匆奔来。可是除了几个哭得像泪人似的婢女外,王子和女儿都已经无影无踪了。婢女们将刚才发生的事情如实禀报了国王,国王气得目瞪口呆,不知如何是好。

当王子带着公主飞抵他所居住的城市时,他有意让公主亲眼观赏一下父王的国威,军队的装备和士气。于是先把她带往城郊御花园,安置在专供国王游园小憩的行宫里,并把飞马放在她的身边。他嘱咐一个使女好生看守飞马,等会儿他派人来取。然后,他对公主说:"我要让你在极其隆重的仪式中进城。你应该享受这样的待遇。现在我暂且把你安置在这座花园里,待我去谒见父王,要他带领文武百官和全体兵士前来迎接我们。"

"你给予我这样高的荣誉和尊严,我很高兴。只是希望你不要离开我太久了。"

王子进宫谒见父王,国王的忧愁立时消失殆尽。他高兴地拉儿子坐在身边,埋怨他不经许可便出外旅行。王子笑着说:"不要紧,父王。不要为我担心,我到苏阿吾城去了。我已把那位公主带来了,现在暂且把她安置在城郊御花园您的行宫里。我想求您集合您的文武大臣和军队,出城去迎接她。让她在极其隆重的仪式中入城。这样也符合她的身份和地位。"

"你说得对,孩子,就照你说的办!"国王欣然同意。

国王立即下令装饰城郭,预备坐骑,并派人为王宫的大小房间换上一套新的地毯和陈设。然后,他又派人把军队集合起来。征得父王同意后,王子先行一步,去找等待在那里的公主。

御花园里一片宁静。王子三步并作两步地奔进行宫,可是那里既不见公主,也不见飞马。他焦急万分,心想姑娘可能骑着马飞走了,但这种猜测很快又被他推翻了,因为公主根本不知道飞马的操作方法。

突然,一个可怕的念头闯入他的大脑:那哲人来过这里,骗走了公主。因为哲人经常出没于这座花园,而且他对国王未同意将小公主许配给他一事一直耿耿于怀。王子想到这里立即去询问园里的仆人:

"今天都有谁来过这里?"

"今天只有那个哲人进园来采过草药。"

一会儿,那位负责看守飞马的使女跑来了,她对王子说:

"王子殿下,您的使臣刚才把马骑走了。"

一切都明白了,心爱的姑娘落入了坏人手里,王子后悔莫及。

3

那个哲人今天进园确实是来采草药的,但他从行宫前走过时看见了飞马。他很高兴,于是绕园一周,看看有没有人在注意他。见四处无人,他便走到马的跟前上下查看。马的零件完整无损,他喜出望外,决心把人和马都骗走。公主见一个相貌奇丑的男人东张西望地向她走来,便问:"你是谁?"

"我是王子派来接你的使臣,他命我把你带往城内的御花园。"

"他现在在哪儿?"

"正在和国王准备隆重欢迎你呢!"

公主厌恶地瞅了一眼他那张嘴脸,问道:"王子就没有别的人可以担当使臣吗？怎么就选中了你？"

哲人笑了笑说："王子有很多比我漂亮而聪明的仆人和随从，不过他选我来接小姐最放心。就凭这一点，你也该感谢他和赞扬他。"

公主轻信了他的话，决定跟他走。她问："用什么带我走？"

"就骑那匹带你们来这里的飞马吧！"

"我不知道如何驾驶它。"

"我会驾驶。也因为我会驾驶飞马，王子才派我来接你的。"

公主站起身，坐在了马的后面。哲人按动键钮，马儿飞起，穿云破雾，越飞越高。过了好一会儿，公主不见马儿下降，心中产生怀疑。她大声问："王子命令你把我接往城里的御花园，那座花园在哪儿呢？怎么还不到？"

哲人轻蔑而又愤恨地说："你不要再想你那位王子啦，也不要想他那做国王的父亲啦。他们太坏太可恶了！他们用甜言蜜语骗走了我的飞马，然后又食言，又毁约。我要带着你逃走，报复他们。你永远别想再回来啦。对你来说，我比他们好多啦！"

公主听后大哭，心想："我的命好苦啊！从今以后我既不能与心爱的人在一起，又得不到父母的爱怜了。我该怎么办呢？"

哲人带着哭哭啼啼的公主继续飞翔，最后降落在一个树木葱翠、河流交错的大草原上。

离这片大草原不远，有一座城市。该城的国王势力雄厚，声名显赫。这一天，国王出城狩猎，路经草原，发现了站在那里的哲人以及他身边的公主和飞马。他命令侍从将他俩带到面前，他惊奇地发现，他们的相貌相差甚远，一个婀娜艳丽，一个丑陋不堪。于是国王问公主："这个男人是你的什么人？"

哲人抢在公主前面回答："我是她丈夫，也是她堂兄。"

"不是！"公主说，"向真主起誓，他是个骗子！我和他素不相识。他根本不是我丈夫，也不是我堂兄。他是用计把我骗来的。"

国王命侍从把哲人抓起来，痛打一顿，投入监狱。他把公主和飞马带往王宫。

4

王子被哲人的阴谋诡计气得发狂。他不能失去公主,也不能失去飞马。他一时找不到公主和飞马,就一时不得安宁。他决心走遍天涯海角去寻找他们,哪怕死在途中也心甘情愿。他稍做准备便起程了。在宽广的大道上,在崎岖的山路间,他茫然地走着。经过了无数个乡村与城镇,都不见他们的踪迹,甚至连点儿关于他们的消息也没有打听到。

这一天,王子来到希腊,拄着拐杖迈进了一家旅店。刚坐定,他就听见离他不远处有一伙商人在闲聊。其中一个说:

"前几天,我到京城去做买卖,那里流传着一件奇闻,据说有一天国王去野外打猎,遇见一个奇丑无比的男人和一个仙女般的女子,身边带着一匹乌木做的马。当国王询问他们的关系时,那个男人声称他是女子的丈夫和堂兄,可是那女子断然否认,说她根本不认识他,是被他骗来的。国王把那个男人狠狠地揍了一顿,关进监狱,把那女子和乌木马带回了王宫。"

王子喜出望外。他终于找到了公主的下落。

天刚蒙蒙亮,王子便离开旅店向京城走去。他翻过高山,越过莽原,不停地跋涉,终于来到那座城市。刚准备进城,一群卫士蜂拥而上,逮捕了他。这是本地人的习惯,每当有外乡人进城,都要把他抓到国王面前盘问。当时已日落西山,国王不再接见外人。士兵们见这年轻人仪表堂堂,举止文雅,便把他留在身边,而没有把他送进监狱。他们还请他一起吃饭。饭间,一个士兵问:

"小伙子,你从哪儿来?"

"从波斯来。"

"你听说了没有,那个被我们国王投入监狱的骗子也是波斯人,我们还从来没有见过长得像他这样丑陋的人呢。"

"你们怎么知道他是骗子?"

"他声称自己是哲人方士,"卫士们七嘴八舌地说,"还说他是那女子的丈夫和堂兄,可是那女子不承认,一口咬定是那男人用阴谋把她骗来的。如果这个家伙真是哲人方士,他就该给那个可怜的女子治病,也许她的病就是因为他才得的。她现在已精神失常,一刻也不安定。我们国王很喜欢她,见她病了很焦急,到处请医为她治疗。那个骗子还带来一匹做工精细的乌木马,现放在国王的宝库里,我们只知道它形态逼真漂亮,但谁也不知道它是干什么用的。"

王子放心了,希望快快达到目的。

夜深了,卫兵们关上城门,把王子放进了监狱,因为监狱里才有地方休息。

早晨,侍卫把王子带进王宫,对国王说:"国王陛下,这个外乡人是昨天晚上到此地的,我们暂且让他在监狱里住了一夜,现在把他带来见您。"

"你叫什么名字?"国王问王子,"从哪个国家来? 到我们这儿来干什么?"

"我是波斯人,名叫哈吉尔,职业是医生,能医治各种疾病和精神病。我周游各国,目的就是治病救人,减轻患者的痛苦,使他们早日痊愈,使精神病人恢复正常的思维。"

国王听了很高兴,说:"太好了,正当我们需要医生时,你来到这里,我们竭诚欢迎你。"接着,向他讲述了公主的病情,请他竭尽全力医治好她的病,并答应将满足他的一切需求。

"请陛下最好给我讲一讲她开始发病时的大小细节。"

于是,国王详尽地介绍了公主发病时的精神状态和周围环境,王子听他谈到乌木马,便假装不解地问:"那木马是干什么用的?"

"不知道。它现在保存在我那里,你可以去看看。"

王子心想:我一定要先看看那匹马,假如它完好无损,我就可以顺利达到目的,假如它被损坏或缺少什么零件,那么我就再想别的办法。想到这里,他对国王说:"陛下,我应先去看看那匹木马,做一番研究,也许能从中发现一点儿诊治姑娘病体的启示。"

"这个主意好!"说着,国王把哈吉尔王子带到放置乌木马的地方。王子认真检查一番，没有发现什么毛病，便叮咛国王保护好木马。然后他说："现在我想去看看那个姑娘，给她诊断治疗，好让她快些恢复健康。"

国王带哈吉尔王子进了公主的住房，只见她浑身发颤，口说胡话。其实，公主并没有疯，她是为了保护自己而装疯的。因为她发现国王已经喜欢上她，她害怕国王为此要纳她为妃子。王子走近公主，和蔼地与她说话，公主立即认出了他，一声尖叫，晕倒在地。哈吉尔王子俯身将嘴贴近公主的耳边，让别人以为他正在诊视病人的病情。他用压得极低的声音对公主说：

"你一定要在这位国王面前保守我俩的秘密！要沉住气！一会儿你就恢复正常，我好向国王报告治好了你的病。下一步我再想办法带你逃出此地。"

公主会意地点了点头。

哈吉尔王子走出房间，报告国王姑娘的病已经痊愈。国王喜不自禁，即命使女把公主领到浴池沐浴。接着给公主换上一套漂亮的服装。国王亲手送她一串宝石项链。

国王很喜欢这位高明的医生。他说："孩子，你的到来是我们的荣幸，我们祝福你！望真主暗助你万事如意。"

"治疗还没完全结束,陛下！为了彻底除根,避免日后旧病复发,还要继续治疗。请您带着队伍以及公主和乌木马到您当初发现他们所在的那个地方去,我将在那里燃香念咒,彻底驱除病魔。"

国王即刻按照哈吉尔王子的吩咐,带领队伍及公主和乌木马开赴那片辽阔的绿色草原。到了那里,王子说:

"陛下,请公主和木马离开您的队伍远一些,我将一边燃香一边向她靠近。我要重点驱逐木马身上的邪气。烧完香,我还要跨上马,让公主坐在我身后。当您听到木马高声长鸣时,邪气就彻底被驱除。公主的病也就永远不会再犯了。"

"你看怎么好就怎么办吧。"

于是国王命侍从把公主和木马带到草原的一边,他和队伍站在离他们很远的地方。王子点燃香,开始向公主走去。到了公主身边,他跨上马,等公主也上马坐在他身后,他按动键钮。马儿一跃而起,升入空中,向王子的国家飞去。国王和他的队伍看到此情此景,更加敬佩王子的医术,一直等待他们归来。可是等了整整半天,也不见他们的踪影,只好垂头丧气地返回王宫。

王子哈吉尔用计谋救回了公主,国王和王后都很高兴,即令全城张灯结彩,为两个年轻人举行婚礼。

婚后,国王怕儿子再出去乱跑,命人将飞马砍成碎片。王子给公主的父亲写了一封信,禀报公主的近况及他们的生活状况,并派使臣送去大批礼物。公主的双亲见了此信,心里的一块石头落了地,又让使臣带回大批贵重礼物,并写信向王子及其父母表示谢意。

从此波斯和苏阿吾两国友好往来,互通有无,成为历史上的一段佳话。

波斯国王逝世后,哈吉尔王子继位。他公正、廉洁,关心百姓,做了许多有益于人民的好事。

　　马儿一跃而起,升入空中,向王子的国家飞去。国王和他的队伍看到此
情此景,更加敬佩王子的医术,一直等待他们归来。

辛伯达航海历险记

　　从前巴格达城中有个穷苦的脚夫,名叫辛伯达。他每天出外给行人背东西,扛行李,以此挣钱养家糊口。

　　一天,天气酷热,辛伯达背着沉重的东西,累得汗流浃背,疲惫不堪。正当他步履艰难地走着的时候,忽见前面有一座富丽堂皇的住宅:亭台楼阁,水榭假山,奴仆家丁出出进进。宅前有一排洁净的石凳,凳旁繁茂的树木枝叶低垂,遮住了炙热的阳光。凳前,一条小溪淙淙流淌,带来习习微风,使空气格外清爽。辛伯达太累了,他决定在这个美丽的地方歇一歇,乘乘凉。于是,他便将背上的东西放在石凳上,自己坐在边上喘息擦汗。

　　他刚坐定,就闻见一股浓郁的馨香随着清风从宅内袭来,接着一阵美妙的音乐传到他耳朵里。辛伯达简直陶醉了。他长久地坐在凳子上,拼命地吸吮那芬芳的空气,聆听那美妙悦耳的乐声。

　　一会儿,他情不自禁地站起身,举头仰望天空,叹道:

　　"我主!求您饶恕我的过失,接受我的忏悔,您是伟大的,无所不能的。您安排了人类的命运,要谁富裕谁就富裕,要谁贫穷谁就贫穷,要谁高贵谁就高贵,要谁卑贱谁就卑贱。由于您的安排,世间有人享福,有人受罪;有人当老爷,有人当奴隶;有人吃喝玩乐,有人干活受累。就说眼前这家主人吧,穿丝绸,吃美味,听音乐,赏歌舞,享尽荣华富贵。而门外的我,则到处奔波,干累活,穿破衣,光脚板,顶烈日,饿肚皮,累得腰酸腿疼不说,一天到晚,还得不到一句好言好语。真主啊,我不敢违抗您,但我希望您公平!"

　　说罢,他站起身,背上东西,准备离去。这时,宅内走出一个容貌清秀、衣冠楚楚的年轻仆人,上前拉住他说:"我们主人有请,他有话对你说。"

辛伯达有些胆怯,想拒绝,但还没容他说话,仆人便把他拉到门前,卸下他背上的东西交给门房,领他走了进去。穿过走廊,他们来到一座花园,里面树木扶疏,花草葱翠,小溪在花丛间奔流,鸟儿在枝头欢叫。园丁们忙忙碌碌,有的剪枝,有的浇水,有的培土,有的摘果。辛伯达羡慕不已,假若他能这样从从容容地干活该多有福气!

正当他发呆时,一阵微风吹过,送来了花草的芬芳,其中还伴着阵阵肉香。口水从脚夫的嘴中流出,干瘪的肚子禁不住咕咕乱叫,他真想寻点吃的东西。蓦地,他想起了自己的地位,不免有些哀伤。他又琢磨起这座堂皇庭院的主人请他来的目的,思索了半天也不解其意。他,一个臭脚夫,主人绝不会需要他,这里有的是随从和奴隶,那么叫他来到底是为什么呢?

正在胡思乱想的时候,年轻的仆人把他领到一个威严的老者面前,他的身旁放着一张桌子,桌子上摆满了各种饮料、水果和肴馔。

脚夫被眼前庄严、豪华、阔绰的场面惊呆了,他好像步入了一座天堂,又好像置身于哪位国王或苏丹的御座前。这时,年轻的仆人让他走向前去,他胆怯地低着头,连眼皮也不敢抬地往前走。他向在座的人问候,声音颤抖,步伐紊乱。他听不见自己的声音,即使听见了也不知道在说些什么;他吐字结巴,前言不搭后语,如果没有手势和他那频频点头弯腰的姿势,在座的人不会明白他这是在向人致意。

坐在首席的老人中等身材,两颊的胡须已经花白,穿一身华贵服装,举止严肃、端庄。他见来人很紧张,便和颜悦色地招呼他坐下。脚夫有礼貌地表示感谢。这时,他才知道眼前这位高贵的先生是大宅的主人。

主人热情欢迎脚夫,亲切地与他交谈,并请他一起进餐。由于饥肠辘辘,加上主人的慷慨大方,脚夫定下心来,开始吃喝。羞怯感、陌生感、敬畏感,随着大口的吞嚼饭菜和不停地吃喝,一会儿便消失得无影无踪了。

脚夫吃完饭,赞颂真主让他享受了一顿美餐,然后对主人及其朋友们感谢一番;他这个地位卑下的脚夫能受到这样的礼遇,真是他的荣幸。

在座的人为了解闷,你一言我一语地与脚夫攀谈起来。主人问:

"你叫什么名字,是干什么事的?"

"先生,我叫辛伯达,靠给人家搬运东西为生。"

主人笑了,说:"真奇怪,辛伯达!你的名字和我的名字一模一样!我是航海家辛伯达。我说老弟,刚才听到你在我家门前石凳上的自言自语,我很欣赏,你的言辞是那样优美委婉,你赞叹真主对人类的安排,他的不合理和不公平,把人类分成若干等级,贫富悬殊,有人金钱万贯,有人一贫如洗。这些话,你能够再给我们说一遍吗?"

脚夫很不好意思地说:"指真主起誓,先生!请不要责怪我,只因我太累太苦了,一时烦闷便顺嘴胡诌上了。"

"你没有必要责备自己,老弟!我们既然同名,我就把你当成亲兄弟。你的那番话深深地打动了我,使我的感情与你产生了共鸣。你再讲一遍让在座的人听听吧,他们都会很高兴的。"

脚夫只好又说了一遍。

过了片刻,主人若有所思地对辛伯达说:"在我的生活中有一段离奇的经历,我将告诉你。你会从中了解到,我在获得如此优越的生活条件之前的种种遭遇。你会知道，我今日的富有、阔绰、舒适都是经过艰险和困苦换来的。

"我曾经为了在社会上争得一席地位进行过七次航海旅行，而每次旅行都可写成一个惊心动魄的故事。如果我讲给你听，你会觉得不可想象。你会觉得讲故事的人是魔法师、说书人甚至是疯子。可是它确实是我的亲身经历，我在危险艰难面前曾犹豫过、胆怯过，但是真主扶助我渡过了难关，使我顺利地到达了幸福如意的彼岸。

"没有昔日的艰难就没有我今日的幸福。只有经历过生活颠簸的人，才能够体会到我今日的安宁来之不易。"

在场的人都想听听航海家辛伯达的经历，于是他便给大家讲了起来。

第一次航行

先生们，你们知道，家父原是一个大商人，拥有很多金银财宝和房屋地产。他去世时，我还年幼。我继承了他的产业。长大以后，我决心享尽人间荣华富贵，于是吃山珍海味，穿绫罗绸缎，结朋交友，吃喝玩乐，任意挥霍。凡是有人享受过的我就要享受，对其他事情则漠不关心。

我本以为父亲留给我的巨款能供我享用一辈子，万没想到有一天它竟被花完了。没了钱，我就变卖家产，继续花天酒地，挥霍无度。终于有一天我到了身无分文的地步。朋友们也纷纷离去，跟我断绝了来往。我孤身一人，无人关心，无人同情。这时我才恍然清醒，心里格外痛苦。我向天高喊：

"主啊，只因我追求享受，无端地挥霍光了父亲辛辛苦苦积攒下来的财产，才走上歧途，落得这样的下场啊！我有钱时朋友们都追随我，恭维我；如今我两手空空，他们就都离弃了我，让我一个人悲哀痛苦，茫然不知所措。啊，我的主啊，请指给我一条光明的路吧！"

我反复自责，心里无限内疚。我痛哭流涕，好像哭一哭能够排忧解闷。从那以后，我开始认真思索解脱困境的办法。我念叨着父亲，忽然想起他经常说的一句话:"有三件事情应该加以比较:死时处境比平日好,活狗比死狮好,坟墓比贫困好。"我决心靠着我的双手去工作,去奋斗,去吃苦,去开辟一条新的生路!我的脑子里涌现出航海经商的念头。我想,凭着我的勇敢,凭着我战胜艰险的决心,我一定能够成功。俗话说:"潜入大海者才能获得珍珠,不畏劳苦者才能赚得钱财。"我默念着这句谚语,心里逐渐安定了。我卖掉了剩余的一小部分家产,亲自到经常出外旅行的商人和航海家门前求教,按照他们的指点置办了货物和行李,然后便跟随他们一道从巴士拉乘船向异地进发了。

船在宽阔的海面上航行,天气宜人。我们经过了许多岛屿和城镇。每到一地,我们都从事买卖或与当地人交换货物。一天,我们又路过一个小岛,那里风景秀丽,犹如乐园:有淙淙流淌的小河,绿荫浓密的树林,芬芳四溢的花草,清脆悦耳的鸟鸣。船长命船停泊靠岸,架上跳板。人们陆续上岸,分散到各处,有的点火烧烤猎到的飞禽;有的采摘成熟的野果;有的漫步欣赏风光;有的躺在树荫下的草地上纳凉。

正当大家兴致勃勃的时候,突然听到船长高声大喊:"旅客们,快快上船吧,迟了就有生命危险。我们脚底下的这块土地原来不是一座小岛,而是一条大鱼。很久以前这条大鱼就停留在这里,年长日久,它的身上堆起了层层泥土,出现了一条条小溪,长出了花草树木,鸟儿也来这里做巢,变得和真正的小岛一般。刚才你们在它身上点火做饭,热气刺激了它,现在它已活动起来了。一会儿,它就会把我们带入大海,如果我们不及时躲避,就会被淹死。快上船吧,旅客们!"

旅客们听到这个奇怪而吓人的消息,赶紧扔下东西往船上跑。可是只有一部分人上了船,其他一部分人还没来得及上去,那个所谓的小岛便潜入海底。人们被卷入海浪中,我也是其中一个。我在浪涛中奋力挣扎,最后死死抱住一块木板,用双脚猛烈地击水。我看见载我们来的那条船正在起航,便拼命向它靠近,同时大声呼救,可是船长全然不顾落在水里的人们,扬帆而去。我望着渐渐远去的船,失望到了极点。

这时,暮色笼罩了海面,黑暗吞噬了我的希望。我感到我再也逃不出大海,只有葬身鱼腹了。夜晚的海风侵袭着我的肌体,我又冷又饿,浑身瘫软,再也无力与波浪搏斗,只好任凭木板到处漂流。黑夜过去,白天来临,我一直在海浪中颠簸。第二天仍然如此。后来我索性趴在木板上,默默地闭上双眼,不再感觉到时间的流逝,不再感觉到昼夜的运转。突然,有什么东西碰了我一下,我猛然惊醒,睁开双眼,环顾四周。啊,我漂到了一个荒岛的岸边!岸上,树木耸立,枝叶低垂,有的已经贴到水面。那个碰撞我的东西,正是一棵半截淹入水里的大树。我顿时有了喜色,生的欲望开始在心头复活。我振作精神,双手抓住垂下的枝头,用力向上攀,然后一跃,跳上了岸。

上岸后,我站起身刚要迈步,突然感觉双脚麻酥酥的,没走几步,脚就像针刺般地疼痛起来。我抬起脚来一看,原来脚掌血肉模糊,满是鱼咬的伤痕,我顿时感到疼痛难忍,摔倒在地,失去知觉。

当我再次睁开眼睛时,已是次日早晨。经过几天的折腾,我的身体似

乎变得结实了。我伸伸四肢,坐了起来,但是双脚已经肿得又粗又大,不能行走。我向四周望望,发现附近许多树上挂着果实,一泓清泉从树间流过,于是便爬过去,拼足力气抓住因果实过多而被压弯的枝杈,摘下果实充饥。然后又伏下身去痛饮泉水。我这样在荒岛上生活了几天,逐渐地,我的疲劳消除了,有了精神,恢复了力气。于是,我用树枝做了一根拐杖,挂着它来回走动,直到双脚痊愈。

一天,我正在丛林中漫步,突然瞥见岸边有一个影子在晃动。我本以为是海中动物到岸上来歇息,便好奇地走过去看个究竟。原来是一匹高大骏马,它的缰绳被拴在一棵树上。马看到我,引颈长鸣,我不禁有些害怕,想转回去。突然地底下钻出一个人来,我一见,撒腿就跑,只听那人在我身后边追边喊:

"喂,你是谁呀?你从哪儿来?你怎么到这个地方来的?"

我停住脚步,答道:"我不是本地人,先生!我是乘船去经商,不幸掉入海中,后来靠着一块木板,被海浪推到这里来的。"

陌生人拉住我的手说:"走,跟我来吧!"

我跟他下到一个很大的地窖里,他请我坐下,给我端来了饭食,我吃饱饭,心里稍稍安静下来。陌生人坐在我身边,询问我的身世,我便从头到尾讲给他听。然后我说:"我把一切都告诉你了,指真主起誓,先生,你也该把你的来历告诉我。比如:你为什么住在这个地窖里?为什么把马拴在海岸边?"

"我们是麦尔佳努国王的马夫,分散在这个海岛的各处,每到月圆时,我们都把母马带到这里,拴在海边,海马嗅到气味就会上岸,与母马交配。我们隐在地窖里听候动静。海马与母马交配完毕,就要带它走,可是母马被牢牢拴住,走不了,于是海马便长嘶大叫,乱踢乱撞。我们听到声音,立即从地窖里钻出,并且大声呐喊。海马闻声就会仓皇逃入海中。母马受孕,生下来的小马是陆地上从来没有过的良种,比任何好马都要值钱!现在你跟我等着海马上岸交配,然后我就带你去见我们的国王,你还可游览一下我们的国土。假如今天你碰不上我,恐怕日后再也不会碰上别人,你也就休想返回家乡了。"

我对他十分感谢。

一会儿工夫,海马便从水中钻出。当我们在地窖中听见海马和母马相继大吼时,马夫一跃而起,手拿宝剑和盾牌夺门而出,口中大声喊:"伙计们出来吧,海马上岸啦!"

他边喊边用宝剑敲打盾牌。霎时间,许多人应声从地下钻出,手持长矛,高声呐喊,海马仓皇逃遁。片刻以后,另外一伙马夫也每人手牵一匹母马来到我们面前,他们见我和他们的伙伴在一起,觉得很奇怪,便向伙伴打听我的来历,伙伴告诉了他们。

很快,我们就熟悉了。他们拿出随身带的干粮,邀我与他们一起进餐。吃喝毕,我便随他们骑马起程了。

我们不停地跋涉,终于到达麦尔佳努国王的城中。马夫把我的经历讲给国王听,国王对我表示同情。他说:"孩子,你吃苦了,如若没有真主的搭救,你是很难脱险的。"他让我换上体面的衣裳,派我担任港口的管理工作,负责登记过往的船只和征收关税。

我忠心耿耿地工作,博得了国王的赏识和重用。有时我还参与国事,为民众的福利出谋划策。

就这样,我在这个国家住下来。每当有船只靠岸,我便向旅客们打听去巴格达的路途。可是尽管来此地的人很多,国家不同,肤色不一,却没有一个人知道巴格达。

我回祖国的希望日益渺茫,到后来甚至绝望了。可是绝望并没扑灭我心头眷念家乡的火焰,它反而越发炽热了……

这个时期,我曾碰上过许多怪事,比如:我曾见过二百多尺长的鱼和头部长得像猫头鹰一样的鱼。我还见过很多民族,他们的风俗习惯非常奇特,与我们一点儿也不相同。

终于有一天,我重返家园的机会来了。那天,我站在岸边登记过往船只。正忙碌间,来了一条商船。这条船靠岸后,水手们往岸上搬运货物,我边数边记。记完后,我找船长问话:

"船上还有别的货物吗?"突然,我感到这张面孔似曾见过。

"我们的货物没有了，但还有别人的，这个人在途中落海淹死了。我们决定卖掉他的货物，把钱捎回巴格达送给他的家属。"

"巴格达"这个名字使我浑身战栗！我迫不及待地追问："这个人叫什么名字？"

"辛伯达！"

啊！我的名字！我仔细端详眼前这个人，终于认出来了，他就是弃我而去的那条船的船长！我高声喊叫起来：

"船长，我就是辛伯达——那批货物的主人！"

接着，我给他讲述了我被那条酷似小岛的大鱼抛入海里以后的经历。

可是船长遗憾地摇摇头："没有办法，只有靠伟大的真主拯救了！世间没有讲真诚和良心的人了。"

"你怎么说这话，船长？"我惊奇地问。

"因为你听说货物的主人淹死了，便想索取这笔不义之财。是我亲眼见他和其他旅客掉进海里的，没有一个人活命。"

"船长，我可以给你讲讲从开船到落海时我们在海上的经历。你再仔细听听我的口音，就知道我不是骗子了。"

于是我从巴格达开船时讲起，讲到我们一些人落海，并且还回忆了我和他之间从办理上船手续开始所发生的事情。

直到这时，船长才相信了我的话。一会儿，那些认识我的商人也来了，他们看见我，非常高兴。我们互相拥抱，互相问好。

"天哪，我们简直不敢相信你还活着。"他们叫道，"这是真主给了你第二次生命啊！"

他们给我搬出货物，一切完整无缺，上面还原封标着我的名字。我从中拿出最贵重的东西，作为礼物奉献给麦尔佳努国王，并向他讲述了我和船长偶然相遇及货物平安找到的经过，他惊叹不已，认为这是奇迹，于是热情款待我，并回赠我许多礼物。

这以后，我卖掉货物，赚了大笔利润，又买了当地许多土特产，准备把它推销到我国。一切备办妥帖，我去谒见国王。感谢他对我的恩德，请求他允许我回家。国王慨然应允,亲自和我道别,又送给我大批礼物。

我们的船在返航期间一路顺风,平安地回到了巴士拉。

当我的双脚踏上祖国的土地时,我是多么激动啊!我久久地打量着祖国的山山水水,好像游子回到了母亲的身边。我在巴士拉住了一段时间,然后返回巴格达——这个美丽的和平城市。这时我已变成了一个富翁。

用不着我给你们讲述亲戚和朋友们见我归来时的情景,你们也可以想象得到:他们都来看望我,邀请我,对我十分亲热。我重新置办了房屋、地产,雇了用人、随从,昔日那些弃我而去的朋友们又成了我家的常客,我也不再追究过去。

这就是我的第一次航海旅行。

当航海家还未讲完他那难忘的第一次航行时,白昼的余光已悄悄隐退,夜幕开始降临。这会儿,天完全黑了,夜空已经繁星点点。航海家抱歉地告诉大家,他那艰险的第二次航行只有等下一次讲给诸位听了。

航海家招待脚夫吃晚饭,仆人端上丰富的肴馔,有熏肉、烧肉、各色水果和各种鸟肉,都是脚夫平时想吃也吃不到的东西。然后航海家送给脚夫一百金币。脚夫不胜感激,欣然离去。一路上想着耳闻目睹的一切,备感惊异。为了不耽误第二天听航海家讲述历险记,他连夜将货物送到了主人家里。

次日,脚夫如约来到,受到航海家的欢迎。待到朋友们到齐,航海家便招待大家吃喝。饭后,在愉快的气氛中,航海家又把大家带入他的第二次海上旅行。

第二次航行

朋友们,昨天我给你们讲了,第一次航行我满载而归,变成了富翁,昔日的朋友又都像蜜蜂采蜜一样追随在我的周围。但是我不再为他们的花言巧语所迷惑,也不再轻易让他们敲诈我的钱财,因为这些钱是我用生命和血汗换来的。逐渐地我厌倦了他们,迷上了探险和航海。第一次航海旅行的神奇经历、那苦中有乐的冒险生活以及做买卖赚来的那笔财富,吸引着我周游世界。于是,我决定做第二次航海旅行。我用钱置办了货物和必需品,选了一个好日子,搭上一条新船,便起航了。

船载着我们经过了无数个海港和岛屿,每当停泊靠岸时,我们都要登上陆地,与当地人打交道,或买或卖或交换,然后继续航行。

后来,我们路过一个树木林立,果实累累,花草葱葱,流水潺潺的美丽小岛,决定上岸休息。我们漫步游览,欣赏美丽的自然风光,赞叹宇宙造化之妙。但很遗憾,岛上没有人烟。

我来到一眼清泉旁,浓密的树木围绕在它四周。枝叶交错,形成天然篷帐。我坐在树下,拿出随身带的干粮。一阵凉风吹过,送来沁人心脾的花香。我四肢酸软,头脑发沉,不知不觉地进入了梦乡。

当我醒来时,周围已不见人影。我四处寻找,也没找到。我向停船的方向跑去,只见海水茫茫,孤舟早已没了踪迹。

我疯了!气得捶胸顿足,大哭大叫,对当初的选择后悔莫及:既然真主在第一次航海时把我拯救过来,给了我发财的机会,我又何必如此贪婪,非要进行第二次冒险?这次必死无疑了,即使不被野兽吃掉,也会被饿死!

我痴痴呆呆地在岛上徘徊,梦想能寻到什么慰藉,可是除了森林与旷野,别无他物。唉!假如第一次是侥幸得救,那么不会每一次都有这样的机会的,水罐总有打破的时候!我现在该怎么办呢?

我在岛上走着,想着,后来突然想起应爬到树上去看看岛的四周,于是便选了一棵参天大树爬到顶上。我举目眺望,只见碧空万里,水天相连。脚下是土地、沙滩和树木。我的目光在岛上来回巡视,突然发现了一个白色的物体。我赶忙滑下来,向它跑去,行了好长一段时间,才到达那里。原来是一座高大的白色圆顶建筑物!我绕着它走了一圈,却不见大门和窗户。我想爬上去,于是用足力气试了一试,但我的脚刚踏上去就滑了下来。我用脚步量了量它的圆周,约莫有五十大步。正当我尽力琢磨如何登上这座建筑物时,突然头上的太阳不见了,大地一时黑暗起来。当时正是夏令时节,我以为是大片乌云遮住了太阳,但又好生奇怪,因为刚才我见天空只浮着几朵白云,并没有变天的迹象。我抬头向空中望去,只见一只身躯异常庞大、翅膀异常宽长的大鸟正在空中翱翔。原来是它的躯体遮住了阳光!这使我更加惊奇。

我记起了某些旅行家给我讲的故事,据说在一些海岛上生长着一种特别大的兀鹫,人们叫它神鹰。它们用大象喂养后代。看来,眼前这个光滑的酷似白顶建筑物的东西,就是神鹰下的蛋了。我不禁赞叹大自然的神奇。这时,神鹰鼓翼飞到蛋的上方,落下来,缩起翅膀,孵在蛋上。

我胆战心惊,害怕神鹰发现我以后伤害我,于是想逃离此地。可是逃到哪儿去呢?这只大鸟只要在空中盘旋一遭,就会看清岛上大大小小的一切。假如它想伤害我,恐怕我逃到哪里也躲不过。幸运的是,这时大鸟已经安静下来,闭上了眼睛。它似乎睡着了,脑袋耷拉着,双爪伸在地面上。我突然灵机一动:假如我把自己牢牢拴在它那粗壮的腿上,当它再次起飞时,就会把我带离这座荒岛。无论它把我放到什么地方,只要有人烟,我就会想办法回到家乡。

不容多想,我解下缠头,双折起来,搓成绳子。然后一头拴在腰间,一头拴在鸟腿上。这夜我一直没有合眼。

次日清晨,神鹰伸直长颈,吼叫一声,张开翅膀飞上天空。它不停地向

上飞，直入云霄。一会儿，逐渐向下滑翔，落在一座高原上。它的双脚刚沾地面，我便迅速从它腿上解下绳子。刚解开，神鹰便展翅向什么东西扑去。当它再次飞上空中时，我看到，它的爪子紧紧地攫着一条巨蛇。

我审视周围，发现自己置身在一个极高的地带，下面是深深的山谷，旁边是陡峭的绝壁。我很后悔，从一个有野果有河流的海岛跑到这个既没吃又没喝的贫瘠高原，真是多此一举！我鼓足勇气，慢慢下到山谷，什么东西在那里闪烁发光？我走近一看，原来是钻石，遍地都是。同时我也看到，石缝间盘踞着许多蟒蛇，粗粗的，长长的，碰到大象似乎都能吞下去。它们白天潜伏在石缝间，是怕神鹰飞来捕捉，到了夜间它们便出来活动。我身陷蛇窝，懊丧不已，自言自语道："真主啊，我这是来送死呀！"

整整一个白天，为了寻找一个栖身之地，我忘记了饥渴。黑夜降临之际，我终于发现一个山洞。洞口很窄，我钻了进去，随手用一块大石头堵住洞口。这时我才松了一口气，打算先在这个地方歇一夜，明天看看情况再说。经过一天的折腾，我太疲倦了，真想倒头大睡。我惶恐地扫视了一下洞内，只见一条大蛇正匍匐在它的蛋上睡觉。我顿时倒抽一口冷气，吓得浑身发抖，睡意立刻消失得无影无踪。就这样，我瞪大眼睛望着这条蛇过了一夜。还好，没有发生意外。

当东方吐白，一线亮光从石缝间射进洞中时，我搬开洞口的石头，仓皇地跑了出去。由于饥饿和熬夜，我只觉头重脚轻，走路东摇西晃，像个醉汉。

正当我在山谷中跟跄地行走时，突然间一个东西从空中落在我面前，我定睛一看，是只被宰过的大牲畜。我举目环视四周，不见一个人影。我非常奇怪，心想，是谁扔下来的呢？难道是空中的飞鸟？突然，"啪"的一声响，又一只牲畜从空中落下，我越发惊奇。忽然想起一个钻石商人讲过的故事，他说，钻石都出产在极深的山谷中，他们没法采到，便想了一个办法，将血淋淋的刚宰好的牲畜从高处扔进谷中，待到兀鹫将浑身沾满钻石的牲畜攫到山上准备啄食时，商人们便呐喊着一拥而上，吓跑兀鹫，取下钻石。然后扔下牲畜，满载而归。

想到这里，我的心头突然升起逃离这个荒谷的希望。对！我可以把自己拴在牲畜上，让兀鹫带着我飞到什么地方，如果碰上人，我就得救了！

我考虑成熟，便捡了一些体积大，分量重，价值昂贵的钻石，放在口袋里和衣服的衬里，然后解下缠头，把自己的身体和一只大牲畜牢牢地捆在一起，双手紧紧地抓住牲畜的两只耳朵。我盼兀鹫快快飞来，把我带出这个可怕的山谷。

果然，没过多久，一只兀鹫向牲畜扑来，用双爪攫着牲畜带着我向空中飞去。

我悬在牲畜下面，紧张地闭上双眼。兀鹫飞到山顶，把牲畜放下，准备啄食。突然，一阵吼声夹杂着木板的敲击声从它身后传来，它慌忙扔下牲畜，逃入空中。我迅速解开缠头，从地上爬起，这时我才发现，我的衣服上染满了血迹。很快，一个男人向牲畜跑来。他看见我，吓得浑身颤抖不敢说话。迟疑了一会儿，他鼓足勇气走近牲畜，搬起来上下翻了一通——自然是在寻找钻石。他见没有什么，便大叫道："真倒霉呀，只盼真主拯救吧！哪儿来的这个家伙？把我的好事都给搅了？"

他大嚷大骂，捶胸顿足，接着又用双脚狠踢牲畜。我见他这副样子，便走到他跟前，想和他交谈。他看了我一眼，目光既恐惧又愤怒，停了一会儿，他说："你是谁？为什么到这儿来？"

我说："你别害怕，也别紧张。我是一个好人。我本是做生意的，有着不平凡的经历，我来到这个地方的原因更是离奇，我将讲给你听。至于你所要的钻石，你别伤心，我这儿有的是，我将满足你的需要，每一颗都比你从别处得到的贵重得多。你别以为失去机会，其实事实比你想象的还要好！"

商人很是感激，跟我交谈起来。其他到山上用牲畜获取钻石的商人见到我，也都围拢过来，向我提出各种问题。我给他们讲了我的经历，他们都很惊奇。最后我从衣袋里取出许多钻石，送给那个商人，他高兴地连连道谢。

经过两天两夜的奔波，我终于平安脱险。当晚，在商人的陪伴下，我安安稳稳地睡了一夜。

翌日早晨，我们踏上征程，在密密的原始森林中行走。那里的树木粗壮挺拔，耸入云霄，每棵树的树冠下能容一百人纳凉。有一种树，如果在树干上凿一个洞，液汁便从中流出，凝固在一起犹如树胶。等液汁流尽，树叶就枯萎，树干就变干，成为死树。

后来，那些和我们同行的商人，又分成几伙，各走各的路，我和其中的几个人走在一起。一路上我们大开眼界，又见到很多前所未见的怪事，经过了许多风俗各异的地区。我们曾见到一种叫犀牛的动物，只有一只角，长在头的中间，生活习性和我们饲养的水牛相似。据说，犀牛比大象厉害，能顶死大象。它用独角顶着象肚子，漫无目的地乱跑。大象死了，可是它身上的油脂流入犀牛的眼睛里，使犀牛双目失明。从此，犀牛不能辨别方向，只好整日躺在海滩上，神鹰飞来，攫它而去，用其肉喂养雏鹰。

每到一地，我都用钻石换些货物，带到别处去卖，这样一直到达巴士拉。几天以后，我满载金银财宝和货物回到巴格达，和家人、亲戚以及朋友们欢聚在一起，重新过着那种安逸舒适的生活。不久，我便忘记了旅行的艰苦，那些可怕的经历，也随着时间的流逝，变成了给人们消愁解闷的话题。

这就是我的第二次航海旅行。若是真主愿意，明天我将给诸位讲述我那惊心动魄的第三次航行。

然后，航海家招待脚夫进晚餐，饭后，又送他一百金币。次日，脚夫又如约来到航海家家里，再一次聆听他那不平凡的经历。

第三次航行

　　朋友们,你们知道,我第二次旅行归来带回许多金银财宝,弥补了我从前的损失。就拿钻石说吧,每颗价值连城,就是王宫里也找不到,只要我愿意,它们能换来一切我所需要的东西。可是总是过吃喝享乐的日子也实在令人腻烦。没过多久,我就在家坐不住了,又想出去奔波周游。于是我采购了货物,搭了一条大船,按照老习惯,取道巴士拉,又登上了去异国的航线。

　　帆船乘风破浪,快速行驶,经过岛屿,绕过城镇,只要停泊靠岸,我们就上岸去,做买卖,谈交易,忙个不休。

　　一天,帆船正载着我们在碧波中航行,忽然甲板上传来船长的一声大喊,接着他又命令停船。我们很是惊奇,连忙跑过去问个究竟:

　　"船长,怎么了? 是不是碰上了什么危险?"

　　船长沮丧地说:"刚才我站在甲板上往远处一望才知道,狂风把船吹到了危险地带,现在我们到了恐怖山。这山里的居民,都是些像猴子似的猿人,到这里来的人没有一个能够平安返回的。看来我们全都完啦!"

　　船长话音刚落,猿人便出现了,漫山遍野,蜂拥而至。猿人个子矮小,相貌凶恶,肤色漆黑,发似狮鬃,眼睛溜圆,鼻子扁平,我们不懂它们的语言,也不懂它们的手势。它们来到船上,有的攀上绳索,有的闯入船舱。我们担心它们会仗着人多势众伤害我们,都瞪着双眼惊恐不安地望着它们。只见它们咬断铁缆,收拢船帆,把乘客赶到岛上,将船上的货物和钱财抢劫一空,然后搬走大船,哄然而散,不知去向。

　　我们被困在岛上,一个个神情沮丧,为财物的丧失而伤心,为无处栖身而苦恼。后来我们发现一片果树林,树上结有各种野果,树下还有一条小河。这样总算解决了吃喝。随后,我们又在岛的中部发现一座高大的建筑物,我们向它奔去,脑海里泛起希望的波澜。

　　走近建筑物,我们发现,原来这是一座高大雄伟、结构坚固的宫殿,紫檀色的大门洞开。我们走进去,来到一间大厅,厅堂宽阔敞亮,四周门窗高大。大厅中央放着一个石凳,上面摆有火炉和各种炊具,石凳的周围堆着许多骨头。厅内不见一人。我们心中不免惊异,但劳累已使我们顾不得许多,于是大家席地而坐,进入了梦乡。

夕阳西下时,我们被大地的摇撼惊醒。接着,空中传来隆隆巨响,随之一个妖怪从宫顶落下。他枣树般的个子,煤炭般的肤色,铜铃般的眼睛,锥子般的牙齿,血盆般的嘴巴,驼唇般的双唇,扇子般的耳朵,狮爪般的指甲,我们见了,一个个吓得魂不附体,两眼发直,部分人晕了过去。妖怪坐在石凳上,冲着我们挥了挥刚刚被他点燃的火把。我们吓得挤在一起,目不转睛地望着他。他欣赏够了我们胆怯的神情,便站起身向我们走来。他从人堆中把我抓起,上下掂量,左右端详,就像挑选一只要拉去送屠宰场的畜生。我在他的掌中,就像一只小鸡。我怕得要命,企图挣脱,但无济于事。妖怪见我骨瘦如柴,便放下我,又抓起另一个人。他一个一个地抓起,一个一个地掂量,用手背触触脸,用手指拧拧腿。最后轮到船长,他是我们之中最健壮最丰满的人,高大的身躯,宽阔的肩膀,浑身是力气。妖怪抓起船

长,感到很满意,于是提起船长的双腿,把他摔在地上,然后用脚踩住他的脊背,把头扭下来。接着他抄起一把长长的钢叉,把船长的尸体叉在顶端,放在熊熊的烈火上烧烤。他不停地翻转,直到烧熟,流出油脂。他把烧好的肉放在面前,切下一块拿在手里,像人们吃烧鸡那样一块块撕着吃。吃毕,他把骨头扔在石凳旁,躺在凳上睡觉。一会儿厅内便响起妖怪的如骆驼咆哮般的喘息声和雷鸣般的鼾声。我们知道他已入睡,但是仍很害怕,眼睛一直不敢离开他。似乎别的什么也看不到了,只看见一张狰狞可怕的嘴脸。

次日早晨,妖怪爬起身,飘然而去。我们估计他去远了,才敢动弹。我们号啕大哭,喊道:"天啊,我们还不如掉在海里淹死或者喂猴子呢!怎么死也比让妖怪架在火上烧好受啊,这太可怕了!"

我们跑出宫殿,逃到岛上,想找一个隐身之地。但是直到黄昏,也没找到,只好又回到宫殿过夜。唉,看来只有烈火是我们的归宿了!

正犹豫间,大地突然又剧烈地震撼起来,我们知道这是妖怪到来的信号,便不顾一切地逃跑。妖怪出现了,它见我们像小鸡看到狼或狐狸似的惊叫、奔逃,便紧赶两步,伸手抓住我们之中的一个。那人太瘦,他不满意,于是又把他放下,抓起一个胖子,然后像吃船长那样把那人吃掉了。我们的心怦怦乱跳,浑身颤抖,四肢麻木。整整一夜,我们不曾合一下眼皮。

直到早晨妖怪离去,我们才聚在一起商讨对策。有的伙伴说:"我们去投海吧,总比烧死好!"踟蹰间,一个伙伴站起来说:"真奇怪,伙伴们,我们为什么不想个办法杀死这个妖怪呢?为什么不报仇雪恨呢?人类有发达的大脑,是任何妖怪都比不上的。流水,尽管有时潺湲,但有时却汹涌澎湃,势不可挡。何况我们人类呢?我们虽然敦厚、善良,但遇到恶势力时也会变得无比强悍勇猛。朋友们,安静下来,想想办法吧!我们可以根据大家的主意,拟出一个可行的计划,杀死这个妖怪。这不仅可以挽救自己,而且还可以救别人。我看妖怪睡觉时便是一个好机会,我们可以先把他的眼睛刺瞎,让他看不见我们。随后,我们再想法杀掉他。"

听了这个伙伴的话,我很赞同。我说:"这的确是个很好的主意。不过在我们杀妖怪之前，一定要找好退路，以防我们万一失败。以我之见，我们先动手用这里的木板做好一个筏子，当妖怪追赶我们时，我们就乘木筏逃到海上。假如我们运气好，碰到过往的船只，我们就会得救。如果运气不好，落在海里，也比让妖怪抓住好！"

"好！"大家一致同意我和那个伙伴的意见。

我们立即动手，把木板搬出室外，做成一个筏子，然后把它抬到海滨，并运些食物放在上面。一切准备就绪后，我们返回殿里，静候妖怪到来。

入夜，大地震动，妖怪又来了。他把我们拨弄来拨弄去，最后选中一个。只消一会儿工夫，那个可怜人就被扭断脖子，架在火上，然后又被妖怪吞进了肚里。

吃毕，妖怪倒头大睡。待他鼾声大作时，我们便行动起来。伙伴们忘记了害怕，端起两把锋利的钢叉，放在烈火上烧。叉头烧红后，我们便握住它向那个睡得死死的妖怪走去，将钢叉对准他的眼睛，用力刺去，不偏不倚，正好刺中他的双眼。妖怪大叫一声，像个受伤的猛兽似的跳将起来，疯狂地扑向我们。我们惊慌逃跑，他看不见，只好摸索着追逐。他东冲西撞，不是碰在树上，就是跌进坑里，或者掉在水中。树枝扎破了他的脑袋，鲜血直流。他不停地高声吼叫，牙齿咬得格格直响。每当他伸出长臂捕捉我们时，不是抓住树枝，就是撞着墙壁。一会儿，妖怪摸到大门，奔出庭院，吼声在岛上回荡。

又过了一会儿，妖怪的声音消失了。我们也走出庭院，坐在宫前，疲倦不堪地商量下一步怎么办。

我们还没来得及发表意见，就见妖怪带着两个更高大更可怕的同类来了。我们没命地奔向海边，解开筏子，放到海里，乘上去离开岸边。两个妖怪在后面紧追，手中各握一块大石头，待到靠近我们，狠命将石头一块接一块向我们投来。很不幸，许多伙伴被砸中，顿时丧命，有的脑袋开了花，有的四肢被打断。剩下的人慌作一团，不知如何躲避，纷纷跳入海中，也一命呜呼，最后筏上只剩下我和另外两个人。后来，我们见被石头打中的伙伴已经没救，便将他们的尸体抛入海中。这样对死者来说，也算一点儿慰藉，因为无论喂鱼虾,还是喂海兽,总比被妖怪用火烤了吃好!

筏子带着我们漂到另一座海岛,我们登上岸,捡些野果充饥,然后躺在树间休息。夜里,我们实在找不到安身之地,就互相倚靠着在草丛中睡着了。可是,刚睡一会儿就被惊醒了。只见一条又粗又长、背上有黑黄斑块的大蟒,昂着宽宽的三角脑袋,张着血盆大口,吐着火红的舌头,嗖哨着缠住了我的一个伙伴。一会儿工夫,它便咬住他的头吞入肚里,继而身子,接着下肢,没用多长时间,我那个可怜的伙伴就葬身于蟒腹。

大蟒吃饱,蜿蜒而去。我们目睹这一切,心惊胆战,既为同伴的惨死悲哀,又为我们今后的境遇提心吊胆。

"真主啊,我们可怎么办呢? 我们刚摆脱妖怪和大海,又掉进另一个可怕的死亡圈。我们怎样才能摆脱灾难,摆脱死神啊?"我们连连祈祷。

第二天,我和我那唯一的同伴继续寻找安身之处,找到最后,我们发现,再也没有比爬到树上去过夜更安全的了。夜幕降临海岛之时,我们攀上一棵参天大树,各自选了一个得当的地方,默念着真主的名字,怀着一丝活命的希望睡着了。

然而深夜,一条大蟒似乎嗅到了人的气味,竟爬到树上来了,只有几分

钟的时间,我的同伴就被大蟒吞掉了。我吓得捂住眼睛,我那同伴骨骼碎断的响声几乎使我心裂。大蟒吃罢,腆着滚圆的肚子爬下树,打着嗯哨扬长而去。不难想象,我后半夜是如何度过的。我不知道自己当时是怎样才控制住神经,以至没有失常,没有从大树上滚下来摔死。唉,只有真主知道!

早晨,我爬下树,精神恍惚,痴痴呆呆,看看自己孤身一人,更加悲哀。我想去投大海,永远摆脱苦难的折磨。可是,我毕竟是个见过世面且又性格坚毅的人,思量来思量去,决心还是想办法战胜凶恶的大蟒。我忽然想到应该做一个箱子,自己躲在里面来保住性命。于是我收拾起岛上的木板,可怎么也找不到做木箱的工具。后来我只好将一块宽宽的木板放在头上,一块放在脚下,一块放在身体的左方,一块放在右侧,一块放在胸前,一块放在背后,然后用缠头布将板子捆住。我在木板中间,俨然置身在一个狭长的箱子里。

入夜,大蟒照例爬来。它见我在这么一个怪"房子"里,便绕着爬了几圈,但没有找到入口。它想从木缝间穿过,最后也失败了。它一会儿离开我,一会儿爬回来,一会儿绕到我面前,一会儿绕到我身后,一会儿啃啃木板,一会儿钻钻缝隙。我胆战心惊,魂飞魄散,连眼也不敢眨。就这样,从日落到日出,大蟒来来往往,始终没有放过我。最后,我被吓得几乎疯了,便闭上眼睛。这时一个念头突然闪过,倘若大蟒整个身子缠住木箱,慢慢压迫木板,我的躯体就会被碾碎,它最终还是会把我吃掉。可是这种事情却没有发生。天亮了,大蟒悻悻地离去了。

我挣脱束缚,拖着两条酸软的腿向海边走去。我坐在海岸上,睁大眼睛望着海面,唯恐错过得救的机会。目光从近处寻到远处,从东边寻到西边。下午,我隐隐约约看见一条船向这边开来。我高兴至极,但又怕它到达时已是夜晚,于是不顾一切地扑到海里,向船的方向游去。

感谢真主,游了一会儿,我便看见远处有个什么东西时起时伏,接着,越来越近,果真是一只破浪而进的帆船!我喜出望外,浑身突然增添了力气,兴奋得像个疯子。我抓住一根漂浮的树枝,脱下衬衣,拼命向船的方向挥动,同时还大声叫喊:"救命啊,救命!"

终于成功了!船上不知哪位善人发现了我。因为我看到,船正向我逐渐靠近,不久便驶到我面前。我爬上去,船长和水手们都围拢来问长问短。"终于躲开了可怕的大蟒。"我笑着,昏厥过去。

一会儿我睁开双眼,看见周围都是人,他们用惊讶和怀疑的眼光打量着我。我知道一定是我这瘦骨嶙峋的身躯、灰黄的脸色、深陷而无神的眼睛以及高高的颧骨、瘫软的四肢、又脏又烂的衣服引起了他们的诧异。

我的嘴唇动了动,他们明白了,给我端来饭和水。喂完我,他们询问我的来历。我对他们讲述了我那离奇而又可怕的遭遇,他们瞪大眼睛听着,祝贺我脱险。

我和旅客们度过了一个愉快的夜晚,人们待我都很热情。次日早晨,风和日丽,船在一个名叫赛拉哈特的岛上停泊。商人们纷纷舍舟登岸。船长走到我面前:"喂,"他还不知道我叫什么名字,"你背井离乡,身无分文,又遭受了这么多苦难,我想接济你,让你赚些盘缠回家。"

"先生,你们对我的好处已经很多了,我为此感激不尽。"

"原来有个旅客和我们同行,可是此人中途突然失踪,至今我们不知道他的下落,我想让你去推销他的货物,赚的钱你拿一部分回家,剩下的我们托人转给他在巴格达的家属。你看怎么样?"

"好吧,我接受你的好意。"

说罢,船长吩咐水手搬出货物,交付给我。船上记账人问道:"船长,沿路失踪的商人很多,有的货物我们已经处理,现在还剩下一部分。刚才拿出的这批货物该记在谁账上?"

"就记在那个在一座小岛上失踪,名叫航海家辛伯达的账上吧。我准备把这批货物交给这位外乡人,让他去支配,然后他从利润中提取一部分。剩余的等我们回去后送给货主的家人。"

"这是个好主意。"记账人说。

我听船长提起我的名字,立时明白了这批货物是我上次航海旅行时带的。对,我认出来了,这正是我上次乘的那条船,就是它在我睡熟时开走了,把我抛在了那座孤岛上。我仔细辨认船长和旅客,他们之中的一部分人正是我上次的旅伴。可是由于我屡经挫折,备尝艰难,而他们也经历了旅途的不少风险,所以我们已经互相认不出来了。

这时,货物被打开了。我压抑着自己激动的心情,对船长说:"船长,你了解这位货主的具体情况吗?比如他长得什么样?他的身世如何?他遭遇了什么危险以至迄今下落不明?"

"关于他的情况,我知道的不多,只知道他是巴格达人,人们称他航海家辛伯达。航行中,我们曾在一座小岛上停泊,在那里他就不见了,是被大海淹死了,还是遇到了意外,我们一无所知。与此同时还有其他一些旅客也失踪了。"

我再也按捺不住自己的感情,脱口喊道:"船长,你知道吗?我就是航海家辛伯达,我没有死!那次,你命令船靠岸以后,旅客们都登上小岛,我也随着他们上去。当时我随身带着干粮,便找了一个幽静的树林坐下来边吃边休息,不知道怎么的就睡着了。当我醒来时,船已经开走了。"

接着,我向他讲述了我在岛上的遭遇。他半信半疑地望着我。这时,许多商人也都围拢来听我说,有人相信,有人摇头。

为了我的名誉——不至于让人们认为我是个诈骗犯,我竭力让在场的人相信我的话。我说出了停船的时间,那座小岛的特点,以及我在钻石山谷中碰到的那些钻石商人,他们的名字和籍贯……突然,一个大汉拨开人群,大步流星地奔到我面前,一把抱住我。

"诸位,请听我说,"他面向人群说,"这位先生说的都是真的,他不是骗子!你们还记得吗?有一天我曾给你们讲过我在钻石山谷中奇怪的经历。我说,有一个男人曾吊在我扔进山谷里的牲畜身上被兀鹫叼上高山,当时你们不相信,说我在瞎编。现在,这个人就站在你们面前,他可以证实我的话,而我也可以证实他的话。

"当时,这位先生还给了我许多钻石,比我平时得到的要贵重得多。我与他一直到巴士拉才分手。他的名字就叫航海家辛伯达。"

船长这时大概相信了,他微笑着问我:

"你的货物有什么记号？什么特点？什么种类？数量有多少？"

我记得清清楚楚，丝毫不差地说出来。船长相信了，他叫着我的名字，热烈地拥抱我，祝福我，他说："你的经历真是离奇，朋友！赞美真主，是他让我们又见面了。给，这是你的货物，你的钱——我们沿路已经给你卖了一部分。我们一直在惦记着这批货物，打算卖完它全部交给你的家人呢。"

我对他表示衷心感谢。我们又继续航行，经过若干个海岛和城镇，到达了赛乃达。在那里，我耳闻目睹了许多奇奇怪怪的事物。其中，我见到一种怪鱼，有的长相似牛，有的长相似驴。我还见到一种鸟，可以在贝壳中钻进钻出，它产蛋、孵卵都在海上，一生从不离开大海。

我们顺利地抵达巴士拉，买卖停当，我又返回巴格达。分别多时，又与亲人见面，我的心中格外欢喜。

过了些日子，旅途的艰苦在我的头脑中逐渐淡薄，而留下来的都是冒险所得的乐趣，战胜困难后的欣慰和对新奇事物的回味。我在家里坐不住，决定再次去旅行。

明天，我将给诸位朋友讲述我的第四次航行。

航海家辛伯达讲完，照例请脚夫辛伯达吃晚饭，送一百金币，然后让他回家。

次日，也是照例等人来齐，吃毕早饭，航海家又开始了他的讲述。

第四次航行

昨日我对诸位讲了，我第三次旅行归来，亲朋好友皆大欢喜。在家过了一些时候，我又腻烦了安逸的生活，向往惊心动魄的冒险生涯，忘记了妖怪烧人吃的可怕场面，以及大蟒吞人时令人心裂的声音。占据我全部身心的，却是旅行带来的乐趣。那美丽的异国风光，奇特的风土人情，新奇的自然景象无时无刻不在吸引着我，使我做出再一次旅行的决定。

于是我取出一笔钱，采购了各种货物，包装妥当后便运往海港。到达巴士拉后,那里正停着一条整装待发的货船,旅客大都是去各地经商的商人。

这天天气晴朗,风和日丽,海面泛着细浪。帆船载着我们平稳前进,大家的心情也和天气一样好。

可是航行不久,天气突变,飓风骤起,海上波涛汹涌。孤舟失去重心,东摇西摆。船长害怕沉没,忙令抛锚停泊,可是狂风继续戏弄小船,巨浪继续拍打船身。最后,呼啸的狂风吹破了船帆,折断了桅杆,小船被巨浪吞没。我和一些水性好的人在浪中挣扎,后来我们抓到一块破船板,爬上去,用腿当桨,顺波漂荡。这样过了一夜。次日狂风依旧,望着如山的海浪,我们确信必死无疑,于是闭上眼睛,把头贴在船板上。这时,一个巨浪把我们卷入空中,又把我们重重地抛下,一阵头痛,我昏迷过去。

待我苏醒过来,我惊奇地发现,我和伙伴们躺在一块潮湿的土地上,身旁还有繁茂的树林。我们互相看着,不知是在梦幻中,还是真的活着。

大海的咆哮声震动着我们的耳膜,浪花飞溅在我们脸上,这时我们才知道自己是躺在海滩上，也就是说我们已经得救了。一阵轻松之后，我们又闭上眼睛。

饥肠辘辘，我们不得不爬起来寻找吃的。我们在岛上游荡，发现一片密林，树上结满野果。大家喜出望外，立刻采摘树上的果实，吃饱后开始寻找出路。

我们穿过密林，在岛上走了好多路。突然，大家欢腾起来。原来，不远处出现一座高大建筑物，绿树掩映着那宏伟的楼台，阳光洒满了那金色的宫顶。大家快步向它奔去，唯有我的心中七上八下，以往的经历已经成为教训，我担心这座漂亮的大厦会给我们带来什么祸患。但此时又难以启齿，因为同伴们会说我是个胆小鬼。我强打精神和大家一起向前走去，走到近处才发现，原来这里是一个建筑群，我们从远处望见的是主楼，它的周围还有许多小楼。主楼大门洞开，我们走了进去。突然，从里面涌出一伙赤身裸体的大汉，一言不发，抓住我们，把我们带到他们的国王面前。国王叫我们坐下，吩咐摆出一桌我们从未吃过，也不知道叫什么，但见了之后就恶心的食物。伙伴们尽管没胃口，但慑于赤身大汉们的威严，也就勉强咀嚼起来。我一口也咽不下去，只好装着吃的样子。

这真是真主的巧妙安排！由于我没有胃口，竟意外地得救，而我那些伙伴，当食物入肚以后，情况大变，一个个扑在食物上，像疯子似的大吞特嚼。接着，赤身大汉拿来一桶油——颜色及味道就像烟油一样，让他们喝下去，并涂抹在身上。

喝过油以后，伙伴们一个个变得更痴更呆，两腮红肿，眼睛歪斜，见吃的就吃，见喝的就喝。为了保存自己，我也只好跟着装疯卖傻，做出大吃大喝的样子。好在人多，没有人注意我。

我为同伴们悲伤，但又无能为力，只好自己想主意。我想，假如我一直装下去，早晚有被发现的时候，我必须尽快逃离此地。

几天不吃不喝，我变得瘦骨嶙峋，弱不禁风，赤身大汉见我病病歪歪，便把我撇在一旁，不加理睬。而我那些失去理智的同伴，却被他们赶到野外，像牲畜一样被放牧。他们的身体越来越肥胖，几乎和野牛一样。

我逐渐才知道，这些一丝不挂的人，属于拜火教徒，他们的国王是个以吃人肉为主的家伙。如果谁走错了路，误入其国，大汉们就将他抓住，像对付我的同伴们那样"招待"一顿。接着，此人必定丧失理智，不能思索，而且无节制地大吃大喝，发展下去，势必长得身宽体胖，块大膘肥，国王需要时，即可杀吃。这个国家中的人都喜欢吃生人肉。

我亲眼看到了这一切，此情此景真令人不寒而栗。我见他们不注意我，便决计逃走。我悄悄离开那个鬼地方，迈开长腿向海边跑去。突然，我愣住了，近处海滩的一块巨石上坐着一位大汉，不是别人，正是看管、牧放我和同伴们的那个人。他的附近，岩石间，聚集着大批我认识或不认识的已经变了形的俘虏。我暗自叫苦，掉头想跑，但是他已经来到我面前。他见我理智健全，便示意我别害怕，我疑惑地望着他，等待着噩运降临。他说：

"向后转，朝右走，可以找到一条大路！"

我惊喜异常，顺从地点点头，按照他的指点走去，果然发现一条大路。但是，我对他的话并不完全放心，他指引我走这条路，真的是让我摆脱他的同类？还是让我再次陷入这群野人的罗网？我心中一直忐忑不安。

夕阳西下，夜幕沉沉，我不停地走着。午夜时分，我坐下休息，但由于过度的饥饿和疲惫，久久不能入睡。我又继续跋涉，直到太阳升起。这时，我发现路旁有许多植物和野草，便连根拔出贪婪地吃起来。我靠吃植物维持生命，又继续行走了七天。在这一周中，我未碰见过一个人，一个动物，也没发生过什么意外。

第八天，我照样像往常一样行走，快要接近海岛尽头时，突然发现远处有人影晃动。我提高警惕，放慢了步子，以往的教训已经教会我遇事不再冒失。我仔细观察，原来是些采胡椒的人。是走过去呢？还是悄悄地避开他们？我一时犹豫不定。

我设想了许多可能发生的情况，制定了许多逃跑的方案。考虑成熟后，我向他们走去。他们见到我，立即围拢过来，七嘴八舌地问：

"你是谁？从哪儿来？"

我将那惨不忍睹的一幕告诉给他们，他们听了，瞪大眼睛望着我，仿佛不相信世上会有这样的事情。待到工作完毕，他们邀我一起进餐，那是我许久以来没有吃过的无比可口的饭菜。

休息片刻，他们把我带到停泊在海边的船上，向他们的国家驶去。

不久，我们到达一个美丽的海滨城市，我那些新交的朋友们把我介绍给他们的国王。国王热烈欢迎、盛情款待我，并要求我讲一讲自己的来历。我将我的出身、家世以及几次航海的奇遇讲给他听。他惊诧不已，对我更加另眼看待，并允许我到他的国土上去观光游览。

国王派随从陪我到处游逛，我走遍了这个国家的每个地方。这是一个不小的国家，经济发达，市场繁荣，人丁兴旺。这里的人大都经营生意，到处买卖兴隆，一派生机勃勃。我对这座城市很满意，对她的居民也很喜欢。无论走到哪里，我都受到人们的热情欢迎。可是这里的人们有些习惯很奇怪，无论社会名流，还是平民百姓，无论小孩，还是大人，骑马都不用马鞍。就是国王，出门也是骑一匹光秃秃的马。

一天，我禁不住问国王："陛下，您的马为什么不加上一个马鞍？那样坐在上面是极舒服的。"

"什么马鞍？我们根本不知道，从来没听说过骑马还要用马鞍。"

"陛下，请您允许我给您做一个，您可以骑上试一试。"

"好吧，你去做吧！"

我要了各种材料和一个熟练的木工。我给木工讲解了马鞍的形状、样式、做法，木工一一领会，开始动手。我把一块皮革剪成马鞍形，将棉花塞进去，制成鞍褥。然后请来一个铁匠，教他打成一副铁镫，镀上一层锡。最后，我将木工制作的马鞍打磨光亮，包上一层绸布。

一切准备就绪，我牵来一匹御用骏马，套上马鞍，拉着去见国王。国王一见，非常喜欢，亲自骑了一回，感到格外舒服，于是重重地赏赐我。

宰相见到马鞍，也非常喜欢，要求我也给他做一个。我答应了，他给我许多报酬。从此，人们都来找我，无论是朝臣，还是大小官员，或者其他人，都来要求我给他们制作马鞍。于是我租了一个小店，雇了一个木匠和一个铁匠，专门制作马鞍。

逐渐地，我赚得一大笔利润，并在绅商士庶中获得很高的名望和地位。

一天，我去拜访国王，他对我说："你已经成为我们中间的一员，受到了众人的尊敬和仰慕。以后你就永远留下来，不要再走啦。我希望你服从我给你的选择。"

"陛下，"我说，"您对我的恩德无量，您的话我一定服从，一定照办。"

"我打算给你找一个美丽、贤惠、虔诚、富有的妻子，让你在此安家落户。"

这个建议使我感到意外，我一时不知如何回答，不好意思地低下了头。

"为什么不说话？"国王追问。

"陛下看怎么办好就怎么办吧。"

国王立即吩咐侍从请来法官和证婚人，将一个门第高贵、家庭富裕、相貌美丽的姑娘许配我为妻，并给我一幢漂亮的房子，还配给我奴仆家丁。

从此，我按月领取薪俸，过着舒适的生活，忘却了过去的一切灾难、危险和不幸。

我的妻子很爱我，她像所有敬爱自己丈夫的贤妻一样，为了丈夫的满意、幸福，宁可献出自己的一切。同时我也很爱她，她在我的心目中占有极其重要的位置。为了她的幸福，她的快乐，我也不惜付出任何代价。我常想：假如有一日我能返回家乡，我一定要带走她，因为她已经成为我生命的一部分，只有和她在一起我才感到欢乐。

一天，和我要好的一个邻居

的妻子死了。送葬之前,我去他家吊唁。我的朋友愁眉苦脸,悲悲切切,我安慰他说:"兄弟,好好保重自己吧,不必为夫人之死而过分悲伤,真主会补偿你的损失的,也许你将找到一位更好的夫人。"

没想到他哭得越来越伤心:"朋友,真主怎么能补偿我的损失?我怎么还能再娶?我只有一天的活头啦。"

"兄弟,你冷静些,不要说这类傻话,虽说每人都有终日,但谁也不知道自己死于何时何地。"

"凭着你的生命起誓,朋友,我只能活最后一天了,以后你再也见不到我了!"

"这是怎么回事?"

"今天,也就是过一会儿,人们去埋葬我的妻子时,我也将和她一道被埋葬。这是我们这个地方的风俗,妻子死了,丈夫陪葬;丈夫死了,妻子陪葬。因此,一对夫妻,只要一个去世,另一个也就到了终日。"

"主啊,这种风俗太残酷了,任何人也忍受不了!"我又惊异又痛苦地叹道。

正当我们说话的时候,许多人陆续赶来吊唁。同时一些人为送葬做准备。他们抬来一口棺材,将死人放进去,然后带着哭得泪人般的丈夫走了。到了郊外一座近海的高山上,人们揭开那里的一块大石头,露出一个绕满绳索的类似辘轳的东西。辘轳的下方,有一个好像矿井的深洞,人们将死者放下去,然后把死者的丈夫用绳子捆牢,也放下去。他手里拿着一罐水和七个面饼。待他到了下面,解开绳索,上面的人便用大石头堵住洞口,随即离去。

我为我那被活埋的朋友悲伤。参加葬礼后,我立即去见国王。

"陛下,你们这个地方为什么要让活人陪葬?"

"你知道,这是我们世世代代流传下来的风俗,丈夫死了妻子陪葬,妻子死了丈夫陪葬,让他们死活在一起,永不分离。"

"像我这样的外乡人,也要遵守这种风俗吗?"

"当然!"

自此，我烦恼不已，每天提心吊胆，唯恐妻子有个好歹，在我之前死去。有时我又自我解嘲，也许我还先死呢！这种事，谁知道？同时我无微不至地照顾妻子，事无巨细，我都为她想得具体周到。对她的健康状况我更加关心，如果她肚疼、感冒、头晕或者哪儿稍有不适，我就惶恐不安，心惊肉跳，会花费一切精力和财力为她治疗，使她痊愈。

可是谁会想到，就在我邻居的妻子死后不久，我的妻子也患了不治之症。我痛苦异常，使出一切本事为她寻医觅药，但都无济于事。她一命呜呼后，我也半死地晕倒在她身边。

国王亲自来吊唁，本地人也都来慰问我和妻子的家人。人们给妻子洗身体，为她穿上最华丽的盛装，戴上最名贵的首饰，接着把她放入棺材，抬到肩上向郊外走去。我走在队伍中，像在做梦。

上了山，人们扒开石头，露出地洞，将我妻子的尸体放进去。接着，朋友们和我妻子的家人围住我，与我诀别。我如梦惊醒，疯狂地大哭大喊："我是异乡人，你们的风俗习惯不该用在我身上！"他们同情地互看一眼，但终于还是抓住我，将绳子捆在我的腰间。我拼命挣扎，哀求他们放我，祈求真主解救我，但他们毫不理会。最后我的嗓子哭哑了，浑身没有了一点儿力气，声音变得微弱可怜：

"放开我！放开我！我是外地人，受不了你们的风俗习惯……"

任我恸哭，任我乞怜，他们还是把七个面饼和一罐水捆在我身上，把我放进洞去。

"解开绳子！"

我的双脚在洞底站定后，上面的人命令道。我没有动手，仍然乞求人们把我拉上去。他们没有办法，只好撤下绳子，堵上洞口散去了。

借着从缝隙射进洞内的一线亮光，我审视了一下四周：这是一个极大的洞穴，也许由于角落里光线太暗，我一眼没有望到它的边缘。周围堆积着无数的尸骸，弥漫着恶臭的气息。我浑身打战，只好找一个地方坐下。我痛哭流涕，后悔做这次旅行，后悔在异乡结婚。

我一直呆坐着，感觉不到时间的流逝，也分不出黑夜白天，既不想吃，

也不想喝。后来我索性躺在地上，闭上双眼，求死神快速降临。过了不知多久，我又睁开眼睛，同时感到口内像吃了药一样苦，喉咙像着了火一样疼。我挣扎着坐起身，摸到那罐水，喝了一口，顿时感到神清气爽。我舔了舔干裂的嘴唇，突然感到一阵饥饿。我抓起面饼，将它掰碎，放入嘴里。我忽然又有了精神。啊，原来死也不很容易。既然如此，我何不努力活下去，找条出路逃离此地呢？

我站起身，沿墙摸索，除了摸到一堆堆的尸骨外，就是石头。没有办法，我只好安排一个栖息之处，暂且安身。面饼一天天少下去，我就到新的尸体旁去找。但只能寻到一块半块，离我的需要相差很远。唉，看来只有等待那不可逃脱的时刻了！

一天，正当我饿得发慌时，一声剧烈的轰响突然从洞口传来，接着一道强烈的亮光刺入我双眼。这是怎么啦？

我用手挡住光，向上望去。原来洞口被打开了，一群人正站在上面向下放尸体，接着是一个被绳索捆住的、大哭大叫的妇人。

坑洞里又来了新的客人，一阵怜悯之情刺痛了我的心房。

猛然，一个念头袭入大脑：我何不把生命寄托在新来者的身上？这样，他们也不必在洞内受罪。

送葬的人堵上洞口归去，妇人依旧哭哭啼啼。我站在她看不见的地方细细观察,然后捡起一根死人腿骨,悄悄向她靠近。走到她身旁时,我抡起骨头狠命向她头顶砸去。她晕倒了,我又接连砸了几下,结果了她的性命。

这个女人穿着绫罗绸缎,戴着珠宝首饰。我把她拉到一个干净地方,又把她丈夫拉到她旁边。然后我取走了她的面饼和小罐,回到栖身地。我决定省吃省喝,等待新的猎物。但我的内心一直很沉重,因为我杀了人。

"我不愿意作恶,一天也不愿意!"我想,"可生命是宝贵的,任何人,无论什么原因,都不愿生命轻易丧失。况且,下到这个坑洞里的人都是来等死的,我只不过为了保住自己的生命而让他们死得快了些!"我这样自我安慰着,心头才逐渐轻松些。

我在坑洞里住了许久,几乎变成一只野兽。每次洞口打开扔下死人和活人,我都要在暗处将活人打死,夺取他(她)的食物。

每当我抱怨自己人不人鬼不鬼地活着的时候,就向往洞外的美好生活;每当我扼杀生灵而良心受到谴责的时候,他们早晚要饿死在洞里的想法就出来为我辩解。日久天长,我变得奇丑不堪,几乎就像魔鬼一样,长长的指甲、胡须和头发,脸上满是尘垢,肌肉松弛,目光呆滞,性格也变得凶残暴烈。

有一天,我的内心又泛起了矛盾的波澜:我这是过的什么日子呀?每天死尸做伴,骷髅和残肢当道,闻的是恶臭,吃的是抢来的食物,而这一切还是用残害他人的生命换来的!假如逃不出去,我这样苟且偷生又有什么意义呢?死了都比这样活着好!

我想着,决定还是饿死了事。忽然,一声轻微的响动从洞的一角传来。我仔细聆听,那声音还在继续发响。这是什么?我的耳朵是否出了毛病?洞口并没有被打开,并没有新人来,从洞口处射进来的光线看,此时只是清晨,人们不会在这个时间举行葬礼。可是我的两只耳朵分明听到了一种声音!我站起身,手握一根骨头,向声音走去。由于长期居于洞内,我的眼睛已经适应了黑暗。我看清了,是一只野兽在吃死尸!似乎它也感觉到了我的到来,仓皇逃跑了。这只野兽从哪儿进来的呢?我心头一阵惊喜。

我跟踪着野兽追过去,它逃到坑洞的深处不见了。我寻觅,发现远处有个近似夜空中的星星一样闪烁的亮光。忽隐忽现。我情不自禁地向它走去。我感到,我的双脚踏上了一条崎岖小路,路上有许多石头。

亮光逐渐变大,越来越清晰。"可能是洞穴的另一个出口。"我这样想着,迈开了大步。果真有个小洞口,大约只能够容下一只野兽的躯体。没有人能够理解我当时喜悦的心情,也没有人能够想象出我当时手舞足蹈的样子。我迅速地从洞口钻出去,坐在地上拼命地呼吸新鲜空气,任凭微风吹拂面颊,睁大眼睛饱览广阔的天地、明媚的阳光、高大的树木、一望无际的大海,我确信自己还活着,或者说又新生了。

我看了看周围,发现自己置身于一座将大海分为两半的高山之巅。它的一面是海岛,一面是城市,人迹很难逾越。我心中无限快慰,衷心感谢真主的安排。过了一会儿,我又返回地洞,拿上多日来储存的干粮,换上一套死人穿的干净衣服,收集许多陪葬者戴的金银首饰、珍珠宝石,把它们裹在殓衣里,钻出洞口,坐在一个显眼的地方,等待着海上过往的船只。

这样等了好久。我几乎每天都要返回洞去,搜集金银财宝,堆积在山上,等待回故乡的时机。

这个时机终于来了。一天,我照例坐在海滨,考虑出路问题。忽然瞥见碧波中有一只帆船。我忙将一件宽大的白色殓衣系在一根腿骨上,左右摇晃。由于我站的地势高,船上的人很快发现了信号,加速向我驶来。

我平生从来没有这样欢快过,也从来没有这样惬意过。向我缓缓驶来的白帆,在我的眼中突然变成一个美丽的新娘,令我着迷,令我神往。我向她张开双臂,几乎向她扑去。船上放下一只小艇,几个人划到我面前,大声问:"你是谁?为什么待在这座从没见过人迹的山上?"

"我是个商人,不幸船在中途遇险,全舟覆没。我是靠着一块船板漂到这里来的。"

他们招呼我上小艇,我背着宝物跳上去,随他们去大船见船长。船长问我:"你是怎么到这儿来的,伙计?我在海上航行了一辈子,经常从这座山下经过,可是除了飞禽走兽外,从来没见过人。"

我把对水手们说的话重复了一遍,不敢告诉他们实情,害怕船上有那个倒霉的城市里的居民。我拿出许多金银首饰送给船长："船长,你是我的救命恩人,这点礼物送给你,表示我的谢意吧!"

他不肯接受,说道:"我们不接受任何人的礼物。凡是碰上落在海里的人和困在荒岛上的人,我们都尽力搭救,并供给他衣服和饮食,送给他生活费用。我们做这些事,全是为了使真主满意,不需要报酬和感谢。"

我万分感激,衷心地为他祈祷。

我们经过了一个个海岛,越过了一座座城市,最后到达巴士拉。在那里停了几天,我返回巴格达。我和亲人们见面言欢,共叙离别之情。从此,我乐善好施,扶助孤寡穷人,又开始了从前的愉快生活。

这就是我那奇特的第四次航海旅行。明天,我将给诸位讲述我那惊险的第五次航行,希望朋友们都来听。

像往常一样,航海家邀请脚夫共进晚餐,然后赠他一百金币,送他离去。

次日,脚夫准时到来。吃过饭,航海家又开始了他的精彩讲述。

第五次航行

朋友们,你们已知道,我生性酷爱旅游、经商和冒险,尽管途中遇到过许多困难,甚至有几次几乎丧命,但我仍然不肯罢休。

每当我旅游归来,休息久了,就感到空虚,无所事事。朋友们频繁的拜访和邀请,丝毫打不起我的精神,反而引起我的反感。我仍然渴望着旅游、经商,渴望着了解各地的风土人情,并与异乡人交朋友。

于是,在这种情感的支配下,第四次航行归来不久,我又准备第五次航行了。我买下了一批贵重的商品,把它运到巴士拉。那里停泊着一条全新的大船,我见了非常喜欢,想把它买下。我向船上的水手打听船的主人,他们指给了我。我与船主商议,他同意把船卖给我。于是,大船变成了我的私有财产。我雇了一个船长和一批水手,将货物运上去。这时,又来了许多商人,想搭船,双方办了手续以后,大船便扬帆起航了。

大船一帆风顺地向远方驶去,我的心中无限欢畅。一路上,我们经过了许多港口和海岛,生意十分兴隆。

一天,我们来到一座荒岛,一幢白色圆顶建筑物引起了大家的好奇,我们决定上岸去看个究竟。

商人和水手们都争先跑到岛上去了,我留在最后。一会儿,一个水手转来,对我说:"快去看看吧,主人,那个白色建筑物好奇怪,没有台阶,也没有门窗,简直不知是个什么东西。"

我走近一看,原来是个神鹰蛋。还没容我说话,一些人就拿石头将蛋砸了一个窟窿。液汁从里面流出,露出一个雏鹰来,我大声呼喊:

"住手! 不能这样干! 否则神鹰会来伤害我们的!"

他们不听,继续蛮干,把雏鹰从蛋中拉出,割下它的肉。我看着,心里十分担忧,因为神鹰到来时,肯定会给我们带来祸患。

果真,一会儿太阳突然不见了,周围变得一片昏暗。我举头仰望,只见一只巨大的神鹰,正振动宽大的翅膀,向下扑来。我立即向旅客们高喊:

"快上船! 快上船!"可是他们不明白我的话,反而嘲笑我。这时,空中的神鹰猛然发出雷鸣般的叫声,人们被吓得张皇失措,这才跑上船来。我冲着船长和水手大喊:

"快把船驶到海上去!"

大家齐心协力,将船驶向远处。神鹰一定是发现了它那被打破的蛋,这时发出声声凄厉的鸣叫。随着叫声,出现了另一只神鹰。两只鹰一齐向我们飞来,在船的上方盘旋,嘴里不断发出震耳欲聋、撼人肺腑的鸣叫声。我们被吓得魂飞魄散。

神鹰追了一会儿,又飞回去了。我们以为灾难已过,便放下心来。可是,正当我们自鸣得意时,两只神鹰各自抓着一块巨石转回来了。我们十分惊骇,但又毫无办法,只能眼睁睁地望着它们。一只神鹰飞到我们上方,对准帆船扔下巨石,船长眼疾手快,突然转动船头,巨石掉进离船一指远的水里。海上顿时掀起狂澜。帆船东摇西摆,几乎被打翻。我们紧张地屏住呼吸。这时,另一只神鹰也扔下石头。不好! 正中船头。帆船顷刻破裂,我们被掀入水里。接着,无情的海水便把人们吞没了,冲散了。

我奋力搏斗,抓到一块船板。不远处出现一座小岛,浓密的树木隐约可见。我拼足力气向它划去,终于登上了海岸。我躺在沙滩上歇息,身旁的大海翻着波浪,海风吹来,我突然感到一阵寒意,连忙站起身在岛上走动。

这是一座像伊甸园一样美丽的小岛:茂盛的树木,潺潺的小溪,百花争放,百鸟鸣唱。我见树上挂满果实,便采摘一些充饥。晚上,找不到合适的栖身之地,我便在草丛间躺下。可是我一直心绪不宁,唯恐有什么野兽或毒蛇来侵害我,所以压根儿就没有闭上眼睛。

天亮以后,我继续在岛上游荡。突然发现林中有一个泉眼,旁边有一条人工挖成的小溪。我很惊奇。当我抬头看见坐在溪对面的一位老人时,更是诧异。他腰间系着一条用树叶制成的外衣,浑身肮脏不堪,头发又长又乱。

"这准是和我一样在海上遭难,后来流落到岛上的人。"我边这样想边走近他,向他问候。他点点头,没有说话。我说:"老人家,您为什么坐在这里?"

他阴郁地摇摇头,向我打个手势,意思是要我把他背到小溪的另一边去。我可怜这位瘦弱孤独的老人,为他的病容所打动,尽管我已疲惫不堪,浑身无力,但还是咬牙背起了他。我将他背到小溪对岸他所指的地方,对他说:"老人家,慢慢下来吧!"谁知他攀住我的肩膀,坐在我的肩头,两腿夹着我的脖子,再也不下来了。我低头看了看他的双腿,发现它们像水牛腿一样又黑又臭。我感到一阵恶心,想把他从肩上甩下来,可是他越发使劲地夹着我的脖子,使我几乎透不过气来。我浑身颤抖,满脸流汗,喉头发干,终于晕倒在地。他放松两腿,在我的前胸后背一阵猛打。待我苏醒过来,他又骑上我的脖子。他命我把他带到结满果实的树林里去,我只好服从。他选最好的水果吃,吃完又命令我把他驮到别处。我稍有迟缓,他便拳打脚踢。

　　我在屈辱中过了许多天。这个恶魔白天黑夜地骑在我的肩头,一刻也不离开。如果他困了,便双腿紧紧夹住我的脖子睡上一会儿。片刻后他就醒来,一阵踢打,把我赶起,带他到他指定的地方去。这个家伙心毒手辣,丝毫没有怜悯心,我本想好好顺从他,博得他的满意,以便他在高兴时从我脖子上下来。谁知他却根本没有良心,不仅骑在我脖子上吃喝,而且还在上面拉屎撒尿。我后悔当初对这个老头子行善,非但没有得到什么好处,反而遭到坑害。唉,只好听天由命吧!

　　一天,我驮他到了一处生长南瓜的地方,其中有些瓜已经熟了。我看着周围许多又圆又大的南瓜,心中油然升起一个念头:"我要用它摆脱困境!"于是,我捡起一个最大的熟瓜,掏去瓜瓤,带到葡萄树下,摘些葡萄,挤成液汁,放在里面,然后盖上口,放在阳光下曝晒。每天我都要到那里去看一看,老家伙见我对南瓜如此感兴趣,便问我原因。我说:"这些葡萄汁,如果一旦酿造成功,人喝下去,会解除身体疲劳,变得强壮有力。"他听了很高兴,说:"酿成后,我和你一起喝。""好吧!"我说,心想:正中我的下怀!

　　酒酿成后,我端起南瓜,放到嘴边,做出痛饮的样子,实际上我只润了润嗓子。老家伙命我把瓜给他,他接过去,一饮而尽。只消一会儿工夫,他便在我脖子上晃了几晃,失去知觉。我把他扔在地上,紧紧地盯着他,几乎不相信自己已经获得了自由。

我怕他苏醒过来危害我，便从林中找来一块大石头，对准他的脑袋砸下去。恶魔顿时头骨崩裂，血肉横飞，一命呜呼。

从此，我自由自在，轻松愉快地在岛上生活，饿了吃野果，渴了喝泉水，没事便在海滨徘徊，等待过往船只，希望有船把我带回家乡。

在荒无人烟的孤岛上，我望眼欲穿地期待着，期待着。终于有一天，一只帆船破浪驶来，停在海滨。旅客们舍舟登岸，来到岛上。他们见岛上风光美丽，高兴得大声欢笑。我见到他们，像一个久别亲娘的孩子一样跑过去，拉住他们的手。他们把我围在中间，问长问短。我将遇难的前前后后告诉他们，他们听了不胜惊讶地说："骑在你脖子上的那个家伙叫海老人，被他骑过的人没有一个能活命的，你算是例外呢！"

他们端上饮食给我吃喝，拿出衣服给我穿。然后，我带他们在岛上周游。和他们在一起，我感到快乐，不厌其烦地解答着他们的一切问题。

后来，他们把我带到船上，邀我同行。

船在茫茫的大海上航行了几昼夜，来到一座屋宇高大的城市——猴子城。

这里，每幢房子的门窗都面向大海。据说，每到夜晚，城里的人们都走出家门，到船上或小艇中过夜，怕附近山上成群结队的猴子跑进城里伤害他们。

我受好奇心的驱使，决定进城参观游览。可是当我归来时，船已经开走了。我一屁股坐在地上，大哭大喊，无限悲哀："该死的猴子城，我诅咒你！"

正当我骂街时，该城的一个居民走来问我："先生，你是外乡人吗？"

"是的！"我说，"我是个可怜的外乡人，乘船到海外经商，路过此地时到城里参观游玩，可是回来后船却开走了。"

"别着急，跟我来，到我船上去吧！如果你总是待在这里，晚上猴子会来伤害你的。"

"好吧！"我爬起来，随他到了一条船上，里面已经有许多人。

他们把船开出离岸大约一海里的地方，我们就在那里过夜。第二天早晨，船载着我们回到城里，人们各自散去。晚上依然如此。

一天夜里，我又来到船上，同船的一个伙伴问我："先生，你是个外乡人，在这里是靠手艺吃饭吗？"

"不，我不懂手艺。我本是个生意人，曾自备一条大船到各地经商，但中途遇难，全舟覆没，幸亏有真主的暗中帮助，我才活命。我想回到家乡去，可又身无分文，不能动身。"

"不要急，先生，我给你找一桩事情干干。"

早晨回到城里，他送给我一个袋子说："拿着这个袋子，跟人们去捡石头吧，我会让他们照料你的。你看他们怎么干你就怎么干，这样你就可以挣钱养活自己，而后就可以考虑回家了。"

他陪我到了郊外，那里有许多人在捡石子。他把我介绍给他们："这位是个外乡人，他在城里没有工作，让他跟你们捡石子吧，挣些钱好活命。请诸位照顾一下，真主会报答你们的。"

"欢迎，欢迎。"人们说。

我们边捡边往前走，当我们走进一个山谷时，袋子已经满了。这是一个宽广的山谷，谷中密密地生长着许多高不可攀的大树，树上群居着无数只猴子。猴子见我们到来，爬上树去躲避，伙伴们拿出袋里的石子向它们打去，猴子们模仿他们，摘下树上的果实向我们扔来。我捡起猴子投来的果实一看，原来是椰子。

这倒是一个好办法！我也学着伙伴们的样子，选了一棵猴子多的大树，抓起石子向它们扔去。我不停地扔石子，猴子也不停地扔椰子，一会儿我周围就聚集了一堆。袋子里的石子扔完了，我就把椰子装了进去。

我们满载而归。我兴奋地去找那个介绍我干此事的朋友，并把拾回来的椰子送给他。他递给我一把钥匙说："这是我家一个房间的钥匙，你选些好椰子放在里面，待回家时带走。其余的椰子你就拿到市场上去卖吧！"

我感谢他的好意，按照他的话做了。

从此，我每天都和人们到野外去，捡石子，打猴子，收集椰子。人们对我都很好，关心我，照顾我，把猴多果密的大树让给我。

日久天长，我积累了许多椰子，赚了一大笔钱。除了购买一些日用品外，其余的我都储存起来。

终于有一天，我积累的椰子够装满一船了，我想我可以回家了，于是去找那位朋友，将我的打算告诉给他。他高兴地说："你想得对，朋友！"

我衷心地向他致谢，然后与他握手告别。我将椰子运到海滨，搭上一条船，当天就起航了。

帆船乘风前进，经过了许多城市和岛屿。每次停泊，我都到岸上去卖椰子，或用椰子交换其他商品。我在一个岛上与一些商人换了许多桂皮和胡椒。听他们说，这座岛上，胡椒树成林，胡椒挂满枝头，每串胡椒上都有一片叶子，下雨时为胡椒遮雨，雨一停叶子便倾倒在侧面。我们还路经了一座名叫"阿斯拉特"的海岛，岛上盛产檀香，本地人称之为古玛尔檀香，香味浓郁，价钱便宜。后来我们又经过一个大岛，它以盛产中国檀香驰名，质量比古玛尔檀香还好。我们还路经了一个采珠场，我给正在水里捞珍珠的人们一些椰子，对他们说："凭着我的运气，请给我捞一把吧！"他们果真给我捞上许多名贵珍珠,捧到我面前对我说:"先生,你好运气啊!"

不久,我们到达巴士拉。我迫切希望见到亲人们,于是又很快回到了巴格达。亲人和朋友们见我凯旋,兴奋至极,都跑来向我祝贺。我将此行赚得的钱,一部分储存起来,一部分拿出来救济贫苦无靠的乡亲和孤儿。

不久,巨大的利润和他乡的奇光异景又诱惑得我坐不住了,我又萌发了旅行的念头。明天,我将把第六次航海的经历讲给诸位朋友们。

晚饭端上来了,朋友们共进晚餐。饭后,脚夫辛伯达照例拿着一百金币愉快地回家去。

次日,朋友们听了这样一个故事。

第六次航行

弟兄们,第五次航海归来后,我安静地生活了一个时期。一天,我家来了一伙客商,风尘仆仆,倦容满面。我与他们攀谈,听他们讲述旅行的艰辛和旅途中的经历。他们的谈话又唤起了我对广阔天地、异国风光的向往。于是我准备做第六次航海旅行。

我先将货物用船运到巴士拉,到达的当天便见港口停着一条大船,上面已有许多商人和其他乘客。我将货物运上去,船就起航了。

碧海连天,风和日丽。我们的货物一路畅销。每到一地,居民们就蜂拥而至,很快我们的货物就被抢购一空。大家赚了许多钱,都很高兴,为这罕见的顺利欢呼。不久,货物卖完,我们上船回家。

可是在返航途中,海上突然刮起狂风。船航行了几天也不见大陆的踪影。一天早晨,船长的叫喊声突然把我们惊醒,我们赶紧跑到他面前。只见他无限悲哀,抬头环顾一下闪着惊异目光的众人说:"大伙应该知道,由于大风,我们迷失了方向,现已进入一个陌生海域。如果真主不挽救我们,我们就完啦!现在让我们一起祈祷,求真主拯救吧!"

于是大家跪下去,向万能的真主祈祷,求他给我们指引一条正确航道,保我们平安。

可是真主也无能为力了。呼啸的狂风迅猛地将船吹向前去,一会儿便把我们吹到一座高山前。同伴们紧张地闭上眼睛,发出令人胆战的呼叫。船长大喊停船,可是船在狂风下失去了控制,以惊人的速度向前挺进,如同山上有磁铁一般。片刻以后,耳边传来木船撞击礁石的隆隆巨响,只觉得脚下一阵摇晃,船头撞坏,渗进水来。我们惊恐万状,互相搂抱在一起,接着又是一声巨响,帆船四分五裂,我们被抛入海里。一些人靠着帆船的残骸划到岸边,一些人顿时被浪涛吞没。划到岸边者紧紧抱住岩礁,其中幸运者得以活命,不幸者则又重新被浪涛卷入漩涡。最后,一船人只剩下一小部分幸存者。

我和一些人被海浪推涌到山脚下一个小湾里。山脚很宽广,那里堆积着许多帆船的残片和旅客的行李,大约有几十条船曾在这里遇难。

我们走上海岸,坐在岩石上休息,商量下一步的行动。没有更好的办法,只有到山上去看一看了。

所谓高山,实际上是一座荒岛。我们边走边四下观察,发现岩石间有许多耀人眼目的东西,仔细一看,竟是金币、珍珠、首饰等物,还有货物箱、

布匹箱等大件东西。在这些东西中，我们意外地发现了食品箱，大家异常高兴，可是打开一看，已有一半发霉，那些还能吃的，我们就用来充饥。

在岩石间，我们还发现一条清澈的泉水，从山的高处蜿蜒流下，又消失在岩石间。泉水的河床中闪耀着各色珍珠。我们还看见一条小溪里有龙涎香①，当阳光强烈时，龙涎香就变为液体，太阳消失，它就像蜡一样凝固在一起。

龙涎香变为液体流动时，散发出一股馨香，气味浓郁，很远就能闻到。龙涎香漂浮在海面上，海中动物闻到香味，吞入肚中。进入肚中的龙涎香对肠胃刺激很大，海中动物感觉难受，又将龙涎香吐出。吐出的龙涎香变了颜色、性质和形状，成为固体，后被浪涛冲到岸边，游人或客商捡到，拿到市场上会卖大价钱。

我们在荒岛上还发现了各种沉香，有中国沉香、格玛尔沉香以及许多叫不上名字的品种。

每当我们发现珍珠宝石或贵重首饰时，并不感到高兴，我们更希望碰到食品箱或粮食箱，因为那里面的东西能救我们的命，而任何奇珍异宝在这荒凉之地都失去了它们在市场上的价值。所以我们在宝石上行走，在珍珠上坐卧，一点儿也不觉得可惜。

我们尽最大的力量收集那些被海水冲上岸和在海中漂浮的、容易打捞的粮食和食品。我们决心每天收集一点儿，因为只有这样才能维持生命。可是伙伴们的身体很快就难以支持了，不久便一个接一个地死去。我们活着的人将他们的尸体用海水洗净，用从海中捞上来的衣服包裹起来埋葬。只有几天的工夫，我们就所剩无几了。可是这几个人又突然患了一种肚痛病，上吐下泻，饭水不沾，很快又一个个倒在地上，起不来了，就像秋季从树上飘落下来的枯叶，永远失去了生命。最后就剩下我一个人了，我挣扎着把伙伴们洗净、埋掉。我顾影自怜，忍不住伤心哭泣。伙伴们都安息了，而

---

① 龙涎香是抹香鲸肠胃的病态分泌物，类似结石，从鲸体排出后漂浮于海面，或被冲上海岸而取得，是极名贵的香料。

我,还将继续遭受折磨,如果死了,尸体还会被鸟兽啄食。这太惨了! 于是我想了一个办法——为自己挖一个坟墓,当感到身子不能动弹时好躺进去。这样,风沙就会把我盖住,我就可以像同伴们一样在墓中安息了。

这样想着,我便挣扎着在伙伴们的坟旁挖一个坑。几天以后,坑挖好了,我便安静地等待末日的来临。

我躺在坑旁,脑子里禁不住胡思乱想:

"我的家乡在哪儿? 我的亲人在哪儿? 我想念他们! 今日我落得如此地步是多么可怜而又愚蠢啊! 我为了钱财,贪得无厌,离乡背井,到处周游,可是如今身旁宝贝堆积如山,又有什么用? 现在我最需要的是面包,是水,哪怕一点点! 它们比珍珠宝贝更值钱。唉,如果我能赤身裸体地躺在家乡,身边哪怕只有一块面包、一碗白水也知足了!"

我将手伸向空中,用恳求的声音祈祷:"我主,您对我一贯是仁慈的,当我身陷绝境的时候,当我一筹莫展的时候,您都向我伸出了援助之手! 我主,这次也希望您能解救我啊!"

我坐起身,眼前是一条沿崎岖山路蜿蜒而下的小河,清清的流水忽而出现在岩石中,忽而隐没在树丛间,淙淙的水声伴随着林间悦耳的鸟鸣,汇成了一首和谐的、优美的大自然乐章。

美丽的景致迷人耳目,令人陶醉,可是我没有一点儿心思欣赏,因为我的归宿还不知在哪里。

猛然,我的头脑中产生一个奇异的念头:这条小河流向哪里? 它最终定要流到山下,注入大海,我为何不把自己置身于这条小河中,随湍急的流水而下。要么得救,要么死于水中,总比在这里不死不活地等着末日降临好得多。

一刻也不迟疑,我跃身而起,收集了一批中国沉香木和格玛尔沉香木,用从破船上找来的绳子将它们捆扎起来,然后又在上面铺了几块船板,制成了一条小筏子,又用两块短板制成两支船桨。

我没有忘记那些堆积如小山的金银、首饰、珍珠和宝石。我先将筏子推入河里,然后放上宝物,随即就出发了。

筏子顺流而下,行了一程,进入一个山洞。里面漆黑一团,什么也看不见。小筏子继续向前走,水道越来越窄,伸手可触到岸上的岩石。我胆怯地瞪大眼睛,心里暗道:小筏子如果被卡在岩石间,可就糟了!

我下意识地看看四周,想寻找一条出路,可是一丝亮光也没有。我稍微抬了抬头,脑袋就碰到了山洞顶。我吓了一跳,赶紧把脸贴在筏子上。我想,任凭它走吧,是祸是福只好听天由命。于是我闭上眼睛,双手捂住脸,趴在筏子上。小筏子继续走,忽而快,忽而慢,忽而撞在岩石上卡住不动,忽而又畅通无阻了。

不知过了多长时间,我感到河面似乎宽阔了,山洞也好像高起来,心中一阵喜悦。可是突然间山洞又变窄变小了,洞顶低得几乎贴近水面,我又再度悲哀起来,将身体紧紧贴在筏子上。

不知道我是醒着,还是睡着了,或是昏迷了过去,总之我已分辨不清黑夜与白天。当我睁开双眼时,我惊奇地发现,周围一片光明,头顶是蔚蓝的天空,身旁是绿色的原野。我简直糊涂了,心想,我是醒着,还是在梦中?这是事实,还是臆想?

我抬起身,审视着四周,不远处有一条小河,我的筏子被拴在河滩的一个木桩上。我躺在上面。我的身边站着一群人,指手画脚地在说什么,他们好像是印度与埃塞俄比亚的混血种。

人们发现我醒了,都挤过来和我说话,可是我一点儿也听不懂。他们的语言对我来说是那样陌生。我想,我可能就是在做梦,梦境里经常出现这样的情景。

这时,一个人拨开人群来到我身旁,操着标准的阿拉伯语向我问候:"你好,兄弟!"

"你好!"我回问一声。

"你是谁? 是怎么跑到山这边来的? 要知道,从山那边到这边来根本没有路,也从没有人来过。"

我挣扎着想坐起来,那人扶了我一把。

"你们是谁? 这是什么地方?"我问。

"兄弟,我们是庄稼人,是来田地里浇水的。刚才,我们见你睡在这条筏子上,顺流而下,便拉住它,系在岸上,等你醒来。告诉我们吧,这是怎么回事?"

我将目光投向稍远的地方,那里有一带巍峨的山脉,一条河流从岩石间曲曲弯弯沿山而下。这时,我才真的清醒了。啊,我摆脱那黑暗的山洞了,真的得救了!

我望着那男人说:"真主保佑您,先生!您先给我拿点吃的东西,我都要饿坏了,我的内脏几乎都要互相吞吃了。我吃饱后,可以回答您的任何问题。"

他很快给我拿来食物,然后和几个人把我从筏子上扶下来。我坐在河岸绿油油的草地上狼吞虎咽。我想当时的样子一定很可怜,因为我看见周围的人都用怜悯的眼光望着我。

我吃饱了,立刻觉得浑身有了活力。我向人们讲述了我的奇怪经历和惊险遭遇,并着重描绘了刚刚脱离不久的那个黑乎乎的山洞。围着我的人,多数不懂阿拉伯语,于是懂的人向不懂的人又重复一遍。人们都很惊奇。一会儿,一个懂阿拉伯语的人对我说:"我们想把你带进城里,把你的事呈报给国王。"

"好,就照你们的意见办吧!"

于是,他们帮我抬着一筏子宝贵财物,簇拥着我向城里走去。

这是赛伦迪卜岛上最大的一个城市。在地图上,赛伦迪卜岛位于印度南部,正在赤道线上。它的一个白天和一个黑夜各是十二小时。海岛全长五百公里,宽二百公里,四周群山环绕,中间是一个土地肥沃的山谷。这座岛上盛产钻石和各种稀有矿物。

海岛的山谷中、群山下,还长着许多高大的树木,它们的干、叶、花和果都可以加工为香料。这里的商人经常把香料运往我们的国家;这些香料销路很好,商人们可以从中获得极大利润。

我来到的这座城市里的居民用大象作为运输工具和乘骑,他们用大象拉车、驮东西和干一些我们这里用马、骡子和驴干的活儿。

　　这座城里的国王饲养着一头白象。每次骑它,他都要给它披上一件白绸子的绣有金银条的衣衫,并在它的颈上、两眼间、耳朵旁、牙齿上各挂一颗钻石。这位国王每次出巡,队伍都是浩浩荡荡的。他骑在象背上,身后是一群文武官员。百姓看见他,都要给他叩头致意。

　　那天,人们把我带进王宫,向国王报告了我的来历。国王很热情,会讲一口流利的阿拉伯语。互道寒暄后,他和善地问起了我的出身、家世和经历。我从头至尾向他讲述一番,他非常惊奇,祝贺我脱离险境。

　　坐了一会儿,我请求国王允许我出去一趟。片刻后,我从筏子上取来部分珍珠宝石,作为礼物赠送给他。国王高兴地接纳了。随后,他设盛宴款待我,并在宫里为我安排一套舒适的房间。

　　不久,我便与一些皇亲国戚和名流学者混熟了,并且结识了许多外国使者。我的经历在城里传为新闻,一些人听说了,觉得好奇,都纷纷找上门来听我讲述,我也不推辞,将所见所闻讲给他们听。

　　一天,我与国王闲坐,国王问起了我的国家、那里的人民、统治制度、社会状况、生活水平以及人民与统治者的关系。我便向他介绍了巴格达:她悠久的历史和文化,美丽的景致和繁华的街道,雄伟的宫殿和大厦。我告诉他,巴格达是伊斯兰教的中心,哈里发在那里执政,他法度严明,管理公正,打击强暴,保护弱小,接济鳏寡孤独,关怀灾户难民。

我还告诉他,哈里发知识渊博,趣味广泛,尤其酷爱文学,经常对文学家及其作品做出评价,还经常把文学家邀进宫里,与他们讨论和争辩问题。

对于进谏者,哈里发格外尊重,并认真对待他们的批评和劝诫,有时甚至感激涕零。

我还告诉他,哈里发手下有一批阅历丰富的大臣为他出谋划策,地方上有许多称职的省长和司法官员管理。

巴格达的人民生活十分富足,没有一贫如洗的穷汉,也没有家藏万金的富翁,他们并不十分看重钱财,靠自己的双手和虔诚的信仰去获得幸福和安乐是他们最大的满足。人们敬仰、拥戴哈里发,甚至把他比作父亲,诗人们连篇累牍地赞颂他,宗教人士反复地为他祈福,这一切并不是没有原因的。

我滔滔不绝地给国王讲着,讲了好长时间,他津津有味地听着,如同听讲一个有趣的传奇故事。我刚讲完,国王便发表议论,说我讲的一切对他今后治理国家很有启发。他说:"你们的哈里发是一位英明伟大的君主,我打算送给他一批礼物,表示我对他的敬仰与钦佩。当你离开敝国时,我希望你能把礼物带给他。"

"遵命,陛下,"我说,"如果方便,我愿将礼物替您转送给哈里发,我将把您的问候与对他的敬佩一并向他转达。"

过了些日子,有一天我听说城里有人要乘船到巴士拉去经商,立即跑去见国王,向他申述了自己想搭船回家的愿望。他说:"你先不要这样急,再住些日子吧,你会感到快乐的。倘若你真的要走,我们也要保证你的安全。"

"陛下,您已给予我极大的恩惠与关照,对此我终身不忘。您是我一生中最好的朋友。可是我已远离祖国很久,我十分想念我的家乡和亲人,希望陛下允许我回去。"

"听了你的话,我深受感动,只有那些具有高尚情操和品德的人才能如此热爱、忠实于自己的祖国,也只有这样的人才能靠自己的双手使自己的国家从各方面日益强大起来。"

国王终于同意我回家。他亲自接见了水手和乘客们,叮咛他们一路上要多多关照我,并为此送给船长许多钱。然后,国王送给我大批珍贵礼物,还要我把他早就为巴格达哈里发准备好的礼物带走。

我依依难舍地告别国王和其他朋友们,登上了帆船。

船长是一位阅历丰富的勇士,对大海和船只非常熟悉。他亲自掌舵。我们从一个海到一个海,路经许多岛屿和城镇,最后平安到达巴士拉。我谢别水手们,踏上了阔别多日的国土。我多么激动啊!

我在巴士拉停了几个小时就搭船去巴格达。下船后我直接进了王宫,将赛伦迪卜国王带来的礼物呈送给哈里发,并向他简单地叙述了这段经历。

我回到家里,亲人们无比高兴。我设宴招待父老兄弟,解囊接济穷苦百姓,乡亲们都为我祝福。

几天以后,哈里发派使臣把我找去,详细地询问那份厚礼的来历、去往那个国家的路线以及我去那里的原因。

我说:"穆民的领袖,我不知道去那个国家的路线。当初,我乘的船在一座高山附近遇难,我们被困在山上。后来同伴们相继去世,只剩下我一个人。我自造了一只筏子,顺着山上的河水漂流而下,不知怎么的就到了那座城市。当国王问起我国的国政时,我将您的治国策略向他讲了一番,他对您的英明和伟大非常崇敬,故托我给您带来礼物。"

哈里发很高兴,对我格外赏识,并令史官将我的故事记录下来,载入史册,留给后人阅读。

明天,我将把第七次航海旅行讲给诸位听,那是极有趣的。

饭后,航海家又给脚夫一百金币。

次日,像以往一样,朋友们又聚集在航海家周围,聆听他那引人入胜的讲述。

第七次航行

兄弟们,由于长期在外,我已养成了好动的性格。我在家刚住下不久,就又想去旅行了。亲人和朋友们都来劝我,说生活这样美满就不要再自找苦吃,该安居乐业了,说如果我闲不住,可以教育孩子或者为乡亲们做点有益的事情。总之,他们想尽办法阻止我。可是我丝毫听不进去,决意再做第七次航海旅行。

我置办了商品,带到巴士拉。那里正好有船,我们乘了上去。

天气晴朗,和风阵阵。我们的商品很受沿途一带海港和城市居民们的欢迎。我们又随时采购了一些其他商品,准备到别处去卖。

帆船继续航行,最后进入中国海域。

一天,正当我们坐在船上海阔天空地聊天时,海上突然刮起风暴,浪涛顿时涌起,劈头盖脸地向我们打来。帆船变得如同一只皮球,在浪涛中时浮时落。接着,天空像打开了闸门,滂沱大雨倾盆浇下,而且越来越大。天空似乎就要裂开,大海似乎就要爆炸。

听着呼啸的风声和雨声,看着山一样高的惊涛骇浪,我们顿时惊呆了。因为这一变化太突然了。过了一会儿,我们才如梦初醒,将所有能遮雨的东西都盖在了货物上。

我们的船长似乎发现路线不对头,连忙脱下衣服爬到桅杆上左右眺望,几十双眼睛紧紧盯住他,他的每一个表情,每一个手势仿佛都牵着大家的心。

我们失望了。当船长的目光从高处投向我们时,从他那饱含痛苦和为难的眼神中我们就知道,事情不妙了。

船长悲哀地、结结巴巴地对大家说:"乘客们,让我们衷心地祈求真主解救吧,我们的船已被大风吹得走错了方向,到了一个不知名的地方。据说,谁要进入这个地区,谁就休想再活着回去。大伙互相道别吧,死亡是无法避免的了。"

船长滑下桅杆,脸色蜡黄。他噔噔地跑向行李箱,从里面拿出一个袋子、一把香灰似的土和一瓶水。他看了看这些东西,然后放在鼻子处闻了闻,深深地吸了一口气。接着他又从箱子里拿出一本书,打开看了几页,继而转向众人。我们都围在他身旁,紧张地注视着他的一举一动,谁也不知道他要干什么。

船长用颤抖的声音语无伦次地说:"弟兄们,告诉你们,这部书里记载着一件奇怪的事情,说明凡是流落到此地的人必死无疑,无一幸免。这个地方有一处圣地,圣苏莱曼·本·达伍德就葬在此处。这里还有巨大无比的鲸鱼,食量很大,凡是在此经过的船只,无不被它吞食。"

听了船长的一席话,我们惊恐万状,不知所措。这时,一个巨浪打来,把船推向空中,接着又以闪电般的速度把船摔下。突然,一声雷鸣般的吼声从海面传来,我们吓得魂不附体,面无血色。只见远处一个黑乎乎的像大山似的东西向我们的船冲来,想必就是刚才船长讲的那种鲸鱼了。我们抱作一团,两眼紧紧盯着它。这时又出现了第二条、第三条,比第一条还大,冲出水面向我们游来。伙伴们知道就要离开人世,哭哭啼啼,互相诀别。

三条大鲸将船围住,大伙闭上眼睛,不愿看到死前的惨状。可是这时,船又被一个巨浪涌起,紧接着一声轰响,船撞上了暗礁。霎时,船板四处飞散,人和货物掉入水中。无情的海浪将船从鲸鱼嘴边夺走,又一口将船上的乘客连同他们的货物吞没了。

由于前几次旅行中遇到过类似的灾难,我已有了经验。这次,当我刚被抛入水里时,就死死抓住一块船板,任凭海浪腾起、跌落、晃荡,我总也不松手。

后来,我实在筋疲力尽,漂着漂着便昏迷过去了。但我仍然伏在木板上,双手紧紧握住它的两端。不知不觉间,我又苏醒了。此时天色已近傍晚,我饥肠辘辘,不知道自己的归宿在哪里。

这时,我想起了家乡和亲人,像以往遇难时一样,对此次旅行我无限后悔,反复自责贪得无厌的思想,可是后悔和自责都不能帮助我摆脱眼前的困境。

我在浪涛中又颠簸了一夜,尝尽了种种苦头。次日,眼前终于显现出了绿色的陆地。我惊喜若狂,奋力向它游去。海浪似乎被我的毅力所感动,一个浪头涌来,把我推到了岸边,接着又把我掀到了沙滩上。

为了摆脱大海,我向陆地上爬去。可是终因精力耗尽再也爬不动了。过了好长时间,我才恢复了体力,于是慢慢站起身向岛上前进。我的第一个念头就是找吃的,因为我的肚皮几乎和后背贴在一起了。

没行多远,我就看见一片结满果实的树林和几条奔腾的小溪。我吃饱喝足,顿时有了精神。于是,我开始在岛上漫步,寻找出路。在岛的一端,我发现一条水流湍急的大河,我突然记起了上次旅行的经历,还回忆起了那条把我送到人们中间的长河和我那只自造的筏子。对,我应再做一只筏子,乘上它,顺流而下。说不定它又会把我带到有人烟的地方,从而得救。

这念头在我脑际一闪之后,我就着手收集木料,然后用植物纤维拧成几条绳子,将木头紧紧捆在一起,制成一个筏子。我把筏子推入水里,在上面放了一些果子作为干粮,然后坐上去,顺水而去。

筏子连续漂了三天三夜。在这三天中,我从果树茂密的山冈出发,越过山山水水,来到一个无人烟无树木、只见杂草丛生的荒凉原野。后来我疲乏极了,便躺在筏上,闭上眼睛,不知不觉间沉沉地睡着了。

当我一觉醒来时,发现眼前是一座高山,河水穿山而过。我记起上次钻山洞时吃的苦头,便想停下来跳到岸上。可是水流得太急,很快就把筏子冲向山下,推入一个山洞中。洞中一片漆黑,我不知去向,只好祈求真主在冥冥中帮助我再次摆脱灾难。

感谢真主,筏子在洞中行了不久,我就望见一道亮光,接着便出了山洞。这时,河道出现了一个陡坡,河水急速向下倾泻,发出隆隆的巨响。只见河水穿过一条宽阔的山谷,谷中还有阳光,我还没有来得及转过头来观察河两岸,筏子已顺流直下,我紧张地用双手抓住筏子,生怕跌入水中。筏子一直这样前进着,我无法让它停住,也无法把握方向,只好任凭它载着我顺流急驰而去。水珠溅在我的脸上,模糊了我的视线;水声在山中回响,震得我两耳欲聋。过了一会儿,我感到有件像渔网一样的东西向我迎面扑来,我擦去眼上的水雾,啊!展现在我眼前的是一座美丽的城市,那里有许多房舍和高大的建筑。岸上人头攒动,都在对我指手画脚。

几分钟后,人们用网把我和筏子拉上岸,我奄奄一息地躺在人群中。一个上了年纪的男人走近我,我在半昏迷的状态中似乎听见他说,他代表人们欢迎我,并将我赞扬一番。然后,在旁人的协助下,他脱掉我身上的湿衣服,给我换上干衣服。只觉一阵温暖,我慢慢睁开眼睛,向老人和他的同伴们致谢,感谢他们把我从死亡中救出来。

人们纷纷询问我的来历,但老人制止了他们。他劝人们不要过急,待我养足精神,恢复体力,熟悉了环境,心情愉快时再讲给人们听。

老人要我跟他走,我站了起来,靠着众人的搀扶,随他去了。人们把我送进浴池,我痛痛快快地洗了一个澡,顿觉神清气爽。出了浴池,我随老人来到他家。老人与他全家竭诚款待我,为我准备了丰盛可口的饭菜,并让我坐首席。我吃饱喝足后,老人又为我腾出一间客房过夜。在他家,我自由自在,十分随便,他的仆人和使女也像对待主人一样侍候我。

在老人无微不至的关怀下,我的情绪逐渐安定下来,身体也逐渐康复。一天，老人对我说：

"孩子，你安全脱险后又恢复了健康，这使我很高兴。现在，你要不要随我去市场，卖掉你的货物？"

我惊愕地望着老人，心里莫名其妙，我哪里还有什么货物？这话又从哪里说起呢？

老人见我疑惑不解，不敢举步，又说："孩子，你不要犹豫，不要顾虑啦，就随我去市场看看吧，如果那里有人出的价钱合适，你就把货物卖掉，如果不合适，就把货物拿回来，暂且存在我的库房里，等以后有机会再卖。我们这里每年都有买卖季节，生意人将货物和商品摆在市场上，任凭顾客挑选购买。人们南来北往，有买有卖，十分热闹。非买卖季节，市场上的生意就比较萧条，现在就属买卖淡季。"

怎么回事？越说越离奇了，我使劲开动记忆的机器，也想不起自己有什么货物没被抛入海底而带在身边。我呆呆地站在那里，简直怀疑自己是在梦中。

犹豫片刻，我决定随老人去看个明白，于是我说："大伯，我一切听您的！"

我们到了市场，见一群人正围着一堆木料指指点点。原来是我的那只木筏子。人们已经把它拆开，将木料一根一根地码在地上，经纪人正在那里拍卖。他用响亮的声音说，这是上等的檀香木，每根都很值钱。这时我才知道，这个国家缺少檀香木料，而从他国进口又极困难，因此成了宝贝。

商人越聚越多，争相购买，价格增到一千金币就稳住了。老人对我说："孩子，你听着，这是目前的行情，这样的价格你愿意脱手吗？还是先存在我的库房里，等价格上涨时再卖？"

"大伯，我听您的。"

"孩子，这些檀香木我多出一百金币，你愿意卖给我吗？"

"好的，我就卖给您。真感谢您，大伯！"

老人吩咐仆人将檀香木运回家，存入库中，然后拿出一袋金币，放在一个箱子里，用锁锁好，将钥匙连同箱子交给我。

我在老人家里继续住着,一家人待我一直很好。日子久了我和老人的亲戚们逐渐熟悉起来。我从他们的口中得知,老人膝下没有儿子,只有一个女儿,正当妙龄,而且长得窈窕美丽。老人对她十分疼爱。

　　一天,我想着自己的事情,心头一阵苦闷。这里的交通极不方便,看来我很难返回家乡。好在老人像父亲一样关怀我,我心头才因此有一丝温暖。那么,我为何不和老人的女儿结婚,做他的女婿?这样不仅对我生活有好处,我还能借此报答老人的恩情。但是,老人会同意吗?会将女儿嫁给一个外乡人吗?我不敢求婚。日子一长,老人和他的亲戚发现我每日愁眉不展,若有所思,便询问其中原因。我托词说想念家乡,搪塞过去。老人的亲戚中有一个和我很要好,坚持要我把实情告诉给他。我被迫吐露了真情,他很赞同我的想法,决定去找老人商谈。

　　我的朋友找到老人,建议他把女儿嫁给我,老人欣然同意。他对我说:"孩子,你是个勇敢坚强的人,我把女儿嫁给你也就放心了。从此以后,你就是我的儿子,我的一切都是你的。假如将来你想重操旧业去航海经商或返回家乡,没人阻拦你。"

　　"大伯,今后您就是我的亲生父亲,我一切听从您的。"

　　于是,老人请来法官和证人,写下婚书,把女儿许我为妻。接着为我们操办婚事,大摆酒席,全城的人几乎都来道贺。

　　新婚之夜,新娘打扮得格外美丽。她身穿盛装,头戴珠宝首饰,明眸皓齿,含羞微笑,姿态极其妩媚。我心中非常欢喜。婚后,我们互敬互爱,生活得很美满。

　　可是老人刚刚完成心头最后一桩大事——给女儿找一个称心的、能够保护她的丈夫,便病倒了,接着就与世长辞了。我们为他举行了隆重的葬礼。

　　岳父去世后,我继承了他的遗产,财物由我支配,奴仆听我使唤。商人们还选我担任岳父原在商界的领导职务。我一跃而为本市有名望有地位的人。

　　但是,我还是想回到自己的家乡去,妻子也很支持我。她说:"父亲既已过世，我想，我们就不要住在这里了，还是回到你日思夜想的家乡去吧。"听了这话，我非常高兴，因为这正是我所想的。于是从第二天起，我就着手置办货物，变卖家产，准备行装。

可是我们等了很久很久，也没等到起程的一天，因为一直没有开往家乡的船只。

几个月过去了，又过了几年。我们等啊，等啊，海边留下我行行足迹，茫茫海面几乎被我望穿，可是仍然没有船来。希望之光越来越暗淡，最后几乎泯灭了，我只好竭力安慰妻子和自己，就在此生活下去吧，我们的余生已无多少年。

正在这时，城里有一伙人决定造一条大船，到巴格达去经商和观光。我听到这个消息，以极大的热情支持这一行动，并拿出钱来入伙。

经过努力，一条漂亮的商船终于制造成功。那天，我们将船放入海里，兴高采烈地庆祝了一番。随后，我们挑选了有航海知识、地理知识和气象知识的人作为船长和水手，便出发了。我的一家除了我和妻子之外，还有愿意跟随我们的男女仆人。

一路顺风，我们经过了无数岛屿和城镇，有我到过的，也有没到过的，买卖也很顺利。

不久，商船进入我所熟悉的海域，我们在离家乡不远的几个城市和海港经商、周游。这时，我是多么激动啊。我长叹一声：

"啊，终于结束了这一漫长的航海旅行！"

很快，我们到达巴士拉。在那里，我们没有停留，紧接着就登上了一条开往巴格达的船。在底格里斯河上过了一日，我们就到了巴格达——我日思夜想的家乡——和平城。

弟兄们，我不用说，你们也可以想到，我的归来使亲人们感到多么意外和高兴。他们本以为我和那次同行的其他伙伴一样，早就不在人世了。他们屈指一算，从我第七次航海航行之日起到回来，历时已有二十多年，比任何一次旅行花费的时间都要长。

我归来的消息很快传遍全市，人们成群结队地来到我的住宅，向我祝贺。我一一款待了他们,并送了礼物,还拿出一部分钱来接济穷人。

从此,我安下心来,抛弃了航海旅行的念头,因为我已上了年岁,深感身体欠佳,精力不足了。

当然,一个人吃饱了闲坐着总是会感到很无聊的,只有工作才能使生活充实,精神有所寄托。现在,我便在工作中排遣时间,寻找慰藉。我全身心致力于慈善事业,对于那些贫苦无靠的穷人、被恶人欺负的弱者以及鳏寡孤独者,我都极力相助。昔日航海经商赚得的钱财是我从事这一事业的基础。

航海家辛伯达讲完他的第七次航海旅行,转而问脚夫辛伯达:"现在,陆地上的辛伯达,你听完我的全部经历,还像当初那样看待我吗?"

"先生,我不了解情况,请您原谅。"脚夫不好意思地说。

"让我们一起祈求真主,使我们的晚年幸福如意吧!"

结 束 语

航海家辛伯达结束了他那神奇的旅行故事。他的朋友——脚夫辛伯达和在座的人听得专注入迷,每个人的表情都随着故事情节的起伏变化:开心处眉开眼笑,紧张处蹙额皱眉。航海家在茫茫大海上的奇特遭遇,在深山荒野中惊人的冒险以及他碰到的许许多多奇怪而又可怕的场面,如吃人的大蟒,山谷中的巨蛇,多如飞蝗的猴子,狰狞可怖的巨妖,风俗奇异的民族,无不牵动着在座每个人的心弦。当航海家宣布他的故事结束的时候,朋友们都为能够听到如此动人的故事而高兴。航海家则报以幸福的微笑。

而后,他唤来司库官,命他拿来一千金币,作为礼物送给他的新朋友,那个与他同名的穷脚夫,并对他说:

"朋友,你要知道,我给你讲的那些惊心动魄的场面并不能完全表达当时的情景。讲述是一回事,身临其境又是一回事。我遇上的许多风险,都是一般人无法忍受的。倘若我当时没有极大的忍耐力,没有积极战胜困难的决心,就不会有今天。当然,假如我安于平静,那么我只能是一个粗茶淡饭、穷家小户的平民。只有那些具有雄心壮志的人才敢于去冒险,去和困难搏斗,去赢得丰衣足食的生活。"

脚夫辛伯达听完这番话,激动地站起身,走到主人面前,抓住他的手深深地吻了一下:"先生,"他说,"您是真正的男子汉! 您使我懂得了幸福是由奋斗得来的,舒服是由受苦换来的。我衷心祝愿您长寿!"

航海家从脚夫的眼神中看出,这是发自肺腑的祝愿,句句话饱含着这位穷苦人的诚实和忠厚。航海家决定做脚夫的代理人,亲自支配他的钱财。脚夫欣然接受。

后来,两个辛伯达生活得非常幸福,他们互相忠诚,互相信赖,直到百年。

卡麦尔·宰曼

|

古代阿拉伯有个国王名叫山鲁曼,他的国家幅员辽阔,土地肥沃,国泰民安。他拥有庞大的军队,宫中婢仆成群,因而权势显赫,威震四方。但美中不足的是,他膝下没有子嗣。他为此很烦恼,担心祖传的王位无人继承。

一天,山鲁曼对他的宰相倾诉忧郁之情,宰相劝慰他说:"您虔心祈祷吧,真主会送给您一个聪明漂亮的儿子的。"

从此,山鲁曼诚心诚意地祷告,祈求安拉送给他一个能够继承王位的儿子。

不久,他的妻子果然生下一个男孩。山鲁曼给他起名叫卡麦尔·宰曼,意思是说,他在极优越的条件下诞生,将成长为一个性格刚强、头脑聪明、体魄健壮的男子汉。

当卡麦尔·宰曼年满十五岁时,果然成长为一个才貌出众、刚毅勇敢的青年。国王希望他早日完婚,以便登基继承王位。他想在他有生之年亲眼看见儿子成家立业。

可是卡麦尔却不同意父亲的意见,他说:"亲爱的父王,您不要因为过分宠爱我,便想让我早日享受您所认为的人生欢乐。在我的眼中,任何欢乐都有令人烦恼的一面。结婚固然能够延续子孙,传宗接代,可是也会给生活和事业带来许多麻烦。我不想结婚,也不希望您再提及此事。"

尽管国王对儿子的态度深感气恼,但还是耐着性子听他说完,因为他平日太娇纵他了。他想，也许他年龄尚小，还不大懂人情世故，等过些时候再说吧。

过了一年，国王把王子叫到跟前，和蔼地问："孩子，如果父亲要你去做一件有益于你的事情，你愿意去做吗？"

"我为什么不愿意呢？"卡麦尔·宰曼说，"服从您的命令是我的义务，孝顺尊敬您是我的天职！"

国王听了回答，心中很是欢喜，说："我不要你做别的，只要你娶亲。这样对你很有好处，婚后我便把王位传给你。我年纪大了，该休息了，我要在有生之年看你执掌国政，从中得到慰藉。"

"您不要让我做我力不能及的事情，父王！"王子说，"请原谅，在婚姻问题上我不能服从您。希望您尊重我的意志，从此不再提及这类事情。我从许多古书上得知，结婚只有害处而没有好处，英雄豪杰因婚姻而误大事者数不胜数，我不愿重蹈前人覆辙。父王不要再逼迫我了，倘若您再逼迫我，我便服毒自杀，我的命运就掌握在您的手里，该怎么办由您决定吧。"

国王竭力抑制心头的不快，没有动怒。他不愿因此事和儿子产生隔阂，他想还是心平气和地说服他为好。他去求助于宰相，宰相说：

"我认为这事最好再放一年，等来年的某一个时机，陛下可以把所有的大臣召进王宫，当众宣布王子的婚事。王子有碍于面子，必然不敢在众人面前违背您的旨意，这样您的目的就很容易达到了。"

国王听了，心中大喜，连声称赞说："你的主意太高明了！"

转眼就是一年。这一天，山鲁曼召集大臣会议。会上他对儿子说："你知道我是很疼爱你的，同时也处处为你着想。我打算让你接替我的王位，以便减轻我肩上的重担。你年富力强，精力充沛，头脑聪慧，目光敏锐。而我年事已高，执掌国政已力不从心。我想在瞑目离世之前，亲眼见你成家立业，所以我希望你不要辜负我的苦心，早日结婚，让我在有生之年尽享天伦之乐。在座的文武百官也都支持我的意见，他们希望你能欣然接受。"

卡麦尔·宰曼缄默不语。过了一会儿，他抬起头来说："父王，您曾就婚姻之事与我谈过两次，都被我拒绝。现您又提出，想迫使我在众人面前违心从命,您这就不免显得太幼稚了,简直像个老小孩。这是我自己的事,希望您不要再管。"

卡麦尔竟敢在群臣面前出言不逊,顶撞父王,这未免太失山鲁曼的面子,山鲁曼那颗高傲的心被震撼了,愤怒抵消了他对儿子的宠爱。他听取了宰相的意见,把卡麦尔关进一座古城堡的炮楼里。

侍卫们在阴暗的古炮楼里给卡麦尔·宰曼放了一张床,点了一盏灯,然后把他押了进去。这里幽暗得像地洞,寂静得如同坟墓。卡麦尔进去时已是傍晚,他吃完侍卫送来的晚饭,便做祷告,然后坐在床上诵读古兰经,直到瞌睡袭来时,才闷闷不乐地倒身睡去。

古城堡里有一口深井,女神麦姆娜在里面已居住多年,她是一个神王的女儿。

这天夜里约至二更时分,麦姆娜像往常一样从井里出来,在空中漫游。突然,她发现炮楼里有灯光闪烁,心里很是奇怪,于是便走过去看个究竟。在门口,她发现有一个侍卫在打盹,里面有一个男子正在床上酣睡。她走近床头细细端详,发现这是一个服饰华丽,容貌英俊的青年。可是他的家人为什么把他送到这样一个多年被人遗弃、鬼怪经常出没的荒凉之地来呢? 她百思不得其解。

卡麦尔·宰曼漂亮可爱的容貌深深地打动了女神,她很喜爱他,同时对他的处境也很同情。她自言自语道:"只要有我的保护,你就不会受到任何危害!"说着,她低下头,吻了吻卡麦尔便飘然离去。

正当她在空中飞游时,碰到了魔鬼达哈乃什。他很惧怕麦姆娜,每当碰见她都表现得十分驯服,因为麦姆娜是一个善神,恶魔在她面前不敢胡作非为。

"你刚才上哪儿去了?"女神问魔鬼。

"上中国去了。我愿把我在那里的所见所闻报告给女神。在中国的一座海岛上,我发现了一个当代最美丽的姑娘。她父亲是海岛的国王,拥有雄厚的兵力,统辖着无数个城镇。他非常疼爱自己的女儿,为她建筑了七座宫殿,里面装饰华丽,摆设齐全。公主轮流居住,每座宫殿居住一年,犹如云雀

翱翔于苍天。各国的帝王公侯百般奉承她的父亲,争相向她求婚,一概被她拒绝。后来她发誓,倘若她父亲再跟她提起婚事,她就以死来回答。

"国王对女儿的态度很是生气,不再允许她出入七座宫殿,并把她禁闭在一间暗室里,派了七个奴婢监视她,同时他致函前来求婚的各国帝王公侯,说公主得了精神病,已经变成一个白痴,现被关禁在暗室里,不再与外界来往。伟大的女神,您知道,我每天夜间在她睡下以后都去看望她,一直在暗中保护她。如果您有兴趣的话,可随我前去亲眼看一看,您一定会对她的美貌赞不绝口,对我的行为深感满意。"

"呸!不知羞耻的傻瓜!"女神说,"难道世间还有人比我保护下的那位王子更英俊美貌吗?他的情况与你那位公主的情况相似,也是因拒绝结婚而激怒了老王,最后被关禁起来的,我从来也没见过比他更可爱的人了。"

"您还是先和我去看看那位名叫白杜尔的姑娘再做定论吧,她的美丽是无法用语言形容的,您看见她就知道了。"

"指真主起誓,"女神说,"倘若白杜尔公主不像你说的那样美丽动人,我就把你打死或者烧死!"

"好吧!"

"我那位美男子离这里近,你先随我去看看他吧,他的美貌一定会使你目瞪口呆,或许并不需要我们再去看望你那位姑娘就能判出谁能夺魁了。"

"好,我服从您的命令。"

两人下到古炮楼里。女神揭开锦被,卡麦尔光彩照人的容貌立即呈现在他们面前。魔鬼达哈乃什说:"主上,他确实很漂亮,但我们只有在把两人做过比较以后才能做出判断。"

女神冷笑一声说:"去,你现在快把那位姑娘给我背来,让我比较比较他们到底谁最美,你慢了我就要你的命!"

"遵命。"魔鬼说,"不过我希望主上和我一起去,有您保驾,还能避免一些意想不到的麻烦。"

女神同意了魔鬼的建议,与他一道把白杜尔公主背到了古炮楼里,放在卡麦尔身旁。他俩比较了一会儿,还是各持己见,麦姆娜倾向卡麦尔,而达哈乃什偏爱白杜尔。两个争论不休,相持不下,只好另请高明。麦姆娜用脚跺了一下地面,立时从地里冒出一个独眼魔鬼。他叫格式格式,长有七只触角,四条尾巴,掌如狮爪,腿如象腿。他在麦姆娜面前吻了地面,问她有何吩咐。

"格式格式，"女神道，"我现在叫你来是让你给我和达哈乃什做个裁判。"接着，她把两人的分歧对格式格式讲了一遍。

格式格式左右端详了一番，叹口气说："他们两人的相貌就像一个人和他在镜中的形象一样难以分辨。依我之见，我们不妨把他俩分别弄醒，看看彼此见到对方时的反应，谁对对方最有魅力，谁就是最漂亮的。"

麦姆娜和达哈乃什欣然赞成。

达哈乃什立即变为一只跳蚤，在卡麦尔的脖子上狠咬一口。卡麦尔被咬醒，猛然发现自己身旁睡着一位美貌无比的姑娘，青春的血液立刻在他体内奔腾起来。他又是惊讶，又是赞叹，自言自语道："光阴如箭，从我第一次拒绝父亲至今已有三载。在这三年间，不仅我自身的利益受到了损害，还使父王在众臣面前丢尽脸面。我对父王的态度太不应该了，头脑太不冷静了，脾气也太暴躁了，以致人们都以为我不孝不仁。这个姑娘一定是父王给我选中的未婚妻，他见我固执己见，拒不服从他的命令，在恼怒的情况下把我关进这个炮楼里，然后又暗中送这个姑娘来试探，盼望我能回心转意。他的选择真令我满意，但愿黎明快快到来，我好奔到父王面前请求他宽恕，告诉他我很愿意和这位姑娘结婚。不过，也许还会发生什么变故，现在让我从她身上取下一件东西作为信物吧！"于是卡麦尔取下白杜尔公主手上的戒指戴在自己手上，然后背朝着她躺下继续睡觉。

卡麦尔合上眼皮以后，麦姆娜也变成一只跳蚤，咬了白杜尔的脖子一口。白杜尔从梦中醒来，发现身旁睡着一位青年，便俯身端详，立即被卡麦尔的英俊所倾倒。她抑制不住心头的喜悦，情不自禁地在卡麦尔左右脸颊上吻了两下。她很后悔以前自己的任性。她想，这个青年一定是向她求婚的某国王子，父王是让他来试探自己的。当她瞥见卡麦尔手上有一枚她的戒指时，更确信了自己的推测，觉得她也应该有他的一件什么东西作为纪念，于是便从卡麦尔的手上取下他的戒指戴在手上。然后她又甜甜地睡去。

麦姆娜很得意，因为她赢了。她见天色已近拂晓，便命格式格式帮助达哈乃什把姑娘送回国去。她自己也飞出窗外回到深井里。古炮楼里只剩下了卡麦尔一个人。

2

清晨,卡麦尔睁开双眼,他环顾左右,借着灯光看遍了古炮楼的每个角落,也没有发现曾在他身边睡觉的那个姑娘。他猜测,准是父亲为启发他结婚的念头才把她送来,然后又接走了。

他暂且安下心来净身,做祷告,诵读古兰经。然后他把侍卫叫到身边,询问姑娘的事情。

"姑娘?主人,什么姑娘?"侍卫听了他的问话很是惊讶。

"就是昨天夜里在我身边睡觉的那个姑娘。"卡麦尔认真地说。

"门一直是关着的。昨夜我就在门前睡觉,早晨又是您亲自打开的门,那个姑娘怎么能进屋?又怎么能在您身旁睡觉?也许是您的幻觉,其实是没有的事。"

卡麦尔急了,一边跺脚一边嚷道:"你们这些下人居然蒙骗起我来了,甚至怀疑我的视觉和感觉了,我一定要狠狠教训你一顿,非让你说出那姑娘的去向不可!"

侍卫见王子动火,赶紧编了一套瞎话,说:"主人,请您允许我先做完晨祷,再来给您讲有关那个姑娘的事情吧,我将把我所见到的一切,原原本本

地告诉您。"

"好吧,快一点。"卡麦尔说。

侍卫乘机溜出古炮楼,直奔王宫。他惶恐地跪在国王面前,嘴唇上下哆嗦,吓得说不出话来。

"快说! 我儿子到底怎么啦,使你这样惊恐万状?"国王大声询问。

"陛下,我的主人卡麦尔在那个荒凉的古炮楼里好像中了魔。"接着侍卫向国王讲述了刚才发生的事情。

国王瞥了一眼身边的宰相,生气地说:"都是你的好主意把我的儿子给毁了! 快去看看,给我带回来确切的消息!"

宰相心惊胆战地跟在侍卫后面去看卡麦尔。卡麦尔正等得不耐烦,见侍卫来了,一把抓住他:"你跑到哪儿去了,快把夜间的事情告诉我!"

宰相走上前说:"刚才他去报告我们,说如果他讲不出有关什么姑娘的事情,您就要处治他。我来就是要告诉您,真的没有这回事情。"

"好啊,奴仆骗人,你宰相也跟着骗人。"卡麦尔气愤异常,揪住宰相的袖子就想动手。宰相见势不妙,赶紧说:"你只想见那个姑娘吗? 别的姑娘行不行?"

"对! 我就是想见昨夜来这里的那个姑娘,你去告诉我父王,就说我听从他的安排,同意娶那个姑娘为妻。"

宰相好似找到一棵救命草,高兴地说:"感谢真主,您终于回心转意了。我马上就去把这个好消息报告给国王。"

"你快去吧,让父王高兴高兴!"

宰相脱了身,匆匆来到御座前,向国王禀报说,卡麦尔的确是中了魔。国王听了,不禁打了一个冷战,说:"这都是你造成的,就是因为听了你的话,我才把他关起来的。王子如果有个好歹,我一定拿你治罪。"说罢,他起身奔往古炮楼,宰相战战兢兢地跟在后面。

卡麦尔对父王的到来非常高兴,他礼貌周到地迎接父王,嘴角含着笑,双眸闪着光,英俊潇洒。山鲁曼国王让儿子坐在自己身旁,温和地问:

"儿啊,你整日待在这个不见天日的地方,恐怕都感觉不到昼夜的更替,更不知道今天是几号,明天是几号了。"

"看您说的,那样我不就成傻子了?"卡麦尔说,"今天是五号,明天是六号,现在是三月,以后是四月。"接着,他按顺序数说了月份。

国王斜看宰相一眼,宰相吓得不知所措。国王又对儿子说:

"你说昨晚有一个姑娘在这里过夜,其实没有这回事。"

"不,父王,这是真的。"

"孩子,这可能是你做的梦,它给你留下的印象太深了。实际上没有发生过这回事。"

"您听说过一个人梦见他用剑杀了人,而当他醒来时,发现他手中握着沾满血迹的剑吗?"

"这不可能。"

"那么,关于这个姑娘就不是做梦,而是确有其事,因为我这里有她的戒指,而我的戒指也被她摘走了。您看,这就是她的戒指。"卡麦尔伸过手去让父亲看,国王见他小拇指上果真有一枚金光闪烁的名贵戒指。

国王说:"现在可以证明你的神经正常,智力健全。但这件事确实离奇古怪,我们无法解释,只有真主才能揭露此中奥秘。我们只好静等他的安排了。"

沉默片刻,卡麦尔说:"父王,我向您坦白地宣布,我的心已被那位姑娘牵去,我的生命与她同在,您如若不把她给我找来,我也不想活了。"

宰相在一旁说:"陛下,您最好将卡麦尔王子带回王宫,那里濒临大海,闲暇之时您可陪伴他消愁解闷。每周您还可给他两天时间,让他代您处理国事,这样我们就可以在忙碌中等待真主对此事的安排了。"

卡麦尔随父亲回到王宫,却一直想念那位姑娘,每日茶饭不思,弄得身体日渐消瘦,精神恍惚,四肢无力,好像害了大病似的。

3

再说白杜尔公主。那日她从睡梦中醒来,发现身边不见那个青年男子,便在房间里四处寻找,但哪儿也没有他的踪迹。她想,难道我的感觉错了吗?我的眼睛有了毛病吗?可是小拇指上这枚戒指又是从何而来的呢?她越想越奇怪,禁不住大喊一声,把婢女们吓了一跳。她们纷纷跑到她身边,为她抚胸摩头,其中一个年龄最长的还念念有词地为她祈祷。

"你们告诉我,在这里过夜的那个青年到哪儿去了?我手上有他的戒指。"

婢女们吓得面如土色,不知此话从何而来。还是年老的婢女有经验,她说:"公主怎么能说这种丑话,昨夜绝对没有外人进到房间里来!"

"你年纪大了,我对你一直另眼相待,可你却用谎言欺骗我!"公主怒气冲冲,一剑杀死了老婢女。其他婢女见势不妙,立刻奔向王宫向国王报告。国王急忙来看公主,见她神志恍惚,语无伦次,断定她是疯了,当即令人给她套上一条锁链,拴在窗上,并派人加强保护。

国王向来溺爱公主,此次这样做纯粹是迫不得已。他心中很难过,贴出布告召集各地方士、智者、名医,前来给公主治病,并声明,医好公主疾病者,可娶公主为妻;医治无效者,要砍下头颅挂在王宫前的广场上示众。

谕旨发布以后,王宫前门庭若市,应征前来医治公主疾病者络绎不绝,

虽已有四十个人头高挂在宫前,但公主的病却一天比一天厉害,终日悲伤哭泣。这样整整度过了三个寒暑。

公主的奶妈有个儿子,名叫麦尔祖旺,他与白杜尔一起长大,情同兄妹。那个期间,他旅游在外,至今才漫游归来。他一进家门便向母亲打听公主的近况。母亲将公主身患重病的消息告诉了他。他悲哀异常,决定前去看望,以便了解病源,而后想办法医治。母亲给他换上一套女装,蒙上面纱,领他到了禁闭白杜尔的宫中。她对侍女说:"这是我的女儿,她与白杜尔公主一起长大。最近她听说公主病了,一心想要见见她。我们看看就离开,绝不会连累你们。"

"只有等到夜里国王离开这儿以后才能去见公主,现在不行。"侍女回答。

当天夜里,奶妈把儿子领进白杜尔的卧室。麦尔祖旺脱去女服,公主立即认出了她的奶兄很感欣慰,赶忙将自己的奇遇讲给麦尔祖旺听。麦尔祖旺听了,也觉此事奇怪,低头思索一阵后,说:"你不要着急,我要去周游列国,到世界各地去寻找这个青年,你就耐心地等待着好消息吧!"

公主感激不尽,终于有人真正关心她的甘苦了!

4

次日清晨,麦尔祖旺便踏上了旅程。他从一个地方走到另一个地方,经过无数座城市,去过无数个岛国,但始终没发现他要找的那位青年。这天,他来到了突尔布城。在那里,他听见到处都在传说一个叫卡麦尔·宰曼的王子发疯的故事。他心想,这位王子很可能就是公主梦寐以求的那个青年,说不定他也是为了找她才得了疯病的呢。于是他向人打听卡麦尔的住处,人们告诉他说,卡麦尔住在哈勒丹岛,从突尔布到那里走海路需要一个月的时间。麦尔祖旺毅然乘上一只货船向哈勒丹进发。帆船在碧波荡漾的大海上航行了整整一个月,眼看就要到达目的地了,海上突然刮起了狂风,巨大的浪涛劈头盖脸地打在船上,不久船就被打翻了。船上的乘客和货物也被海浪吞没，沉入海底。麦尔祖旺靠着年轻力壮、水性好，经过一番搏斗，终于游到岸边，他爬上岸，跟跟跄跄地在沙滩上走着，终因过度的疲劳、饥饿和干渴，昏倒在沙滩上。

说来也巧，山鲁曼的王宫就建造在这海边上。这天，国王和宰相在宫中，正守着气息奄奄的王子发愁，突然发现窗外的大海里有一个人影在浪涛中挣扎。这种危险的情景，触动了宰相的恻隐之心，他请求国王允许他去解救。国王说："救人是应该的，但希望他不要给我们带来麻烦。"

宰相急忙向大海奔去。在滚烫的沙砾上，他发现了昏倒的麦尔祖旺。宰相把麦尔祖旺救醒，命人将他抬进宫里，给他换上仆人的衣服，缠上仆人的头巾，然后端来饭菜和饮水。宰相对麦尔祖旺说："我救了你，可你别毁了我。"说罢，向他讲述了卡麦尔的事情，并嘱咐他不要胡言乱语，不该知道的就不要多嘴。

麦尔祖旺非常感谢他，连连点头。他心里想：真是踏破铁鞋无觅处，得来全不费功夫。卡麦尔正是我要找的人。

宰相把麦尔祖旺带到国王和王子面前。宰相刚一入座便发现麦尔祖旺在毫无顾忌地上下打量王子，他吓得心头怦怦乱跳，忙使眼色让麦尔祖旺离开，但麦尔祖旺毫不理会，顺口吟道：

"赞美真主创造了万物，他使人间出现奇迹，他和她是那样的相像，犹如一母所生的双胞胎。两人的相貌同样美丽，面色同样红润，身段同样苗条。"

卡麦尔听见诗句，抬头望了麦尔祖旺一眼，用几乎听不见的声音要求父亲允许来人坐在他的身边。国王和宰相见麦尔祖旺竟能使王子张口说话，即刻转怒为喜。国王一把将麦尔祖旺拉到跟前，让他坐在儿子床头。麦尔祖旺把嘴凑近卡麦尔的耳边小声说："我的主人，您的希望即将实现，靠着您的青春活力和英雄气度，振作起精神耐心等待吧。那位姑娘，也同您一样，因为想见您而患了疯病。她的父亲不了解情由动了怒，反给她戴上铁镣。我就是为了你俩的事情而来的。我一定想办法使你们重新见面。"

天
方
夜
谭

　　卡麦尔的脸上逐渐有了光彩和喜色，他对仆人说："你们扶我起来和这位可爱的青年坐一坐吧。"刚一起身，他就用双臂将麦尔祖旺抱住，热烈亲吻。国王越发高兴，对麦尔祖旺说："你的出现给我儿子带来了生命的希望，给我和大臣们带来莫大的愉快，我衷心希望你和我儿子住在一起，你将成为王宫中最受欢迎的客人。"说罢，邀请麦尔祖旺共进晚餐。

　　这时，王子恢复健康的喜讯传遍王宫，似乎一切都变了样，如同严冬已经过去，春天刚刚来临，到处是欢声笑语，鸟语花香。

　　当天，国王与两个青年一起过夜。翌日早晨，国王去上朝，房间里只剩下麦尔祖旺和卡麦尔两人。麦尔祖旺便对卡麦尔讲起了白杜尔公主如何眷念他、崇拜他，并为寻找他得了疯病的前后经过。又讲了他自己如何乔装打扮去探望公主，向她发誓说定要为他们的幸福去奔波，他如何遇险，如何化险为夷，最终找到卡麦尔。麦尔祖旺的一番话，坚定了卡麦尔的信心，使他从忧愁中彻底解脱出来。从此以后，他注意饮食起居，认真休息调养，逐渐元气恢复，健康起来。同时他在精神和物质上也做好了同麦尔祖旺出走的准备。

　　麦尔祖旺决定带卡麦尔去见白杜尔。一天，他对卡麦尔说："你要争取让你父亲同意我们到野外去打猎，并对他说我们要在外面过一夜，这样他就会给你准备旅行所需的一切，我们要带够三个月的东西，方能满足路上的需要。"

　　卡麦尔将他去野外打猎的想法告诉国王，国王见他并不打算在外多住便应允了。

　　次日，两人骑上骏马出发，身后带着两头高大的骆驼，一头驮钱粮，一头驮水和用具。

　　走到一处宽阔地带，两人停在一棵树下歇息。吃喝完毕，麦尔祖旺掏出匕首把一头骆驼杀死，将尸体劈成数段，撒在路上，然后将他和卡麦尔的衣服撕碎，涂上骆驼血，扔在空旷的荒野里。卡麦尔不解其意，问麦尔祖旺这是什么用意，麦尔祖旺回答：

　　"我们走后你父亲一定放心不下。我们迟迟不回，他就要派人来寻找，

227

倘若他们走到此地发现这些迹象,就会认为我们已被野兽害死,不会再继续追踪寻找我们了,我们也就可以顺利地到达白杜尔公主那里。"

"这个主意不错。"卡麦尔说。

一切布置妥帖,两人继续赶路,经过漫长的旅行,他们终于到达一座美丽的海滨城市。麦尔祖旺高兴地告诉卡麦尔,大海的彼岸便是白杜尔父亲统治的岛国,岛国的首府就建在海边上。两人卖掉一切没用的衣物,乘帆船向对面驶去。上岸后,他们下榻在一个旅馆里,为见白杜尔公主做准备。三天后,麦尔祖旺对卡麦尔说:

"白杜尔的父亲为给女儿治病,又贴出布告说:医好公主者可娶她为妻,并可分得王国的一部分土地。你快换上一套星相家的衣服,到王宫去要求为公主治病。靠着你的智慧,你一定会使她恢复健康的,因为当她知道你是她日夜思念的人时,一切忧愁烦恼就会一扫而光。随后你们的愿望就会实现了。"

5

卡麦尔身穿一套星相家的衣服,肩背一个装有书籍、纸张、笔墨和香灰的袋子,在王宫周围高喊:"哎,谁来请我,我会算命相面,能知吉凶祸福,能圆梦医病,求我的人必能得到满足。"

自从国王杀死四十个方士、星相家,把他们的头颅挂在宫门外示众后,应召者已销声匿迹,很长时间无人再敢来问津。这会儿人们听见又有人前来应召,便纷纷围拢观看,许多人劝卡麦尔,不要拿生命去冒险。人们说:

"小伙子,这些人头都是应召者因治不好公主的病而被国王下令砍下来的。你干脆打消这个念头吧,不要拿生命开玩笑了。"

卡麦尔听了,只是微微一笑,依然高声喊叫:

"我能卜凶吉祸福,能医治百病,能够满足一切人的需求,能够创造奇迹。哎,谁来求我,谁来求我?"

国王听见喊声,命令侍卫把卡麦尔带来。他见是一位仪表堂堂、英俊美貌的青年，不忍心看着他送命，便对他说：

"孩子，你知道你面临的是什么祸患吗？我的条件是你若医不好公主的病，就要处你死刑。你好好斟酌斟酌吧，不要自欺欺人。倘若你不是星相家，更不必硬去送死。"

"我保证能达到您的要求，陛下，我相信我自己！"卡麦尔斩钉截铁地说。

仆人带卡麦尔来到白杜尔公主闺房前，让他站在帘外。卡麦尔打量一番后，对仆人说：

"我有两种医法，你们喜欢用哪一种：是要我站在这儿把你家公主的病医好呢？还是进房去医治她？"

仆人非常惊奇，说："我想，如果你在帘外就能医好我家公主，这更显得你的医术高明了。"

于是卡麦尔坐在帘外，从背包里取出笔和纸，写道：

衷心问候我心爱的人白杜尔公主，我是卡麦尔·宰曼——那个幸福之夜与你在一起的青年。我们曾经偶然相遇，时日又把我们隔离。今天我从遥远的地方而来，将这枚戒指归还给你。

然后他将戒指卷在纸里,递给仆人,让他送进房去。

公主打开纸,读了上面的词句,看见自己心爱的戒指,脸上立时现出喜色,感到力量剧增。她终于盼来了这一天!趁着一股猛劲,她挣脱锁链,夺门而出,投入了卡麦尔的怀抱。

仆人见到此景,转身直奔御座前。他跪下去吻了地面,目光中喷射出喜悦的光彩,大声喊道:"陛下,出现奇迹了,此人真是世间最高明的星相家!他连公主的闺房也没进,只是隔着门帘就将公主的病治好了。为了证实我的话,您最好亲自去看看,现在公主正与那位青年高兴地攀谈呢!"

当国王步入后宫时,白杜尔公主与卡麦尔王子正谈得投机。只见公主谈笑风生,眉飞色舞,俨如健康人一样。国王大喜,奔过去抱住女儿痛吻,并说:"感谢真主给我们送来这样一位出色的星相家!他多么年轻多么漂亮啊,假若他失职了,我按规定杀死他该是多么可惜啊!看来我当时的担心是多余的!"随即他转向卡麦尔:"你叫什么名字?是从哪个国家来的?"

"我叫卡麦尔·宰曼,是阿拉伯国王山鲁曼的儿子。"说罢,他向国王讲起了他和白杜尔公主之间发生的离奇古怪的故事。

国王立时请来法官和证婚人,为卡麦尔和女儿写下婚书,并下令装饰城郭,庆贺婚礼。一时间,全城欢声沸腾,鼓乐喧天,一直热闹了七天七夜,人们才逐渐散去。从此卡麦尔和白杜尔住在王宫里,过着欢乐美满的生活。

光阴似箭,不觉几个月过去了。一天夜里,卡麦尔在梦中看见父亲面黄肌瘦,神情沮丧,说话颠三倒四,行动颤颤巍巍,似乎还摔倒在地,向他倾诉思念之情,责备他不辞而别。卡麦尔从噩梦中惊醒,为自己的不孝深感惭愧。他将梦中所见告知妻子,白杜尔也深感不安。于是两人决定回国省亲。国王欣然允诺,叫他们一年以后再回来。

国王为女儿和女婿做了全面准备,送给他们大量金钱和礼品以及成群的奴仆和随从。省亲的队伍浩浩荡荡地出发了。行了大约一个月,他们来到一个一望无垠的大草原上。卡麦尔见此地水草茂盛,便下令搭帐篷休息。

白杜尔感觉疲乏,先进帐休息。卡麦尔把队伍安排妥当后也进帐歇息,无意间他瞥见妻子系的一条漂亮腰带放在地毯边,顺手拿过来细看,发现褶子处缝有一颗红色宝石，上面还刻着他看不懂的文字。他很奇怪，便把宝石拿出帐外，在阳光下仔细观看。正当他翻来覆去地端详时，一只大鸟突然飞来，将宝石啄走了。卡麦尔先是一惊，随即边追边喊。大鸟飞了一会儿，落下休息，眼见卡麦尔就要追上时，它又展翅飞起。这样飞飞停停，停停飞飞，卡麦尔一直追到天黑。最后大鸟落在一棵大树上，卡麦尔束手无策，只好在树下徘徊。这时，他已疲惫不堪，又饥又渴，终于躺在树下睡着了。

次日清晨，大鸟继续飞翔，但速度显见缓慢，慢到卡麦尔完全能够跟上它。看来前一天它也飞得很累了。大鸟飞一会儿，停一会儿，快一会儿，慢一会儿；卡麦尔跑一会儿，走一会儿，站一会儿，坐一会儿，就这样，持续了好几日。最后追到一座海滨城市，大鸟升入高空，在云层中滑翔一会儿就不见了。

卡麦尔走进面向大海的城门，好半天也没见到一个人影。他很奇怪，又步履蹒跚地从城门走出来，来到一个花草茂盛，绿荫浓蔽的花园前。他站住了，园丁见他是外乡人，马上招呼他进去。园丁说："快进来吧，趁人们还没有注意你，不然你就没命了，因为这是一伙拜火教徒统治的黑暗城市。"

园丁问起卡麦尔的来历，卡麦尔便将自己的遭遇从头到尾向他讲了一遍。园丁很同情他，说："这里离伊斯兰教国家很远，每年只有一趟船开往那里。孩子，现在最好的办法是你先和我住在一起，在这个花园里找些不重的活儿干，等到明年再搭船返回伊斯兰教的国家去。"

卡麦尔见别无他路，只好住下来等待。

6

白杜尔一觉醒来，发现系腰的裙带不见了，找了好一会儿方才找到。她刚要把它系到腰间，突然发现那颗红宝石不翼而飞。她心头突突乱跳，马上意识到一件不幸的事情发生了。她到处寻找丈夫，都没找见，她绝望地大叫起来，在帐篷里捶胸顿足，痛哭流涕。她想，丈夫失踪，队伍怎么办？经过反复思索，她决定向部下封锁卡麦尔失踪的消息，因为这样可减

少许多麻烦。她知道她和卡麦尔在相貌和身材上都很相似,她完全可以冒充他,模仿他的样子统率队伍顺利到达目的地,然后再派人寻找卡麦尔。于是她换上丈夫的服装,缠上他的包头布,佩上他的宝剑,向部下发号施令,命队伍打起行装前进。没有一个人发现她不是卡麦尔,甚至连一点儿异样的感觉也没有。队伍继续向前跋涉,白杜尔骑马走在队伍中,她的右侧是她的轿子,只不过现在里面坐的是她的贴身使女。

行了数日,队伍来到艾卜努斯城,白杜尔命令打尖休息,部下即刻支起帐篷。

阿拉伯王子卡麦尔到来的消息传进本城国王艾尔玛努斯的耳中,他派使臣前去探听王子到此的目的。使臣回报说:"这位王子是在回国途中迷了路,暂住这里。"国王很重视这件事,亲自率领随从去帐中拜访。白杜尔热情迎接、款待老国王。国王见这位王子相貌英俊,举止文雅,谈吐不俗,心里很是赞赏。他慨然邀请白杜尔搬进王宫,白杜尔欣然答应,于是国王选了一套上等房间让白杜尔居住,她的部下被安置在宾馆里。

一天,国王来到白杜尔住处探望。闲谈中,国王回忆起自己黄金般的

少年时代和戎马倥偬的青年时代,从而说到年龄不饶人。他感叹时光流逝太快,不觉间自己已变成一个老态龙钟的长者。他还谈到,他的智力已经大大衰退,对事物的看法也跟不上形势,反应也越来越迟钝,国家大事已难以处理。但遗憾的是他没有一个儿子能继承他未完成的事业。讲到这里,他说:"感谢真主,他给我们派来了你,我亲爱的孩子!倘若你能留在这里,与我的女儿哈雅·努福丝结为夫妻,我便把王位交给你,我作为你们的父亲,将在你们夫妇的尊重和爱戴中欣慰地度过晚年。"

白杜尔问:"难道您女儿没有堂兄弟或者其他亲戚比我更适合娶她和接替您的王位吗?"

"我女儿没有堂兄弟,"国王说,"我的亲戚中也没有比你更适合做我女婿的人,尽管他们也都受过良好的教育,也很聪明,血统、门第也很高贵,但你和我女儿才是天生的一对,他们谁也比不上你,这是真主的安排,请不要拒绝上天赐予你的幸福和恩惠。"

白杜尔心里很惊慌,她想:接受吧,自己不是男人,拒绝吧,恐怕生出祸患。她决定,为了不节外生枝,还是先答应下来。

于是她答道:"是的,这的确是上天的安排。我同意您的主张,陛下!"

艾尔玛努斯国王欣喜异常,立即下令装饰城郭,摆设筵席。白杜尔在举国欢呼声中登基就位,在鼓乐声中与努福丝公主举行结婚典礼。

新婚之夜,当洞房里只剩下两个年轻女人时,白杜尔想起了卡麦尔,忍不住悲伤起来。努福丝非常奇怪,她询问白杜尔为什么哭泣,白杜尔见事情再也不能隐瞒,便向公主吐露了真情,并且讲述了自己的来历。她说:"现在,我的性命就掌握在你的手里,如果你原谅我,替我隐瞒到与丈夫团圆重聚,那你就是我的大恩人,我永远忘不了你。现在,估计我的丈夫正在路上寻找我们,他一定会找到这里。因为从我们失散的地方到他的祖国只有这条路可走,但愿真主默助他战胜艰险,让我们尽快团聚。"

努福丝公主对白杜尔的遭遇很是同情,她说:"你放心吧,我一定替你保守秘密。"

白杜尔高兴地与她拥抱、亲吻,对她的恩情感激不尽。

次日清晨,白杜尔临朝听政,处理国事。老国王艾尔玛努斯到新房来看望女儿。努福丝装出快活的样子接待父亲,老国王见女儿很幸福,心里有说不出的欢快,他暗自庆幸自己的眼力,给女儿找了这样一个才貌双全又能体贴人的好丈夫。

7

再说卡麦尔和麦尔祖旺一起出去打猎之后,山鲁曼国王神不守舍地过了一夜。第二天晚上,他焦急地等待他们归来,但等了整整一夜,也没有儿子的影子,他心绪烦乱,惴惴不安,各种不祥的念头向他袭来。次日一早,天刚发白,他便骑上马,率领随从,沿着儿子的踪迹寻去。队伍来到卡麦尔和麦尔祖旺曾经歇息的地方,发现了沾满血污的衣服碎片,国王悲痛欲绝。他判断儿子一定是被附近森林里蹿出来的野兽吃掉了。他悲哀地返回王宫，向全国宣布王子惨遭不幸的噩耗，并命令全国百姓服丧。他在宫中准备一间屋子，取名悲哀室，一有时间便躲在里面思念儿子，伤心啜泣。

这时候卡麦尔一直在果园里和园丁生活在一起，并帮他干活，等待开往艾卜努斯的船只起航。

一天他在园子里刨树，镐头一落在树根旁的土地上就被弹回来。他很奇怪，又用镐刨了几下，照例弹了回来。他打算弄个明白，便轻轻地扒开树旁的土，只见露出一个圆圆的石盖。他顺手揭开，下面竟是一大缸金子。根据那个缸推测，这大约是古代阿拉伯塞莫德族人遗留下来的。卡麦尔心里想："这是个好征兆！"于是坐下来，沉浸在幸福的遐想中。一会儿，树上鸟儿的厮打声把他惊醒，他抬头望去，只见一只鸟儿咬住另一只鸟儿的喉头狠命撕扯。片刻以后，被咬的鸟儿便一命呜呼，摔落下来，得胜者扬长而去。过了一会儿，又飞来两只鸟儿，落在死鸟身旁，它们用爪刨了一个坑，将死鸟埋在里面，然后双双飞去。可是不久，那两只鸟儿又飞了回来，嘴上叼着刚才的那只胜利者，它们把它摔在坟旁，用嘴把它一片片撕烂，然后抛向四处。卡麦尔看见血糊糊的嗉囊中似乎有什么东西在闪光，他走过去捡

起来一看,竟是那颗他找了许久的红宝石!他喜出望外,捧在手里反复端详,他相信,与妻子团聚的时刻不会太远了。

正在这时,老园丁走来,告诉卡麦尔说,开往艾卜努斯的船只三天后起航,他要卡麦尔做好出发的准备。卡麦尔非常感谢他,将发现金子和红宝石的事告诉给他。老园丁很激动,他说:"孩子,你的福分不浅啊!我在这园子里干了几十年,什么也没发现过。"

"这些金子必须你我两人均分!"卡麦尔说。

老园丁感激不尽,连连称谢。最后每人分得二十瓮金子。老园丁要卡麦尔将每个瓮里面装些橄榄,他说:"孔雀橄榄是这里的特产,别的地方都没有,你装些放在瓮上面,盖住金子,也省得生出意外的麻烦。"

卡麦尔听从老人的意见,将那颗红宝石也放在一个瓮里,然后每个瓮里都放上一些橄榄,装好后全部运到船上。

可是第四天,老园丁突然身染重病,卧床不起,卡麦尔不忍走开,一直守候在病榻前。

这时船长来到果园寻找园丁,对他说:"要求搭船去艾卜努斯的青年在哪里?我们的船就要开了。"

"我就是那个青年。我马上就去。"卡麦尔回答。

卡麦尔含着眼泪看看园丁,老人已在弥留之际,他不忍心在这时离去。他不顾自己的高贵身份,俨然是老人的一个忠实仆人,待老人气绝身死,便把老人抱在怀里,给他洗净身体,然后装殓、埋葬。一切完毕后,他才没命地向港口奔去,可是船已开出好远了。他只好沮丧地返回果园。

那条货船不久便到达了艾卜努斯城。恰巧那天白杜尔在宫里隔窗向海上眺望,她一见这条船,不禁心头怦怦乱跳,下意识地向港口走去。她见船上搬下来的有孔雀橄榄,便掏钱全部买了下来。她命人将装橄榄的瓮了搬回王宫,等她亲自打开。

白杜尔倒出第一瓮,发现只是面上有一点儿橄榄,其余的都是金子,不禁大吃一惊。她又倒出第二瓮、第三瓮,也都是金子。突然她发现金子里有一颗红宝石,仔细一看,原来是她那颗丢失很久的红宝石。她喜出望外,立即让人去找船长。

不一会儿,船长就来了。白杜尔问:"这些橄榄是从哪儿来的?"

"是一个贫苦青年的,他住在麦古斯城外,跟一个园丁生活在一起。我们开船的时候,他没赶到,现在估计他还在那个果园里。"

"你去把他给我找来!你要是找不来他,我就要你的命!"

"遵命,陛下,我这就去找他!"

船长带着水手们返回麦古斯城,来到果园,二话不说,押起卡麦尔便走。卡麦尔被弄得莫名其妙,连忙询问原因。水手们说:"为什么抓你,我们也不知道,只知道这是艾卜努斯国王的命令!"

卡麦尔和水手们乘船来到艾卜努斯,被带进王宫。白杜尔一眼就认出了自己的丈夫。她要仆人带卡麦尔去洗澡,然后给他换上华贵的服装。白杜尔把这个消息告诉给哈雅·努福丝,并让她保守秘密,一周后再告诉老国王。

整整一周,卡麦尔受到盛情款待,但是他左思右想,怎么也不明白这是什么用意。

　　第八天，他去找国王。"陛下，"他说，"感谢您的厚待，如若有用得着我的地方，请您吩咐，我一定从命。要是没有其他事，恳求您准我告辞还乡。"

　　"你为什么这样急？"

　　"在找到我妻子之前，我是不会在任何地方安逸地生活下去的。况且，至今我也不明白陛下为何如此厚待我？"

　　白杜尔见卡麦尔对她的爱情坚贞不渝，知道说明真相的时刻到了。她拿出那颗红宝石，开玩笑似的向卡麦尔自我介绍一番。卡麦尔恍然大悟，认出了自己的妻子。两人欢喜异常，紧紧地拥抱在一起，互诉别后之情。

　　次日，夫妻俩去见老国王，向他讲述了真情实况。老国王大为惊奇，吩咐手下人用金字记录下来，以便把他们动人的故事留传后世。

　　不久，卡麦尔和白杜尔告别了老国王和哈雅·努福丝公主，虽然又经历了千辛万苦，但终于回到了自己的国土上。

阿拉丁与神灯

很久以前,在中国一个边远的地方,住着一位勤劳的裁缝,他的名字叫穆斯塔发。

穆斯塔发生活很贫困,他终日与妻子在店铺里劳作,也积蓄不了多少钱,将来留给他的妻子和儿子使用。

穆斯塔发只有一个儿子,名叫阿拉丁,他非常疼爱他。穆斯塔发因为很穷,没钱供儿子上学,只好让他每日在外面与别的孩子玩耍。没过多久,阿拉丁就学坏了,变成了一个不听话的坏孩子。

阿拉丁很聪明,但也很任性。他爸爸劝他脱离那些坏伙伴,打算教他学一门手艺,长大了好养活自己。可他不听劝告,结果他爸爸下的功夫都白费了。

穆斯塔发只好使用武力来管教儿子,但一切打骂都不起作用,他依然我行我素,穆斯塔发非常失望。

最后,穆斯塔发又采用了一个新的办法。他把阿拉丁带到店里,手把手地教他裁剪和缝纫,用全部心力引导他喜爱这一行业,但只要穆斯塔发离开店铺——哪怕是一会儿工夫——他就跑到外面去,和伙伴们玩到天黑。

穆斯塔发意识到这个孩子不能教育好了,只有听凭命运的摆布。他相信,残酷的生活会把这个孩子改造成人的。因为俗话说:"父母不能教育的人,生活能够教育。"

过了些日子,阿拉丁的爸爸患了重病,不久就死了,他是在儿子没有希望变好的悲叹声中离开人世的。

穆斯塔发给妻子和儿子留下的，只有一爿小小的店铺。阿拉丁的母亲见阿拉丁每日只是游手好闲，什么也不学，便把店铺卖了，靠卖掉的钱维持生活。

不久，钱用光了。为了两个人不至于饿死，母亲只好找点儿活做。她开始织布，然后拿到市场上去卖，以此勉强度日。

阿拉丁在他爸爸去世以后，就像一匹脱缰的野马，终日玩耍，这样一直长到十五岁。

非洲魔法师

一天，阿拉丁像往常一样和伙伴们在外面玩耍，一个陌生人走了过来，从他的模样和穿戴上看，他不像中国人。当陌生人看见阿拉丁的时候，突然站住不走了，只是上下打量他。

这个男人是谁呢？原来，他是个著名的魔法师，生长在非洲的一个国家里。他从小就学习魔法，掌握了各种法术，人称非洲魔法师。他是两天前来到中国的，当他见到阿拉丁的时候，就从他的相貌上和眉宇之间发现了什么迹象，于是便向一个孩子打听他的名字。当他知道他叫阿拉丁时，非常喜悦，他确信他没找错对象，他的努力就要成功了。

原来，这位非洲魔法师曾经在一本魔法书上读到，中国有一座世界上独一无二的宝库，在这座宝库中，有一盏神灯，上面刻有很多奇妙的符箓，如果哪个人用手把它擦拭一下，神灯的仆人就会满足他提出的各种要求。非洲魔法师知道，神灯的仆人就是权势无比、威力无穷的天神，同时他还知道，世界上没有人能够打开这座宝库进到里面，只有一个名叫阿拉丁、父亲叫穆斯塔发的中国少年才能办到。于是，非洲魔法师便来到中国。当他看见和孩子们一起玩耍的阿拉丁时，就发现他的相貌与他在魔法书上读到的标志相符，他打听到他的名字以后，更加相信他找到了此人。

于是，他走到阿拉丁面前，问道："你是叫阿拉丁吗？"

"是的，这是我父母给我起的名字。"

"你是裁缝穆斯塔发的儿子吗?"魔法师又问。

"是的,先生,他在几年前去世了。"

魔法师突然哭起来:"真主啊,难道穆斯塔发死了吗？多可惜啊！怎么我还没见到他,他就死了呢?"

然后,他把阿拉丁抱在怀里,一边亲吻,一边恸哭。

他的哭声引起了阿拉丁对爸爸的思念,也禁不住陪着魔法师伤心地流起泪来。

阿拉丁对这个陌生人的痛哭感到奇怪,于是便问其中的原因。非洲魔法师说:"你爸爸穆斯塔发是我的哥哥,你是我的侄子。多年以来,我一直航海,周游各国。现在我回到家乡,想见一见我的哥哥,但是真主却没有让我见到他。啊,你长得多像他呀！你的模样给我带来了安慰。"

阿拉丁被他的话哄住了,他相信了魔法师所说的一切。他吻了魔法师的手,对他的感情和爱怜表示感谢。魔法师问他:"孩子,你家住哪儿?"

阿拉丁把他和妈妈住的地址告诉了他。

魔法师拿出两枚金币,说:"回去告诉你妈妈,如果可能的话,明天傍晚我将去看望你们母子,去看看我哥哥生前居住的地方。"

阿拉丁回到家里,好奇地问母亲:

"请你告诉我,妈妈,你知道我还有个叔叔吗?"

母亲很是惊讶,说:"孩子,你既没叔叔,也没舅舅。"

阿拉丁便把魔法师的话告诉了母亲,并交给她两枚金币。

母亲又一阵惊讶,说道:"你爸爸曾经对我说他有个兄弟已经死了,他从来没有见过他。也许这个人就是你爸爸以为死去的那个兄弟?"

第二天,正当阿拉丁和孩子们在外面玩的时候,魔法师来了,他又给阿拉丁两枚金币,对他说:"侄子,回家告诉你母亲,就说我晚上到你们家去。"

阿拉丁飞快地跑回家,把两枚金币交给妈妈,并把魔法师的话告诉给她。

母亲到邻居家借了些贵重的餐具,准备晚上给客人做一顿丰盛的晚饭。

晚上,魔法师来了,还随身带来一只大篮子,里面装满了各色水果。他一见到阿拉丁的母亲,便假装悲哀地哭起来,并连声问:"啊,我亲爱的嫂子,请你告诉我,我那个亡故了的哥哥生前坐在什么地方?"

阿拉丁的母亲把放在角落里的一张长腿凳子指给他,他哭得更伤心了。女主人让他坐在那张凳子上,他痛苦地说:

"不,我不能坐在这里。看到这张凳子,我就感到我哥哥和我们坐在一起,他圣洁的灵魂正在注视着我们。愿真主保佑他!他从前很爱我,我也很爱他,但真主没有给我们机会让我们在他死前见一面,谈一次话。"然后他对阿拉丁母子讲,他是四十年前离开哥哥到印度、波斯、巴格达去旅行的,他曾踏遍了非洲各地,一生中绝大部分时间是在跋涉、周游中度过的。

然后,非洲魔法师问阿拉丁:"侄子,你学会了什么手艺?"

阿拉丁很害臊,不愿回答。他母亲说:

"他什么手艺也没学,每天从早到晚就知道和坏孩子们一起玩闹。本来他爸爸想教他一门手艺,长大了好自谋生计,但他不肯学。后来,我劝他好好干点事情,他也听不进去。"

魔法师便和蔼地劝他掌握一门手艺,并列举了各种手艺,叫他挑选。

阿拉丁一言不发。魔法师又说：

"如果你厌烦手艺，那么我想你一定喜欢经商吧？倘若你愿意成为一个商人，侄子，那么后天，我将带你到市场上去买一家商店，然后再给你买几套漂亮的衣服。"

阿拉丁非常高兴，对魔法师的关心表示感谢，他也渴望摆脱这种庸庸碌碌的境况，开始真正的成年人生活。

阿拉丁的母亲本来怀疑这个男人不是她丈夫的兄弟，这会儿她见他这样关心自己的儿子，并积极为他的前途着想，她的疑虑逐渐打消了。

到了晚饭时间，他们一起进餐，魔法师一直想着他的计划，坐了一会儿，便告辞离去了。

次日，魔法师把阿拉丁带到市场上，为他买了几套豪华的衣衫。然后，他把商人头目邀到自己下榻的旅馆里，为他们举行了一次丰盛的酒宴。席间，他把阿拉丁介绍给他们。

宴会后，魔法师又把阿拉丁送回家。母亲看到满身新装的儿子，高兴得合不拢嘴，连声感谢魔法师的恩德。她赞美真主，确信是真主回答了她多次为儿子做的祈祷；是他派一个慷慨的天神下凡来变祸为福，变穷为富，她嘱咐儿子一定要听这位叔叔的话。

魔法师对她说："本来我打算明天去给你儿子购买商店，但明天是聚礼日，商人不办公，我想后天带他一起到郊区去买。"

这一天，魔法师来到阿拉丁家，他见阿拉丁正为出门做准备，非常高兴。他带阿拉丁走出家门，逛美丽的花园，游巍峨的宫殿，以此迷惑他。当两人都感到累了的时候，才坐下来吃魔法师随身带来的食物。然后，他俩继续赶路。他们走到城市的郊区，又在空旷的荒野里行走了很长时间。阿拉丁累得筋疲力尽，要魔法师带他回家。魔法师对他说："过一会儿，我让你看一件你从来没有见过的东西。"阿拉丁不敢违抗他，魔法师便一边走一边给他讲稀奇古怪的故事，以此减轻他行路的疲乏。

他俩走啊，走啊，一直来到两座不高的山之间，再往前走，便是狭窄的山谷。魔法师对阿拉丁说："一会儿你将见到一件你想不到的东西。"他命阿拉丁捡些干草。他用火把干草点燃，往上面扔了些香料，然后嘴里念念有词地诵读了几段阿拉丁听不懂的咒语。突然，大地震动起来，随即裂开，他们面前出现了一块大石头，石头中间有一个铁环。

阿拉丁见此情景，吓得要命，企图逃跑。魔法师给了他一记耳光，威胁他说："如果你逃跑，我就把你弄死！"阿拉丁浑身颤抖，他对魔法师的突然残暴非常奇怪，哭着问："我做错了什么，叔叔，你干吗这样对待我？"

魔法师说："难道我不是你的叔叔吗？你为什么不听从我的指挥？"然后他又假装温和地安慰他，"我带你到这么远的地方来，是要指给你一座宝库，它可以使你终生富足。世间只有你一个人能够进入这座宝库。你为什么要抛弃幸福呢？你不是一直梦想着得到幸福吗？"

阿拉丁听了这番话转忧为喜，他吻着魔法师的手，感谢他的指点。

奇怪的灯

魔法师对阿拉丁说："把这块石头拿起来！你高声说出你父亲和你祖父的名字，等你说完后，你就可以轻而易举地拿起它来了。"

阿拉丁毫不迟疑地听从了魔法师的吩咐，果然他把石头拿起来了，眼前出现了通往宝库的台阶。魔法师又对他说："你记住我对你说的每句话，否则，你就会遭到不幸。在这个台阶的尽头，有一扇敞开的门，你走进去，就会看见三个大房间，每个房间的两边，都有很多袋子和坛子，里面装满了珍珠、宝石、翡翠等金银财宝，你一定要很快地走过去，千万不要用手摸它们，或让衣服碰到它们，否则你会即刻丧命！你走过去以后，会看到一座美丽的花园，园里有金色的树，上面结满了稀有的果实，你穿过树木，就会见到一个阳台，阳台的中央，有一扇小窗户，窗台上放着一盏燃着的灯。你拿起灯，把它熄灭，拔去灯芯，倒掉灯油，然后拿来交给我。如果你喜欢花园里的果实，你可以随意摘采，没人阻止你。"

接着，魔法师从他的手上取下一枚戒指，戴在阿拉丁的手上，说戒指能保护他的安全。

阿拉丁在宝库里走啊，走啊，他牢牢记住魔法师的话，一直走到那盏灯前。他拿起灯，去掉灯芯，倒掉灯油，然后返回到花园里。他随心所欲地摘了些果实，拿了些喜欢的各色钻石、宝石和珍珠，便向洞口走去。这些宝贝使他几乎迈不动脚步了。

一到洞口，他就高喊：

"叔叔，拉我一把，让我上去！"

魔法师正等得不耐烦，见他来了，便说：

"先把灯给我，侄子！这样你就轻松了！"

"不！叔叔，它轻得很！"阿拉丁说。

魔法师坚持一定要先把灯给他，再拉阿拉丁。而他越这样，阿拉丁就越怀疑这里面有问题，便坚持在上来之前，绝不把灯交给他。

　　魔法师对阿拉丁的做法非常生气,决心报复他。他点燃一堆火,往里面放了香料,然后念起咒语来,石头即刻便将宝库封闭了。

　　随后,魔法师扬长而去。

　　当大地动荡的时候,阿拉丁很后悔他的固执,他连声高喊:"让我出去,叔叔,给你灯!"

　　没有人应声。周围一片黑暗,阿拉丁害怕起来,他企图返回花园,但当他转过身去时,发现路口被堵死了。阿拉丁想:完了,这座宝库将成为他的坟墓。一切就靠真主安排了。

　　阿拉丁在洞里这样待了整整两天。他想起,由于他的不听话和顽固,曾经给父母惹了很多麻烦。他很后悔。他想,如今要困死在这个狭隘的洞口内,准是真主对他过去的惩罚。

　　第三天,阿拉丁感到又饿又渴。他悲痛万分,越加后悔自己的过错,他伤心地哭了。他抬起双手,祈求真主宽恕他,保佑他摆脱困境。

他的一只手无意中触到了魔法师戴在他手上的戒指，突然，他眼前出现了一个高大的长得像妖怪一样的巨人，对他说："我来了，主人！您有什么吩咐？我是您忠实的奴仆，我为一切据有这枚戒指的人服务！"

阿拉丁很惊讶，他绝望地说："如果你能做到的话，我求你把我从这里带出去！"戒指的仆人很快把他带出了地面。

阿拉丁向家中走去，由于几天的干渴、饥饿和不眠，他疲惫不堪，费了很大的劲儿才返回家中。

在阿拉丁离开家的几天里，他母亲一直为他担惊受怕，几夜不曾合眼。她见阿拉丁回来，高兴得不得了。可是阿拉丁却由于过度疲劳晕倒了。母亲想尽办法，才把他叫醒。他一睁眼，就急切地对母亲说："妈妈，给我点吃的，我快饿死了。"母亲递给他一盘面包屑——这是她家唯一的食物,他贪婪地大口大口地嚼起来。母亲问他为何这么久才回来,阿拉丁向她讲述了所发生的一切。母亲极为惊愕,对奸诈的魔法师的背信弃义尤为诧异。她感谢真主把她儿子从死亡中解救了出来。

阿拉丁把他带回来的财宝交给母亲,母亲以为它们都是些五颜六色的玻璃块,便随便地放进箱子里。

这天晚上,阿拉丁酣睡了整整一夜,第二天醒来,才恢复了元气。

阿拉丁想吃饭,母亲没有东西。她想到市场上去把织的布卖掉,换些吃的来。阿拉丁对母亲说:"妈妈,你把我给你的那盏灯拿出来,我去市场上卖掉它。你织的布等到需要的时候再卖吧。"

母亲拿出灯。她见灯上沾满了污垢,便拿来一些沙子擦拭。她的手刚一摩擦灯身,一个高大的神仆就出现在她面前,用雷鸣一般的声音说:

"我来了,夫人!您想要什么?我听从您的吩咐,我是您的仆人,一切据有这盏灯的人都是我的主人。"

母亲吓得魂不附体，晕倒在地。阿拉丁没有害怕，因为他在宝库里曾经见过这样一个巨人。他快步走到母亲跟前，拿起灯，毫不迟疑地说：

"仁慈的神仆，我们饿了，请你给我们弄些吃的来！"

神仆消失了。一会儿工夫，他就带来了一桌丰盛的饭菜，上面有十二只银盘，盘子里放着各种食物和水果，旁边有六个面包。神仆把桌子放在阿拉丁面前，便不见了。

阿拉丁把母亲叫醒。母亲睁眼看见一桌食物，惊奇地问："这是怎么来的？"阿拉丁对她讲了刚才的事情，她越发感到奇怪。

母亲和阿拉丁坐在桌前吃起来。吃饱后，还剩下许多，他们便留下以后再吃。

母亲不敢看那盏灯，害怕貌似妖怪的神仆再次出现，她要求儿子到市场上把它卖掉或者藏在什么地方。阿拉丁答应了母亲，就把灯藏了起来。为了以后不再惊吓母亲，他把一个盘子卖给珠宝商，用换来的一块金币，买了些食物。过了几天，他又卖掉一个盘子。母子俩就这样维持了一段时间，最后实在没有什么可卖了，他们只好挨饿。

一天，阿拉丁见母亲不在家，便把灯找出来，在上面轻轻地擦了擦。神仆出现在他的面前。他向神仆要食物，神仆给他拿来了一桌与上次相同的饭菜。

这时候，阿拉丁已经讨厌了他原来那些坏朋友，他感到，他应该对母亲和自己负责，便结识了一些高尚善良的人。

在和他们的交往中，阿拉丁逐渐明白，那个珠宝商廉价买了他的盘子，从中捞了大笔钱。第二次，他把盘子卖给另一个珠宝商，结果是一个盘子卖了三十块金币。从此，阿拉丁和母亲过着满意的生活。好运向他们微笑，美好生活向他们招手。几年以后，阿拉丁在当地便成为一个远近闻名的富翁。

人们都很喜欢阿拉丁，因为他温和、善良、有礼貌。

白德尔·布杜尔公主

一天，阿拉丁正在城里游逛，听人们说皇帝的女儿白德尔·布杜尔一会

天方夜谭

儿要出来去澡堂洗澡,于是就想见见这位公主。在这以前他还从未见过她。

一会儿,公主从宫里出来了,走在通往澡堂的路上,她的周围跟着许多卫兵。阿拉丁看见了公主,对她的美丽和活泼爱慕不已。

阿拉丁回到家里,总是想着公主的身影。一个大胆的念头突然闯入他的大脑:娶白德尔·布杜尔公主为妻。

他对这门婚事考虑了许久,那曾经多次创造奇迹的神灯鼓起了他的勇气。他相信凭着自己的努力,一定能实现这个愿望。

如今在本地他已成为一个有地位有名望的人,是有资格向皇帝求婚的,倘若有什么困难阻碍他,他的神灯会出来帮助他。

阿拉丁的母亲见儿子每日冥思苦想,便关切地问他:"孩子,你在想什么?"

阿拉丁很不好意思,害羞地低下头。

母亲再三问他,他才支支吾吾地说:

"妈妈,我向你隐瞒我的苦恼,为的是不想让你以为我疯了,你一再追问,我就不能向你隐瞒了。是这样,有一天,我在街上看见了皇帝的女儿,我第一眼就爱上了她。我想娶她做妻子。"

母亲惊讶地喊起来:"伟大的中国皇帝的女儿?穷裁缝穆斯塔发的儿子——小小的阿拉丁想娶她做妻子?真的,孩子,你疯了!"

"不!我没疯!妈妈,我非常清醒。我只求你替我办一件简单的事:你到皇宫去,向皇帝求婚,说我要娶他的女儿白德尔·布杜尔公主。"阿拉丁说。

母亲更加束手无策,她说:"你不要这样想了,孩子! 这是不可能的! 假如皇帝听见了你的话,会即刻令人把我们钉在十字架上的。我们是什么人,竟敢向伟大的皇帝求婚? 孩子,你挑个别的姑娘吧,我给你娶她。娶皇帝的女儿是不可能的,不要惹皇帝生气和外人讥笑吧!"

"请你相信吧,妈妈,无论付出多么大的代价,我都绝不会改变主意。我只求你到皇宫去,请求皇帝把他女儿嫁给我! 如果他答应了你的请求,我最大的愿望就实现了,倘若他拒绝了你,你也为我尽了心力。"

"我去试试吧,不知道是否能够成功。"母亲没有办法,只好答应了。

"孩子,你向皇帝求婚,能够送给他什么礼物吗?"过了一会儿母亲问道。

"我可以送给皇帝最珍贵的礼物。我有许多无价的稀世珍宝。"阿拉丁说。

母亲嘲讽地说:"孩子,你有什么? 你梦想的这些稀世珍宝在哪儿呢?"

"你还记得吗? 妈妈,我从宝库里带回来的那些东西,都是些无价之宝啊! 皇帝的金库里的珠宝也没有这些珍贵! 这不是我一个人的看法,大珠宝商、大富商们都这样认为。"

母亲说:"你送了这些礼品之后,皇帝再跟你要彩礼怎么办? 如果你和公主结婚,你让她住在哪儿? 难道公主会愿意和你住在这间寒酸的房子里吗? 你没有办法满足她的要求!"

阿拉丁说:"你不要担心,妈妈,我的神灯会帮助我实现皇帝提出的各种要求的。"

阿拉丁的母亲见儿子执意要娶皇帝的女儿,她知道说服他是不可能的,只能使他更加固执,便答应尽力帮助他达到愿望。

阿拉丁很高兴,连连亲吻母亲的双手。那天夜里他睡得很香,还做了一个美梦。

第二天早晨,阿拉丁很早就起来叫醒母亲,催促她到皇宫去。母亲不能拒绝,便穿上最好的衣服,拿上阿拉丁从宝库里带回的珠宝往皇宫走去,但心里一直忐忑不安。

她进入皇宫,见皇帝左右围满了大臣和侍从,前面还有很多执掌司法的长官。她站在人群的最后,心里害怕,不敢迈动一步。她这样一直站到中午,人们散了,说第二天再来结案,她只好闷闷不乐地走回家。

阿拉丁见母亲回来,急切地问:"怎么样,妈妈?"

她对他讲了所见到的一切,答应第二天再去皇宫。可是第二天和第一天一样,一无所获。这样的情况一直持续了一个星期。

皇帝见一个妇人每天在人群后面徘徊,便命令宰相,她再来时就把她带到前面来。这一天,阿拉丁的母亲又进了皇宫,宰相把她带到皇帝面前。皇帝问:

"尊敬的夫人,你要干什么?"

阿拉丁的母亲走上前,双腿跪下,恭敬地说:"伟大的皇上,如能承蒙您听一听我的故事,我将永世不忘您的恩德,但希望您允许我和您密谈。"

皇帝命令左右退下,身边只留下宰相。

阿拉丁的母亲再一次叩头,然后呈上带来的礼物。

皇帝对这些稀世珍宝赞叹不已,宰相也惊愕不止。皇帝问:"我接受你的贵重礼品,请问,你有什么要求?"

"我的儿子阿拉丁向您的女儿求婚。"

皇帝没有使她失望,他微笑着说:"我答应你的要求,我的女儿将在三个月以后和你的儿子结婚。"

阿拉丁的母亲高兴地叩头拜谢皇帝。她奔回家,把这个消息告诉给儿子,阿拉丁欣喜得几乎跳起来。

公主的婚姻

阿拉丁每日每时都在准备着迎接他与白德尔·布杜尔公主的新婚佳期,这样过了两个月,他心里一直是美滋滋的。但实际情况却出乎他的意料之外。

一天早晨,阿拉丁的母亲出门,发现城里到处装饰一新,街上还搭起了凉棚,她便问行人:"这是怎么回事?"

行人很吃惊:"难道你不是这座城里的人吗?难道你不知道,今天皇帝的女儿白德尔·布杜尔公主将与宰相的儿子举行婚礼?"

母亲听了这话,心情很沉重,同时也很纳闷:怎么皇帝说话不算数?他怎么可以违约?她快步走回家,把听到的话告诉给儿子。阿拉丁非常伤心,但他竭力克制住自己。他知道,绝望和悲伤丝毫没有用处。他想了一会儿,决定采取果敢行动,达到最终目的。

阿拉丁走到另一个房间,关上门,把他藏在里面的神灯取出来,擦了擦灯身,神仆即刻出现在他面前,和蔼地说:

"主人,我听从您的吩咐。"

阿拉丁说:

"今夜是宰相之子和白德尔·布杜尔公主的新婚之夜,我只要求你把宰

相的儿子弄得远远的，不要让他接近公主。"

"听明白了，遵命就是！"神仆回答道，随后飘然逝去。

当婚礼结束以后，客人散去之时，神仆把宰相之子从公主的房间里抓起来，放进了皇宫的厕所里。为了不使公主受惊，神仆没有在公主面前显现。

当公主回身不见了丈夫时，感到非常奇怪，她独自睡到天亮，也不见丈夫转来，心里就越发莫名其妙。

早晨，神仆放了宰相的儿子。他回到公主的房里，公主见他神情恍惚，浑身颤抖，问他是怎么回事，他支支吾吾，自己也不明白在那漆黑的夜晚发生了什么。

一会儿，皇帝和皇后来看望女儿，他们见女儿脸色不好，便询问其中的原因。公主抑制住感情，没有告诉他们事情的原委。

第二天夜里，如同第一天夜里一样，神仆又抓走了新郎。第三天夜里依然如此。

公主实在忍受不住了，便向母亲吐露了秘密。皇后对皇帝叙述了女儿的不快，皇帝大发雷霆，派人把宰相和他儿子带来，追问事实真相。

宰相的儿子见事情不能再隐瞒，便跪在皇帝面前大哭，求他想办法解除他和公主的婚姻。

皇帝对这个请求很不高兴。突然，他想起了与阿拉丁母亲的约言，这才相信，他女儿的不幸，原来是真主对他食言的惩罚。

阿拉丁从神仆那里知道了一切，很是高兴。

阿拉丁耐心地等过了第三个月，便催母亲进宫，提醒皇帝。

皇帝一见到她，就招呼她。她恭敬地走上前，双膝跪下对皇帝说："皇上，我到您这儿来，是想提醒您，三个月已过，您女儿和我儿子的婚期到了。"

皇帝对她说，他会履行诺言的。他回身征求宰相的意见，宰相说：

"我认为皇上不应该把公主嫁给一个身份不明的男人，他不配和中国当今高贵的皇室缔结姻缘。我看我们从这个窘境中逃脱的最好办法就是向他要各种彩礼，以此为难他，迫使他放弃这一要求，而我们也不能算是违约。"

　　于是，皇帝对阿拉丁的母亲说："夫人，我同意他们结婚，但是你要拿来上等彩礼，我才能将女儿嫁过去，这恐怕是你儿子难以做到的。你回去对他讲，就说我提出，公主要四十盘上次你送来的那种珠宝作为彩礼。否则他不能娶我的女儿！"

　　母亲忧伤地走回家，她想，儿子无法满足皇帝的这一要求，娶公主为妻的愿望只能成为泡影了。

　　母亲将皇帝的要求告诉给儿子，阿拉丁并不发愁，反而很高兴。他跑到藏有神灯的房间，拿起灯来擦拭一下，神仆出现。阿拉丁命他拿来四十盘上等珠宝。并带来四十个端盘的仆人。神仆按要求如数送到，母亲见了惊诧不已，阿拉丁要她即刻给皇帝送去。

　　母亲带着衣冠楚楚的仆人们走在街上，他们每人手里捧着一盘珠宝。过路行人又是羡慕，又是惊异。但是最感到震惊的还是皇帝，他万万没有想到，他的要求竟在如此短暂的时间内就能达到！他看了看宰相，征询他的意见，宰相张口结舌，说不出话来。尽管他十分嫉恨阿拉丁，但此时也找不出理由阻碍他和公主的婚事了。皇帝呢，也感到无话可说，便转向阿拉丁的母亲说：

　　"好吧，我接受你的请求，允许我的女儿和你的儿子结婚。不过，在举行婚礼之前，我想见见你的儿子。"

　　母亲表示谢意，退出皇宫，三步并作两步地跑回家，将好消息告诉给儿子。阿拉丁听了，欣喜若狂，赶快跑到内屋，拿出神灯，唤出神仆。神仆毕恭毕敬地问：

　　"主人，您有何吩咐？"

　　阿拉丁说："今日皇帝邀我进宫。现在，我命你给我预备一间浴室，我要在里面洗个澡，再为我预备一套豪华衣袍，我进宫时穿。"

　　话音一落，神仆便把他放在背上，飞出窗外。眨眼间，他们便降落在一间由各色名贵大理石筑成的漂亮浴室里。阿拉丁脱去衣服，痛快地洗起来，神仆在一旁侍候。洗毕，神仆拿来一套用珍珠点缀的华丽绸衣给他穿上。

　　阿拉丁很满意。接着,他又命神仆给他准备一匹高头大马、四十个奴仆和六个婢女,再准备四十盘珠宝和十袋金币。

　　神仆一一照办,当他再一次出现时,已经一切准备就绪。阿拉丁跨上马,母亲坐上轿,队伍就出发了。走在阿拉丁前面和后面的,是四十个端着珠宝盘的奴仆。那六个婢女,走在母亲的轿旁。

　　他们走在街上,道路两旁聚满了百姓,喝彩声和赞叹声不时传来,阿拉丁命奴仆将金币撒给他们,百姓们连声叫好,一直跟到皇宫。

　　到了皇宫,皇帝的文臣武将步出门外欢迎,他们陪阿拉丁进入正殿,来到御座前。

　　阿拉丁想跪下去吻地面,皇帝一把抱住他,让他坐在身边。阿拉丁非常激动,恭敬地对皇帝说:

　　"我永远不能忘记陛下对我的这一特殊礼遇,我将一生一世做您忠诚的仆人和孩子。"

　　皇帝很高兴。两人聊了一会儿,到了正午时分,皇帝邀请阿拉丁与他共进午餐。于是,在众臣的簇拥下,阿拉丁和皇帝步入金碧辉煌的餐厅。

席间,宾主之间随便交谈,笑语频频。阿拉丁的聪慧、机智、敏捷和对许多事物的独到见解博得了皇帝的赏识。午餐毕,皇帝立即派人请来法官,为阿拉丁和公主白德尔·布杜尔写了婚书。

　　然后,皇帝吩咐人准备婚礼,他征求阿拉丁的意见说,倘若他同意,婚礼就在皇宫举行。阿拉丁说:

　　"请陛下允许我在您的宫前为公主建筑一座新宫殿。"

　　皇帝表示同意。阿拉丁见时间不早,便起身告辞,带着随从返回家中。

　　一到家,阿拉丁就拿出那盏神灯。擦拭后神仆出现,阿拉丁对他说:"我命你在最短的时间内,在皇宫前为我盖一座无比堂皇的宫殿,材料要选最上等的大理石。宫殿的最高层为一间大厅,四周开二十四扇窗和门。宫前要建造一座大花园,园内要有喷泉;花草树木样样俱全。宫内的每个房间里,还要给我摆上各式考究家具。仆人和使女也要安排好。"

　　"是,遵命!"神仆答应一声,隐去了。

　　当时,太阳已经落山,阿拉丁回想着自己的经历,心里非常兴奋。这一夜,他睡得很甜。清晨,他刚睁开眼,神仆就来到他床前,报告说:"主人,宫殿已竣工,请您前去观看。"

　　只有眨眼的工夫,神仆便把阿拉丁带到了一座巍峨的宫殿前。阿拉丁惊呆了,他发现这座宫殿比他要求的还要壮观。他揉揉眼睛,以为自己看错了,可是耳旁又分明听到神仆在问:"主人,您还需要什么?"

　　阿拉丁如梦初醒,想了想说:"拿一块地毯来,铺在皇宫与这座宫殿之间。"

　　一会儿,神仆便搬来一块昂贵的大地毯。

　　"您还需要什么?"神仆又问。阿拉丁谢谢他说没事了,他就不见了。

　　阿拉丁回到家里,把神灯端进新宫。他在宫内视察一番,觉得一切都很满意,便转身去见皇帝,请他前来参观为他女儿白德尔公主盖的新居。

　　皇帝和他的宰相这时正站在皇宫的一间房里隔窗仰望阿拉丁的宫殿。一夜之间,门前建起了一座豪华的大厦,这着实令人惊奇和狐疑!由于阿拉丁抢去宰相儿子做驸马的位置,宰相把阿拉丁恨得咬牙切齿。他乘

此机会对皇帝说:"陛下,毫无疑问,这小子一定是个巫师。一个正常人,无论他多么富有和能干,也不可能在一夜之间就盖起这样一座宫殿!"

皇帝不以为然,他说:"从他能够送给我这么多任何一个王国的宝库都没有的珠宝来看,他在一夜之间盖起这座宫殿并不稀奇!"

阿拉丁的到来打断了他们的谈话,皇帝高兴地迎上去,热情地拉住了阿拉丁的手。

阿拉丁邀请皇帝参观新宫,皇帝欣然与他同往。一出皇宫大门,皇帝便被那华丽的天鹅绒地毯惊呆了。当他步入宫内时,又被那豪华的摆设迷住了双眼。随即他们登上宫殿的最高层,进入那间拥有二十四扇门窗的大厅休息。皇帝对大厅的建筑和装饰工艺赞不绝口。不知不觉到了午饭时间,仆人送来一桌上等佳肴,都是皇帝平生没有见过的。

下午,阿拉丁陪皇帝返回皇宫,皇帝立即下令全城敲锣打鼓,张灯结

彩,庆贺公主和阿拉丁成婚。

晚上,全城灯火通明,新娘白德尔公主打扮得如花似玉,在悠扬的鼓乐声中由一群宫女陪同,向阿拉丁为她建造的新宫走去,新郎在宫前迎候。从此,一对青年夫妇开始了互敬互爱的幸福生活。

婚后,阿拉丁爱好出外郊游狩猎,每当归来,他都在途中施舍穷苦百姓和孤儿寡母。皇帝每日早晨都去看望心爱的女儿,他为女儿的幸福而欣慰。

这样过了一年。

非洲魔法师卷土重来

我们在第一章中曾经说过,非洲魔法师见阿拉丁不愿给他神灯,盛怒之下关上宝库大门扬长而去。他深信阿拉丁会困死在宝库中。就这样,几天过去了,继而几个月过去了,他把阿拉丁忘到了九霄云外。

一天夜里,非洲魔法师突然在梦中见到阿拉丁已成为皇帝的东床快婿。他大惊失色,惴惴不安,赶忙拿出沙子占卜,施展法术,并从占卜中了解到了一切。

魔法师大发雷霆,立即预备马匹和干粮,日夜兼程向中国境地奔驰。

到达目的地后,魔法师将马拴在旅馆的院子里,随后信步走到街上,混入人群中,探听有关阿拉丁的消息。他刚在游人熙攘的地方坐定,就听见有人在赞扬驸马阿拉丁的善良和慷慨,感叹他的富有和气派。他还听见有人说:"真奇怪,阿拉丁怎么能在一夜之间盖起一座世间没有的豪华宫殿呢?"

非洲魔法师心惊肉跳,稍微休息了一会儿,他才勉强按捺住自己激动的情绪,走到人们跟前,装模作样地问:

"阿拉丁是谁?"

他的提问使得人们非常惊奇,他们瞪大眼睛打量着这个消息如此不灵通的人。当他们得知他是外乡人时,就将近来所发生的有关阿拉丁的事情全部告诉了他。

魔法师表明自己渴望看一看那座神奇的宫殿,一个好心人给他指了路。他一见到宫殿,马上断定出,这是阿拉丁借助神灯仆人之手建筑的。否则,一个穷裁缝的儿子,哪里有这样的资财和能力。

第二天,魔法师又来到宫前,向门房打听主人。门房告诉他说,阿拉丁打猎去了,已经走了三天,五天以后才能回来。魔法师知道,报仇的时机到了。

魔法师回到旅馆,用沙子占卜出,神灯放在白德尔公主卧室的隔壁房间里。

魔法师苦思冥想,最后想出一个获得神灯的办法:他到商店买了十盏新灯,放在一个大篮子里,然后提着篮子走到阿拉丁宫殿旁边,高声叫喊:

"哎,谁用旧灯换新灯?一盏旧灯换一盏新灯!"

喊声引得街上的孩子们哄然大笑,他们认为此人不是傻子也是神经错乱,于是跟在魔法师身后做出各种恶作剧。孩子们的喊声、笑声、嬉闹声,把白德尔公主引到窗前,她发现一群孩子在围观一个提篮子的外乡人,便派一个使女下去探个究竟。使女回来,笑着说:"这个人要用自己的新灯换旧灯!"

公主和身旁的使女们都觉得这个傻子的行为实在可笑,其中一个使女说:"我根本不相信他的话!"另一个说:"在我们公主这间房子的隔壁就有一盏旧灯,让我们用它去证实一下这个傻瓜的话吧!"公主也认为这个主意不错,于是使女便拿着阿拉丁的那盏神灯跑下宫殿,来到魔法师跟前。魔法师立即换给她一盏新灯,使女很得意。

魔法师得到神灯,高兴得几乎发疯,立即停止了买卖,飞快地跑出了城。到了夜里,魔法师从怀里掏出神灯,轻轻地擦一下,神仆出现,恭敬地问:

"主人,有何吩咐?我和我的伙伴们都是这盏灯的仆人,我们都愿为您效劳!"

"我命令你和你的伙伴马上将阿拉丁的宫殿以及里面的一切搬到非洲一个人迹罕见的地方去,同时把我也带去!"

"是,遵命,主人!"

不到一个时辰,魔法师连同宫殿就落到了非洲的土地上。

次日清晨,国王照例早早起床。他踱到窗前,无意中向外一望,发现竟不见了女儿的宫殿!他想这可能是幻觉,于是揉了揉眼睛,仔细察看,仍然没有看见。他很奇怪,急忙跑到原来宫殿的地址,那里除了一片平地外,什么也没有。

"到底是地面裂开吞没了它,还是它飞入空中隐在了云间?"他怎么想也找不到答案,只好命人把宰相找来。宰相也很惊奇,但他马上想到向阿拉丁报复的时刻到了,便说:"我早就对陛下说过,宫殿是用魔法变来的,阿拉丁是个巫师,您还不相信,现在证实我的话了吧?"

皇帝大发雷霆,命令侍从去找阿拉丁,然后用枷锁把他押来。侍从们在离城三里多的旷野中找到阿拉丁,侍卫官走到阿拉丁面前对他说:"皇帝大发脾气,命令我们前来捉拿你。"

阿拉丁莫名其妙,急忙询问原因。侍卫官说:"我们也不知道是怎么回事。"

阿拉丁只好任他们给戴上枷锁,押进城去。

街上的百姓见阿拉丁戴着手铐和脚镣被一群皇宫侍卫押着,都非常惊讶。消息像长了翅膀一样,一会儿便传遍了全城。

前面我们曾经讲过,阿拉丁善良而慷慨,经常接济穷人和孤寡,因此百姓都很热爱他。现在他们见阿拉丁被侍卫押进皇宫,一个个难过得痛哭流涕。一些德高望重的老人急忙凑在一起,分析皇帝对阿拉丁发怒的原因,然后相约去谒见皇帝,为阿拉丁求情。

这时皇帝正在盛怒之中,阿拉丁刚一迈进皇宫,他便不容分说地命刽子手就地将阿拉丁斩首。刽子手先卸掉阿拉丁身上的镣铐,命他跪在地上,然后用布蒙上他的眼睛。接着,刽子手抽出砍刀,立在阿拉丁两侧,等候皇帝下达行刑的命令。

当刽子手就要举刀向阿拉丁的脖子砍下去的时候,一个大臣匆忙跪在皇帝面前为阿拉丁求情,接着左右侍从也都一个个地跪下去请求皇帝宽恕

阿拉丁。正值宫内乱作一团时,地方上一个代表团前来拜谒皇帝,他们见过阿拉丁,都为他的聪明、慷慨和高雅的谈吐而倾倒。他们见此情景,也连忙跪在御座前,请求皇帝看在他们的面上赦免阿拉丁。

宰相见人们都为阿拉丁求情,知道强行行刑没有好处,便劝皇帝改日再杀阿拉丁。皇帝为了平息民心和军心,也觉得延缓处置阿拉丁是上策,于是命令刽子手为阿拉丁松绑。

阿拉丁站起身来,走到皇帝面前,恭敬地说:"陛下,谢谢您的宽恕,同时我希望您让我明白您发怒的原因,直到现在,我还不明白我到底犯了什么罪?"

皇帝没有回答,而是走过去抓住阿拉丁的手,把他一直拉到窗前,愤愤地问:"你说,你的宫殿哪里去了? 我的女儿哪里去了?"

阿拉丁看了看左右,宫殿果然无影无踪,他茫然不知所措,无法回答。皇帝连着问了几声,阿拉丁才无可奈何地回答:"我也不知道宫殿哪里去了,陛下! 现在我很痛苦,我失掉妻子的心情与陛下失掉女儿的心情是一样的。我要不惜任何代价去寻找她,请陛下宽限我四十天,倘若在这期间我还找不到她,我甘愿受您制裁!"

"行!"皇帝说,"可是你要记住,如果你在限期内找不到我女儿,也休想逃出我的手掌!"

阿拉丁神情恍惚地走出皇宫,像疯子一样地在城内徘徊,逢人就问:"我的宫殿哪里去了?我的妻子哪里去了?"认识他的人都为他的不幸伤心哀叹,不认识他的人都以为他疯了。

阿拉丁复仇

阿拉丁神不守舍地在城里转了三天,也没有找到他的宫殿。他想,不能继续在城里待下去了,昔日的光荣与尊严已经失去,取而代之的是被人怜悯与奚落,这种突如其来的打击太残酷了!

他茫然地向郊外走去,自己也不知道目标在哪里,心里充满痛苦与惆怅。他想投河,但又觉得屈服不是大丈夫的性格,大丈夫不应在灾难面前气馁,而是应该想方设法渡过难关,取得胜利。于是他祈求真主原谅他的一时糊涂,在冥冥中给他指出一条光明大路。

他打算到河里洗个澡,清醒清醒头脑,可是不小心滑了个跤,跌进水里,差点淹死。他拼命挣扎,见离岸不远处有一块高出水面的岩石,连忙爬了上去。由于用力过猛,他手上的戒指——就是那枚曾经把他从宝库中救出来的戒指——在石头上擦了一下。戒指的仆人出现在他面前,对他说:

"我来了,主人!您有何吩咐?"

阿拉丁立即记起了这个神仆,他曾经在宝库里见过。由于有了神灯,戒指的作用就被他遗忘了。这时,他高兴地对神仆说:"先把我救上岸!"戒指的仆人立即把他背上了岸。接着,阿拉丁又说:"把宫殿给我搬回来!"戒指的仆人为难地回答:"这是我做不到的,主人!因为我不能战胜那群神灯的仆人,他们是一些最强大的神仙,他们的首领是一个最大的神王,这些神仆的威力是无穷的。"

没有办法,阿拉丁只好说:"那么,你把我带到宫殿现在的地方去吧!"

戒指的仆人立刻把阿拉丁背到肩上，向非洲飞去。

阿拉丁被戒指的仆人带到他的宫殿前。当时已是深夜，四周漆黑一团，凭着对宫殿的熟悉，阿拉丁举目一望，便知道哪里是白德尔公主的卧室。他站在窗下，回忆起昔日的幸福，再看看眼前的情景，禁不住伤心地痛哭起来。

他已有几昼夜不曾合眼，这会儿他疲惫极了，只想睡觉。他环视一下周围，透过夜色，发现附近有一棵大树。于是走过去，倒在树下睡着了。

黎明时分，他醒来，走到白德尔公主的窗下。这天，白德尔破例醒得特别早。她从窗子里望见阿拉丁，又惊又喜，赶忙跑下楼，打开宫殿的侧门，让阿拉丁进去。

两人无比高兴。坐定后，公主向阿拉丁讲述了非洲魔法师的行为，他每天多次来向公主求婚，并威胁说如果公主不同意，他就杀死她。阿拉丁明白了，事隔多年，这个该死的魔法师并没忘记他，而且时刻都在寻机报复。他向公主打听神灯，公主又向他叙述了换灯的经过，最后说："那个魔法师整天把它揣在怀里。"

阿拉丁决心报仇，雪洗耻辱。他与妻子计划了复仇的方案。

阿拉丁向街市走去。路上，他碰见一位衣衫褴褛的农民，便将公主刚刚给他穿上的一套华丽服装换给他，自己打扮成一个农民，走进一家药店，买了一些安眠药，随后返回宫里交给公主。

晚上，魔法师来到宫里。出乎他的意料，公主快活地迎接了他，他受宠若惊，高兴得发狂，以为公主因彻底绝望而改变了主意。

后来，公主端出一碗酒，微笑着递给魔法师。魔法师赶紧接过去，一饮而尽。过了一会儿，魔法师不由自主地倒在椅子上睡着了，阿拉丁立即从隐藏处出来，从魔法师怀里掏出神灯。他擦拭一下，神仆出现，问：

"您有何吩咐？"

"我命令你将这个人背到野外，从高山顶上把他扔下去，让野兽和秃鹫吃掉他，然后你再把这座宫殿搬回原来的地方去。"

没过多长时间，神仆就完成了阿拉丁交给他的任务。

　　次日清晨，皇帝从窗内看见阿拉丁的宫殿又矗立在原地，几乎不相信自己的视觉。他匆忙跑出皇宫，向对面宫殿奔去。这时，白德尔公主也正在凭窗眺望她朝思暮想的皇宫，她一见到父亲的身影，立刻飞也似的奔下楼来，投入父亲的怀抱，父女俩高兴得泪流满面。

　　安静下来以后，皇帝问起了事情的经过，公主前前后后给他讲述了一番。皇帝很惭愧，深感对不起阿拉丁，他又跑进阿拉丁的房间，把他摇醒，并在他眉宇之间热烈亲吻，求他原谅自己以前的过错。

非洲魔法师的弟弟

　　那个非洲魔法师还有一个在法术上不如他，而在品行上比他更奸诈的弟弟。他们每年在家乡相聚一次，然后分开，各奔东西。

这一年,他们相会的时间又到了,魔法师弟弟回到家乡,等了许久也不见哥哥到来。他很奇怪,连忙用占卜判断哥哥的所在,在活人中没有发现哥哥的踪迹。他又占卜第二次,知道哥哥已经死去,而且连尸首也被鸷鹰啄食掉了。他流着眼泪又占卜一次,终于明白了他哥哥所遭遇的一切。他很气愤,决心不惜任何代价,为哥哥复仇。

二法师日夜兼程,奔往中国,下榻于阿拉丁所在的城市。在那里,他周密地安排了一个行动计划。

他听说城边住着一位虔诚的修女,名叫法蒂玛,为人乐善好施,会医各种疾病,曾经救活许多患有不治之症的病人,深得百姓的尊敬。他还得知,这位修女一个人住在一间茅庵里,每礼拜二、五才接待来人。于是在一天夜里,他来到茅庵附近,偷偷地隐藏起来,待到修女睡熟,毫不费力地撬开了门。

修女睡得很熟,她并不担心有人偷东西,因为她知道,在她这个凄苦的茅庵里,任何盗贼都不会有什么收获。

二法师走进屋,发现修女睡在一条破旧的板凳上。屋子没有房顶,日光射进屋内,四周一片明亮。他走近修女,拔出匕首,将她推醒。修女睁开眼睛,看见跟前站着一个举着匕首的高大男人,惊恐地赶忙坐起身。二法师喝道:"起来!照我说的去做,如果你叫喊或者不服从我的命令,我就立即杀死你!如果你乖乖地听话,我绝不会亏待你!"

修女定了定神,见眼前无路可走,只好问:"你打算让我干什么?"

"把你的衣服脱给我!"

法蒂玛只好照办。二法师穿上修女的服装,接着又吩咐道:"照你的模样给我打扮一下。我发誓,事情成功了,我要重重地酬谢你!"

修女把他带进一间小屋,点燃油灯,然后拿出各色染料,给他修饰打扮起来,一会儿工夫,二法师就变得和修女一模一样了。法蒂玛又把一串长长的念珠挂在他的脖子上,将一根长棍放在他的手里,接着递给他一面镜子。二法师在镜子里看见自己和法蒂玛一模一样,心里非常高兴,法蒂玛以为这样做,面前这位凶狠的男人会饶过她,可是她完全想错了,就在她转身收拾化妆品的瞬间,二法师突然双手紧紧地掐住了她的脖子。随后二法师把她的尸体扔进了附近的一口深井里。

二法师干完这一罪恶勾当,躺在茅庵里一直睡到天亮。

早晨,二法师穿戴齐整走在街上,路人都以为他就是虔诚的法蒂玛,纷纷走过去吻他的双手和衣角,向他致意。当他走到阿拉丁的宫前时,人们把他围个水泄不通。白德尔望见这一情景,连忙叫使女下去看个究竟。使女回来报告:修女法蒂玛在门前经过,人们出于尊敬围住了她。很久以来公主就想见见这位虔诚的修女,于是派人请她上来。

伪装成修女的二法师刚一进宫,公主便迎上去亲切地吻他的手,并热情地邀他在宫内小住。二法师假装推辞,经公主再三邀请,他才答应下来,并假惺惺地为自己在宫里选了一间条件最差的房间居住。正午时分,公主请他一起吃饭,他害怕摘下面纱会暴露真相,于是便拒绝说:"我是一个修女,不习惯吃你们的山珍海味,给我一点椰枣或苹果,我自己在房间里吃就行了。"

公主没有强求,让人把他要的东西端到他的房间里。

第二天,公主邀他参观楼上那有着二十四扇门窗的豪华大厅。二法师看了,装出对厅内的摆设和装饰很欣赏的样子,说:"这间大厅只缺一样东西,是唯一的美中不足,如若公主能够弄到,那么真可称得上是十全十美的大厅了。"

"缺什么?"公主急切地问。

"大厅中央如能挂一颗神鹰蛋,这房子就成为天下无双的了。"

"我今天就能办到!"公主说。

白德尔公主去找阿拉丁,要他给她找一颗神鹰蛋,"为了使我们的大厅更讲究更漂亮!"她强调说。

阿拉丁走到一间僻静的屋子里,从怀里掏出神灯,擦了一下,神仆出现,阿拉丁命他取一颗神鹰蛋来,谁知他却高声怒吼起来,把阿拉丁吓得魂飞魄散。

神仆气汹汹地说:"您真该死呀!难道这就是我对您的忠诚所得的报

答吗？我给您带来的一切好处，难道还不能使您满足吗，以至于您竟要神鹰蛋？您知道吗，所有的神仙都尊崇神鹰为圣鸟，为保护它宁愿牺牲自己的性命。如果这个主意是您想出来的，我会立刻掐死您，然后烧掉您的宫殿！可是我知道这是那个作恶多端的非洲魔法师的弟弟，为了加害于您而施展的计谋！"

阿拉丁听了，恍然大悟，温和地问："非洲魔法师的弟弟是谁？"

神仆向他讲述了一切，阿拉丁如梦方醒，连忙道歉。神仆原谅了他，飘然逝去。

一会儿，阿拉丁倒在床上装病，白德尔公主赶紧派人把假法蒂玛请来，为丈夫治病。在这以前，公主已经告诉阿拉丁，修女法蒂玛正在宫中做客。

二法师走到阿拉丁床前，靠近他假装探视，阿拉丁一眼就看见他的手正伸向腰间。说时迟那时快，阿拉丁以罕见的速度从腰中拔出匕首，一跃而起，将二法师摔倒在地，随即把匕首插进了他的心脏。

白德尔公主看见这一情景，失声喊道："真主啊！你怎么能杀死法蒂玛？她是一个廉洁的修女呀！"

阿拉丁微笑着揭开了二法师脸上的面纱，然后给她讲述了事情的原委。公主高声赞美真主，是他从坏人手里拯救了她和丈夫的生命。

尾 声

这件事发生以后两年，皇帝驾崩，治理国家的重任从此落在了阿拉丁和他妻子的肩上。他们总结了先帝治国的经验教训，公正地治理国家。

幸福在向他们微笑，未来在向他们招手，他们的严明和公正换来了百姓的拥戴和国家的繁荣富强。